EN MÉMOIRE DE NOUS

J. KENNER

AUTEURE DE BEST-SELLERS CLASSÉS AU NEW YORK TIMES

Le préquel de cette histoire, *Dans ton ombre,* est inclus dans ce tome.

Tout pour toi
Protège-moi
Damien

Apprivoise-moi
Tente-moi

Te désirer
T'enflammer
T'envoûter

En mille éclats
Dans ton ombre (prequelle)
En mémoire de nous
En demi-teinte
En haute voltige
En ton nom
En plein cœur

Droit au cœur - Mister Janvier

Vague à l'âme - Mister Février

Raison d'être - Mister Mars

Coup de sang - Mister Avril

État d'âme - Mister Mai

Droit au but - Mister Juin

Au beau fixe - Mister Juillet

Diable au corps - Mister Août

Cri du cœur - Mister Septembre

Corps à corps - Mister Octobre

État d'esprit - Mister Novembre

Force d'âme... - Mister Décembre

Mon Ange Déchu

Mon Doux Péché

Ma Cruelle Rédemption

EN MÉMOIRE DE NOUS

J. KENNER

AUTEURE DE BEST-SELLERS CLASSÉS AU NEW YORK TIMES

Le préquel de cette histoire, *Dans ton ombre,* est inclus dans ce tome.

Traduit de l'anglais par Laure Valentin

En mémoire de nous © 2019, 2020 par Julie Kenner
Extrait de *Mon Ange Déchu* © 2020 par Julie Kenner
Dans ton ombre © 2019, 2020 par Julie Kenner
Traduit de l'anglais par Laure Valentin pour Valentin Translation

Conception graphique de la couverture par Michele Catalano, Catalano Creative
Image de couverture par Annie Ray/Passion Pages
ISBN (Digital): 978-1-953572-10-3
ISBN (Print): 978-1-953572-13-4

Publié par Martini & Olive Books
V-2020-10-31P

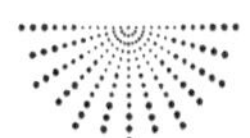

C'est traître, la confiance. La confiance dans les gens. Dans l'univers.

La confiance qu'au bout du compte, les forces du bien viendront à bout des forces du mal.

J'ai réussi à garder cette confiance toute ma vie, même quand l'existence me balayait comme un radeau dans une mer en furie. Les deuils, la douleur, les chagrins… À travers toutes ces épreuves, j'ai réussi tant bien que mal à m'accrocher fermement à mon optimisme imperturbable.

Cependant, c'était avant.

Maintenant… Eh bien, maintenant c'est plus difficile.

Maintenant, je ne baisse plus les yeux face aux deuils et à la solitude, c'est moi qui les fais plier. Maintenant, je regarde ces deux dernières années et je me demande comment j'ai fait pour survivre sans lui.

Maintenant, j'ai peur qu'il ne revienne jamais à la maison. L'homme que j'aime. Le mari dont j'ai besoin.

Je sais que je dois rester positive. Je comprends que je devrais continuer d'espérer.

« *Garde confiance* », *me dit-on, et j'essaie. J'essaie vraiment.*

Pour dire la vérité, ma confiance dans l'univers a disparu avec mon mari.

Je suis terrifiée à l'idée de l'avoir perdu à jamais.

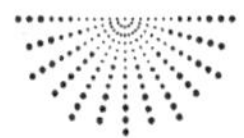

Les ténèbres.

Pendant une éternité, il n'y avait rien d'autre. Seulement des ténèbres. Un vide. Un grand trou où rien n'existait. Pas même lui. Et d'ailleurs, qui était-ce donc ?

Il y avait une forme de réconfort dans le noir. Comme s'il était enveloppé, au chaud dans un utérus. En sécurité maintenant. Pas comme avant.

Avant ?

Des bribes d'émotions, les précurseurs de la pensée, tourbillonnaient en lui. Il y avait eu de la douleur, dans cet avant. Tant de douleur. Comme du feu dans ses entrailles. Comme du verre dans ses yeux.

Combien de temps avait-il souffert, son esprit hurlant, le corps si fatigué que la mort aurait été un soulagement bienvenu ?

Il n'en savait rien. D'ailleurs, peut-être que la mort était venue pour le délivrer. Ou peut-être que rien de tout cela n'était encore arrivé.

Il ne savait pas. Il était seulement *là*, rattaché ni au

temps ni à l'espace, plus relié à rien. Il était libre. Il n'avait ni chaud ni froid. Il n'était ni heureux ni triste. Il était bien, tout simplement, à l'idée d'exister. Il lui semblait presque qu'il pourrait rester ainsi, en sécurité, au chaud et satisfait… Pour toute l'éternité.

Sauf…

Sauf qu'il y avait quelque chose derrière l'acceptation sereine de sa nouvelle réalité.

Quelque chose d'important. Quelque chose d'urgent.

Un secret ? Quelque chose à faire ?

C'était là, aux abords de sa mémoire, mais chaque fois qu'il allait s'en saisir, ça lui glissait entre les doigts. Il ne devait pas, ne *pouvait* pas, abandonner. Or comment pouvait-il suivre ? Comment pouvait-il quitter cet endroit chaud et sécuritaire ?

Il avait envie d'y rester pour toujours. En sécurité, à son aise et parfaitement libre.

En même temps, il ne le souhaitait pas. Il en voulait plus. Il voulait…

Il ne savait pas quoi.

Il savait seulement que quelque chose le tourmentait. Quelque chose qui lui manquait. Quelque chose qu'il désirait.

Elle.

Une prise de conscience brutale l'ébranla en même temps que les tressaillements qu'il reconnut comme de la peur. Un certain deuil, aussi. Et des regrets.

Des yeux verts espiègles lui vinrent à l'esprit. Un rire chaleureux le taquina alors que des mèches de cheveux dorés caressaient sa peau.

Elle était à lui, et il la désirait si intensément que cela

frôlait la douleur. Il était éprouvé par cette urgence qui le tiraillait. Le danger. La terreur. Ces noirs secrets qu'il avait besoin de…

Non !

Oh, mon Dieu, oh, mon Dieu, je vous en prie, non.

Son corps, son *être*, tituba en essayant de l'atteindre. En essayant de combattre l'horreur imminente, qui arrivait de plus en plus vite. Toutefois, il ne pouvait pas la voir. Il ne pouvait pas la combattre. Tout ce qu'il pouvait faire, c'était plonger dans ce tourbillon de voix et d'images déconnectées et incompréhensibles autour de lui, épaisses, rapides, chaudes.

C'est où ?

Tu peux bien nous le dire ?

Pas d'attache. Rien du tout.

Pourtant, il y avait quelque chose. Il y avait *elle*. Sa vie. Sa femme.

Il devait retourner auprès d'elle.

Retourner ? Tu n'as nulle part où retourner. Elle est morte. Je l'ai baisée et je l'ai tuée.

Son corps éclata sous la force de ses cris, mais les paroles n'arrêtaient pas, atroces et implacables.

Tu sais pourquoi elle est morte ? Parce que tu es allé lui parler. Tu as raconté nos secrets à cette foutue salope.

Bip-Bip !

Il fallait te punir. Te montrer que nous pouvons toujours te trouver.

L'esprit en surchauffe, il essayait de se souvenir. De la voir. De la sentir.

De la sauver.

Souviens-toi, bon Dieu. Souviens-toi de Bip-Bip. On ne peut pas tuer Bip-Bip.

Mais il ne pouvait pas bouger. Ni penser. Il devait se contenter d'exister dans ces limbes froids et sombres alors que d'autres voix l'assaillaient.

C'est ta faute.

Ton ami ? Je n'ai jamais été ton ami.

Ce n'est pas un tunnel. Rien qu'un trou noir peint sur un rocher.

32 355 5-o 717

Ça ne t'aidera plus. Plus maintenant. Rusé, le fils de pute.

Tu crois que c'est le seul ? C'est très naïf quand on connaît ta réputation.

Il faut croire que tu n'es pas fait de briques et de pierre après tout, pas vrai, enfoiré ?

Bip-Bip.

Rusé ? Peut-être avant, mais plus maintenant.

Sans relâche, les voix impassibles et dénuées d'émotions s'abattaient sur lui alors qu'il cherchait à se retrouver. À comprendre. Mais il n'y avait rien. Seulement les mots et les images incohérentes de chiffres flottant sur le fond noir, comme autant de tonalités de bip dans sa tête.

32 355 5-o 717

Bip-Bip !

Plus que tout, il y avait la peur. Une terreur froide et brutale qui le transperçait comme de la glace, lui gelant le sang et lui donnant la chair de poule.

Était-ce son sang ? Sa peau ?

Lentement, il reprit conscience. Il revenait. Il quittait l'endroit où il s'était replié. Il retournait à la douleur. À l'enfer.

Mais surtout, il revenait à elle…

———

La première chose qu'il remarqua lorsqu'il s'éveilla, ce fut le froid. Un courant d'air froid qui provenait de la climatisation rivée au mur. Une vieille unité, avec des câbles en plastique blanc qui flottaient dans l'air glacé.

Il se redressa et se rendit compte qu'il était nu. Aussitôt, il remonta le drap gris élimé sur ses hanches. Il n'y avait pas de couvertures et le drap fin ne suffisait pas à le protéger du froid. Ses paumes lui firent mal quand il serra le drap, et lorsqu'il les regarda, il constata qu'elles étaient toutes les deux écorchées, comme s'il était tombé sur une surface rugueuse, de l'asphalte ou du gravier.

Il avait peut-être eu un accident ? Projeté d'une voiture ? D'une moto ?

Il n'en savait rien.

Il plissa les yeux pour combattre un mal de crâne, laissant son regard vagabonder dans la pièce, à la recherche de… quoi ?

Quelque chose, n'importe quoi, qui puisse lui indiquer où il était et ce qu'il lui était arrivé.

Et par-dessus tout, qui *il* était, lui.

Parce que là, tout de suite, il n'en avait pas la moindre idée.

Une vague de panique s'empara de lui et il la réfréna, redoutant de perdre ses moyens. Il devait absolument l'éviter, car le contrôle, la raison et l'observation étaient tout ce qu'il avait pour avancer.

Premièrement, l'observation.

Il projeta son regard autour de la pièce. Un jean usé jusqu'à la corde était jeté sur le dossier d'un fauteuil de bureau. Il se leva avec l'intention passé marcher dans sa direction, mais il dut se raccrocher à la table de nuit lorsque sa tête se mit à tournoyer.

Bon sang, mais qu'est-ce qui n'allait pas chez lui ? Est-ce qu'il s'était saoulé ? Avait-il été victime d'un accident de voiture alors qu'il conduisait en état d'ébriété ?

Il ne s'en souvenait pas, mais il ne le pensait pas. Il ne pensait pas être du genre à boire avec excès.

Était-ce le cas ?

Que se passait-il ?

Il inspira et s'intima de rester calme. Il n'arriverait à rien avec de telles bêtises. À sa grande surprise, ce fut efficace. Comme si quelque chose en lui était programmé pour se concentrer. Comme si ce n'était qu'un problème de plus auquel s'atteler avec détermination.

Bien sûr qu'il pouvait y arriver.

Il fit un pas de plus, soulagé de constater que la chambre tournait un peu moins cette fois. Il ne s'était pas évanoui parce qu'il avait trop bu. Il en était certain. Compte tenu de ses vertiges et de ses nausées, il aurait été tenté de supposer, mais les preuves disaient autre chose. Il n'y avait pas ces relents caractéristiques dans son haleine. Pas de sensation pâteuse sur la langue. Il n'avait pas vomi, c'était une certitude. D'ailleurs, il n'en avait pas envie. Il n'avait pas envie d'uriner non plus.

Devant l'absence de preuves pour confirmer qu'il sortait de la pire cuite de sa vie, il passa méthodiquement à l'option suivante. Après avoir passé les doigts dans ses cheveux courts et sur son crâne, il ne trouva aucune bosse ni égratignure.

Il n'avait donc pas de blessures à la tête. *Étape deux.*

Il pensa à ses mains rouges, à ses paumes à vif. Quelque chose de plus sinistre, alors ?

Il frissonna un peu, certain d'avoir vu juste. Il ne savait pas pourquoi il en était aussi persuadé, mais pour l'heure, il n'avait pas beaucoup d'informations auxquelles se raccrocher. Si son intuition frappait à la porte, alors il irait lui ouvrir bien volontiers.

Il continua sa progression vers le fauteuil, mais ne s'y arrêta pas, se contentant de passer les doigts sur le jean abîmé. Il jeta un œil à la poussière qui s'attachait au bout de ses doigts, mais puisqu'il n'avait aucune explication, il repoussa la question. Son esprit commençait à s'éclaircir et il devait se concentrer sur ce qu'il savait. Des faits concrets basés sur son environnement, sans mentionner les souvenirs que ces faits pourraient susciter en lui.

Il commença par lui-même.

La porte de la salle de bain était entrouverte et il la franchit pour pénétrer dans une salle petite, mais étonnamment propre, avec un lavabo de porcelaine perché sur quatre pieds fins chromés, une baignoire en fibre de verre avec un rideau de douche en plastique clair et des toilettes dont la cuvette, au niveau de l'eau, était auréolée d'un cercle de calcaire brunâtre.

Un miroir était suspendu au-dessus du lavabo, du verre terni de mauvaise qualité, fendillé dans un coin. Mais le miroir était grand, rivé au mur avec une légère inclinaison, de telle sorte qu'il apercevait tout le haut de son corps, de sa tête jusqu'à ses hanches. S'il reculait, il se verrait presque intégralement.

Il regarda dans la glace, ses yeux marron absorbant les informations que son image reflétait. Son sourcil gauche était entaillé par une cicatrice, certainement un coup de couteau, mais une rapide vérification confirma que sa vision était bonne aux deux yeux. Il devrait attendre pour se demander qui avait porté une lame à son visage.

Il se concentra ensuite sur son corps en entier. Son torse et ses abdominaux étaient durs comme le roc, lacérés par des cicatrices dont la plupart étaient blanches, mais quelques-unes encore vaguement roses. Aucune n'était sensible et il présumait que même la plus récente datait d'au moins plusieurs mois.

On ne pouvait pas en dire de même de son cou, où il distinguait cinq cicatrices circulaires fraîches, formant une ligne inégale qui partait de sa mâchoire jusqu'à sa clavicule. Des brûlures de cigares, peut-être ?

Il écarta cette possibilité pour l'examiner plus tard. Il était temps d'inspecter, pas de tergiverser sur les raisons pour lesquelles quelqu'un voudrait poser un cigare allumé contre sa peau.

Toutefois, il devait bien reconnaître que ces blessures ne faisaient pas mal, même si deux d'entre elles semblaient au bord de l'infection. Ce qui signifiait qu'il devait être en état de choc ou que quelqu'un lui avait administré des sédatifs et que leurs effets perduraient.

Il n'en savait rien, mais il penchait pour la seconde option. Surtout en prenant en considération la qualité étrange et frénétique de ses rêves qu'il n'arrivait pas bien à saisir.

Encore une fois, il remit la question à plus tard et reprit son examen.

Il se donnait environ trente-sept ans, et puisqu'il avait le type de physique que l'on obtient en s'entraînant régulièrement, cela lui donnait de bonnes informations sur son identité. De son point de vue, en face du miroir, il remarquait un tatouage tribal qui formait une bande autour de son bras gauche. Il y avait autre chose sur le droit, aussi, bien que l'angle ne lui permette pas de distinguer le dessin. Il ne prit pas la peine de se tourner pour avoir une meilleure vue. Chaque chose en son temps, il devait se montrer méthodique. N'importe quel détail pouvait représenter un indice qui l'aiderait à comprendre qui il était. Chaque blessure, chaque hématome, pouvait déclencher en lui un flot de souvenirs.

Ses cheveux foncés étaient courts, mais suffisamment longs pour que les mèches soient emmêlées par le sommeil. Sa barbe mal entretenue suggérait qu'il n'avait pas touché de rasoir depuis des lustres, ce qui coïncidait avec son sentiment d'être resté inconscient plusieurs jours.

Il reporta son attention sur ses mains. En dépit de ses éraflures, elles étaient fortes et ses doigts calleux. Il ne portait pas d'alliance et pas de ligne de bronzage indiquant qu'il en avait déjà porté une. Cette pensée l'interloqua, alors que deux yeux verts brillants et des cheveux d'or traversaient son esprit. *Son rêve.*

Était-elle réelle ? Une petite amie ? Une sœur ?

Était-elle en danger ?

Dans son rêve, quelqu'un lui parlait, proférant de vilaines paroles au sujet d'une femme. Mais qui ?

Il avait beau essayer, il n'arrivait pas à se remémorer son rêve. C'était terriblement frustrant, mais il pourrait toujours y revenir plus tard. Il avait déjà bien assez de préoccupations pour le moment.

Avec une inspiration, il continua son examen détaillé. Ses dents étaient blanches et presque droites. Sa famille devait avoir de quoi lui payer un appareil dentaire quand il était enfant. En revanche, son nez était de travers et il supposait qu'il se l'était cassé plus d'une fois. Peut-être au sport ou lors de bagarres.

Compte tenu des cicatrices qui barraient son torse, ses abdominaux et son sourcil, il parierait sur les bagarres.

Il se tourna sur le côté, et une fois que son tatouage fut dans son champ de vision, les cicatrices entrecroisées sur le reste de son corps prirent tout leur sens. C'était un crâne avec un béret vert sur ce qui semblait être un blason. Les mots *de oppresso liber* remplissaient un espace en dessous. Il les reconnut, même s'il ne se rappelait pas les circonstances.

La devise des forces spéciales.

Alors, il était soldat. Ou il l'avait été. Bien qu'il ne se souvienne pas d'une seule minute de combat, savoir qu'il faisait partie de cette confrérie le réconforta. Cela prouvait ce qu'il ressentait aussi dans ses tripes : il saurait se débrouiller, peu importe ce que le monde prévoyait pour lui.

Et sur la base de ce qu'il voyait dans le miroir, il semblait que le monde abusait régulièrement de lui.

Merde. Dans quoi s'était-il embarqué ? Qui était-il ?

Une vague de panique monta en lui et, pendant un

instant, il se laissa submerger. Il s'autorisa à se complaire dans sa peur et à se morfondre, perdu dans le trou noir de son esprit.

Puis il arrêta net. Il avait des choses plus pressantes à faire que de geindre vainement. Il n'avait aucun souvenir ? D'accord. C'était un point de départ.

Alors, la première question : que lui disait son absence de souvenirs ?

Qu'il lui était arrivé quelque chose.

Très bien, mais quoi ?

Sa meilleure supposition : un traumatisme. Physique ou émotionnel.

Quoi qu'il en soit, pour le moment, la question restait théorique. Dans les deux cas, il devait affronter la même page blanche.

La situation sentait mauvais, mais Dieu savait qu'elle pourrait être bien pire encore. Il avait vu un film, une fois, où le type n'avait même plus de mémoire à court terme. Il devait se tatouer pour se rappeler les faits. Un très bon film, intitulé *Memento*.

Et merde, il se rappelait ce genre de choses ! Il avait des souvenirs, après tout. Il se rappelait le nom des planètes et des mois de l'année. Il savait lire. Il se rappelait aussi que Luke Skywalker était le fils de Dark Vador.

Il n'avait aucune idée du nom des éléments sur le tableau périodique, mais au moins il se rappelait qu'il y avait un tableau périodique. Il avait le sentiment de ne jamais les avoir connus, de toute façon.

Ainsi, son esprit fonctionnait. Jusqu'à un certain point.

Son nom, son âge, son passé ? Pour ce qui était de *ces*

informations, il était complètement perdu. Ça reviendrait, naturellement.

Si ce n'était pas le cas… eh bien, ce ne serait pas la première fois qu'il gérerait une situation difficile. Il ne s'en rappelait aucune, mais il en avait la certitude dans ses tripes et des preuves sur le corps. Il ne savait peut-être pas qui il était, mais il savait très bien *ce* qu'il était. Il n'était pas le genre d'homme qui se roulait en boule et pleurnichait.

Des coups retentirent sur la porte et il se retourna, sa main droite se posant instinctivement sur son côté gauche comme s'il cherchait à dégainer son arme de poing.

Pendant un instant, il se figea dans cette position. Puis il remit sa main à sa place et répéta le mouvement, un sourire aux lèvres.

La mémoire musculaire. Vive la mémoire musculaire.

Une clé cliqueta dans la serrure et il courut dans la chambre, se jetant pratiquement contre la porte avant que la personne qui insérait la clé ne puisse entrer.

— Qui est-ce ?

Sa voix était rauque, comme s'il n'avait pas parlé depuis des mois. Il toussa et essaya à nouveau :

— Qui est là ?

— Ménage. Je nettoie la chambre, non ?

Il se déplaça, puis jeta un œil dans le judas et aperçut un brin de femme près d'un chariot de ménage. Derrière elle, une Toyota cabossée était garée devant la porte. La sienne ?

Il n'en savait rien.

Tout ce qu'il savait, c'était qu'il ne la laisserait pas entrer.

— Ça ira, dit-il. J'ai tout ce dont j'ai besoin.

Ce n'était pas exactement la vérité, mais pas vraiment un mensonge non plus. Il avait de l'air dans ses poumons et son cœur battait, après tout.

— Très bien, monsieur, répondit-elle avant de pousser son chariot vers la chambre voisine.

Il resta à regarder par le judas, son attention désormais concentrée sur la plaque d'immatriculation de la Toyota. *Californie.*

En fronçant les sourcils, il retourna vers le bureau, puis il attrapa son jean et le secoua, envoyant la poussière dans les airs. Un boxer bleu marine glissa sur le sol. Il le récupéra, le renifla et l'agita un peu avant de l'enfiler, puis le pantalon.

En plus d'être élimé, le jean n'était pas beau à voir. Déchiré au niveau des genoux, et pas d'une manière qui soit à la mode. Plutôt comme s'il avait fait une mauvaise chute.

Il regarda ses paumes, puis ses genoux, et ce faisant il se souvint. Pas de tout. Pas de sa vie. Pas même de son nom.

C'était toutefois un début.

Des ténèbres. Et un mouvement.

Il était aveuglé, dans un véhicule en déplacement, probablement un semi-remorque, les chevilles liées ensemble et les mains attachées derrière son dos. Il écoutait, essayant de trouver autant d'informations que possible, mais il n'y avait rien. Seulement de la chaleur et du mouvement. C'était tout ce qu'il savait. Absolument tout. Comme s'il était né à ce moment-là, déjà adulte et dans ce camion. Il y avait des choses dont il se souvenait, bien sûr. Mais pas de lui. Quelle que soit son identité, il venait juste d'apparaître au monde. Une page blanche. Un vase vide.

Mais il était conscient, maintenant.

Le camion avait heurté quelque chose et avait été secoué, puis il avait dérapé dans un crissement de pneus jusqu'à s'arrêter.

Une porte s'ouvrit dans un grondement et de la lumière s'infiltra sous les rebords de son bandeau. Des mains fortes l'empoignèrent, le remettant sur ses pieds et le poussant en avant. Il était debout. Sans doute avait-il vu juste à propos du semi-remorque. Puis il entendit le son d'une lame qui section- nait ses liens. Ses chevilles furent libérées en premier, puis ses poignets. Avant qu'il puisse réagir, le moteur du camion redémarra.

En même temps, quelqu'un le poussa par-derrière et il tomba sur le bitume chaud et rugueux, ses mains en avant pour amortir sa chute.

Il se tourna en retirant son bandeau et plissa les yeux sous le soleil, pendant qu'un homme en jean et t-shirt noir refermait la porte de l'intérieur. Puis le véhicule repartit sur l'autoroute déserte, en direction de l'horizon.

Dans la chambre de motel, ses souvenirs lui reve- naient en mémoire. Rien avant le camion, mais mainte- nant il se rappelait la sensation de la route sous ses mains, le soleil qui brûlait pendant qu'il marchait sur des kilomètres, et le soulagement quand il avait trouvé cet établissement merdique envoyé par Dieu.

Il était entré en titubant dans le hall de réception, il avait trouvé cent cinquante dollars dans sa poche et il avait acheté six bouteilles d'eau, cinq conserves de mélange de noix et trois barres chocolatées. Puis il avait pris une chambre pour deux nuits.

Ce qui lui laissait environ trente dollars, comme il s'en souvenait à présent en enfilant son jean.

Il n'avait aucun papier, mais cela n'avait pas semblé déranger la femme de l'accueil. Il avait donné le nom de Jack Sawyer. Il ne se souvenait pas de son identité ni de sa vie avant son trajet en camion, mais il se souvenait de cette série télévisée, *Lost*, et il avait emprunté les noms de ces deux personnages pour constituer le sien.

Voilà où il en était, Jack Sawyer, dans une pauvre chambre de motel, sans aucun souvenir. Tout son monde se trouvait dans cette piaule miteuse et ses vêtements sales. Quelle idée réjouissante !

Il secoua la tête, apaisant la peur et la frustration qui revenaient à la charge. Certes, ce n'était pas idéal, mais au moins il était en vie. Et il comptait le rester.

Résolu, il revêtit son t-shirt. À l'origine, le haut était blanc, mais maintenant d'un gris crasseux avec des traces de sueur sous les bras et à l'arrière du col.

Une paire de mocassins en cuir marron pointaient sous le bureau et il les chaussa, incapable de trouver ses chaussettes. En même temps, il se tâtait le corps, inspectant chacune de ses poches de jean et même les coutures, au cas où il y aurait quelque chose de cousu à l'intérieur. Il ne trouva rien d'autre que les trente-trois dollars de la monnaie qu'il avait reçue quand il avait pris la chambre et la clé avec le numéro 107 gravé dessus.

Comme il n'y avait aucun indice sur lui, il chercha sur le bureau et dans les tiroirs, mais ils étaient vides à l'exception d'une bible, d'un livre des Mormons, d'un stylo noir et d'un menu pour se faire livrer des pizzas à Victoriaville, en Californie.

Son estomac gargouilla. Il allait tendre la main vers son téléphone pour commander quelque chose, mais il se ravisa. Les trente dollars ne dureraient pas longtemps. Mieux valait se contenter de ce qu'il y avait dans la chambre.

Il sortit quelques noix d'une conserve tout en faisant les cent pas, analysant sa prochaine étape. Son rêve fiévreux s'attardait toujours, mais les mots n'avaient plus cette même clarté qu'ils avaient pendant son sommeil. Ils s'estompaient. Dans son rêve, il se sentait piégé, mais pas confus. Maintenant, le mot étrange, les menaces et les références à des dessins animés n'avaient aucun sens, les nombres encore moins.

Puisqu'il n'avait rien d'autre où écrire, il sortit le menu et griffonna ce dont il se souvenait : *32 355 5-o 717*

Sans doute le « o » correspondait-il à un zéro, alors il raya ce qu'il avait écrit pour recommencer : *32 355 50 717*

Cela n'avait toujours aucun sens. Il se renfrogna devant les nombres qui refusaient de lui donner la moindre information.

Bon, d'accord. Les chiffres ne signifiaient rien pour lui ? Alors, il commencerait ailleurs. Il savait qu'il lui était arrivé quelque chose, et après cet épisode mystérieux, on lui avait bandé les yeux, on l'avait attaché et on l'avait poussé hors d'un camion, l'abandonnant à la chaleur du désert.

Ce n'était pas un scénario qu'il avait envie de reproduire, et puisqu'il ignorait si ses ravisseurs l'avaient vraiment abandonné, il avait l'intention d'être prêt s'ils revenaient.

En d'autres termes, il avait besoin d'une arme.

Il pouvait toujours casser un tiroir et utiliser un éclat de bois, mais il avait le sentiment que la gentille dame de l'accueil ne verrait pas cette initiative d'un bon œil. Il retourna plutôt dans la salle de bain, puis il sortit la clé de sa poche. Détachant le rebord du miroir de son cadre, dans un coin inférieur, il fit levier pour l'extraire doucement. Comme il l'espérait, la fissure était à la fois longue et profonde, et en tirant, il parvint à dégager un morceau de verre en forme de stalactite de plus de dix centimètres.

C'était exactement ce dont il avait besoin. Parce qu'il ne savait pas à quoi s'attendre lorsqu'il sortirait.

Il enveloppa l'un des côtés tranchants dans du papier toilette, formant ainsi une poignée de fortune, puis il glissa le tout au fond de la poche de son jean avant de se diriger vers la porte. Il l'ouvrit lentement. À l'extérieur, il fut écrasé par un mur de chaleur.

Le trottoir était libre des deux côtés, et seulement quelques voitures parsemaient le parking. Des ondes de chaleur se dégageaient de l'asphalte. Le monde était une fournaise, mais tout bien considéré, cela semblait plutôt approprié, parce qu'à en juger par la situation, il était cuit !

Un panneau, qui ne semblait pas avoir été changé depuis les années cinquante, trônait en haut d'un poteau en acier, présentant le petit motel délabré sous le nom de *Beau Séjour*. Plutôt trompeur, comme nom, et il avait bien l'intention d'écourter son séjour au plus vite.

Il s'éloigna le long du trottoir en direction de l'enseigne, passant devant les portes couleur pastel sur son chemin. La verte, chambre 106. La bleue, chambre 105. La jaune, chambre 104.

Ce trajet lui était déjà familier et il y trouvait un certain réconfort.

En même temps, sa mémoire se résumait à une demi-douzaine de portes aux couleurs des œufs de Pâques. Ce n'était guère réjouissant.

Il retrouva la même femme à l'accueil. Elle avait une soixantaine d'années et la coupe de cheveux de Lucille Ball. Tiens, il se souvenait de la série *I Love Lucy* !

Elle sourit derrière son bureau.

— Dites-moi, vous avez l'air d'aller beaucoup mieux aujourd'hui. Vous avez pu dormir, je suppose.

— Oui, répondit-il avant de s'éclaircir la gorge et de regarder autour de lui. Auriez-vous les horaires des bus ?

Elle secoua la tête.

— Non, désolée. Où souhaitez-vous aller ?

— En promenade, dit-il comme s'il était Jack Reacher et qu'il était parfaitement normal d'errer sans but à travers le pays.

— Laissez-moi voir si je peux vous trouver les horaires en ligne.

Elle se rapprocha d'un ordinateur qui semblait plus vieux que lui, mais elle s'arrêta à mi-chemin pour répondre au téléphone tout en fouillant dans un tiroir.

Il pencha la tête et sa main glissa dans sa poche, tous les sens en alerte.

Le téléphone.

Aussitôt, il se détendit.

Bien sûr. Il aurait dû s'en rendre compte immédiate-ment. Les chiffres. C'était un numéro de téléphone. 323-555-0717.

— Oh, super, je l'ai trouvée, dit-elle en raccrochant.

Elle sortit d'un tiroir une brochure chiffonnée.

— Alors, la station d'autocars Greyhound n'est pas très loin. C'est ce que vous cherchiez ? Ou souhaitiez-vous les bus municipaux ?

— Greyhound, dit-il en songeant à l'indicatif 323. J'aurais besoin de passer un appel téléphonique. Ensuite, je pense que j'irai à Los Angeles.

— Vous avez des amis là-bas ?

— C'est ce que je vais découvrir.

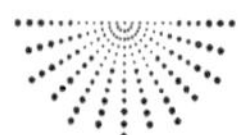

CHAPITRE DEUX

De retour dans sa chambre, Jack s'assit au bord du lit, le vieux téléphone à touches sur ses genoux et le combiné à la main, raccroché à son socle par un cordon en tire-bouchon.

Il ne savait pas qui serait à l'autre bout du fil, si tant est qu'on lui réponde. La seule chose dont il avait la conviction, c'était qu'il ne savait rien d'autre. Il n'était qu'une page blanche avec cette unique inscription.

Alors, compose ce satané numéro, Jack.

Il leva la main, puis hésita. Et si c'était un piège ? Un souvenir délibérément placé dans son esprit ?

Dans quel but ?

S'il refusait d'appeler, il leur retirerait la satisfaction de voir leur plan réussir.

Et s'il n'y avait pas de plan ? Et s'ils en avaient terminé avec lui et qu'ils l'avaient jeté sur l'autoroute sans souvenirs et sans ressources, avec la certitude que c'était la dernière fois qu'ils verraient Jack Sawyer ou l'homme qu'il était autrefois ?

D'un autre côté, s'ils le voulaient mort, pourquoi ne pas tout simplement le tuer ? Pourquoi lui avoir mis de l'argent dans les poches et lui avoir laissé la vie sauve ?

S'il refusait de composer le numéro, il pourrait leur couper l'herbe sous le pied, mais il ne serait pas plus avancé.

Et puis merde, là tout de suite, la possibilité de trouver ne serait-ce que le moindre indice sur l'homme qu'il était auparavant surpassait toute autre considération. Un piège ? Peut-être. Il avait survécu à pire. Ou du moins, il avait *certainement* survécu à pire. C'était un dur à cuire balafré des Forces Spéciales. En tout cas, il le supposait. Au minimum, il devrait pouvoir téléphoner sans déclencher l'apocalypse.

La tonalité sortant du combiné dans sa main se changea en note stridente continue. Il appuya sur le bouton pour raccrocher, cala le combiné entre son épaule et son oreille, puis il composa le numéro qui tournait en boucle dans sa tête.

À l'autre bout, deux sonneries retentirent avant qu'une voix d'homme se fasse entendre.

— Monrovia Aventure Voyage. Êtes-vous un client ?

— Euh, oui.

— Votre nom d'utilisateur, s'il vous plaît.

Il raccrocha. Ce n'était pas le bon numéro. Ou alors, il l'avait mal retranscrit.

Frustré, il se leva et arpenta la chambre, repassant ce rêve absurde dans sa tête une fois de plus. Absurde, c'était le mot. Des dessins animés, des voix désincarnées, des phrases aléatoires et des numéros qui ne pouvaient avoir de sens pour personne.

À moins que…

En fronçant les sourcils, il se retourna vers le téléphone. Il y avait peut-être un sens, tout compte fait. Dans le monde d'Ethan Hunt et de Jason Bourne, ces phrases absurdes pouvaient avoir beaucoup de sens.

Il n'était pas Bourne, mais peut-être… Seulement peut-être…

Il recomposa le numéro, et cette fois, ce fut une femme qui répondit. Lorsqu'elle lui demanda son nom d'utilisateur, il tenta quelque chose au hasard après avoir passé en revue toutes les absurdités les plus plausibles parmi les noms qui peuplaient son esprit.

— Bip-Bip, dit-il en espérant avoir raison.

Pendant un moment, seul le silence lui répondit. Puis la voix revint, brève et cassante.

— Restez en ligne, je vous prie.

Il s'exécuta, des papillons dans le ventre. Il n'était pas certain de ce qu'il avait fait, mais il était convaincu d'avoir amorcé quelque chose. Si c'était bon ou mauvais, il n'en savait rien.

La ligne cliqueta, et cette fois, son interlocuteur fut un homme.

— Mot de passe ?

Il ouvrit la bouche, sa posture droite comme s'il faisait un rapport de mission. Comme si c'était la routine. À une époque, c'était sûrement le cas, supposa-t-il.

Aujourd'hui, il n'en avait aucune idée.

— Mot de passe ?

— Je suis désolé, je…

— Veuillez donner votre nom et votre localisation.

— Victorville, dit-il. Je dois parler à un responsable. C'est urgent.

Il y eut un silence

— Ce bureau utilise certains protocoles. Cet appel prendra fin dans cinq, quatre…

— *Attendez.* Il m'est arrivé quelque chose. Je ne peux pas vous donner le mot de passe, parce que je ne m'en souviens pas. J'ai été drogué, ou j'ai subi un lavage de cerveau ou je ne sais quoi. Laissez-moi seulement parler à votre supérieur.

Un silence.

Un monstrueux silence. Puis :

— Je suis désolé, monsieur. Le protocole requiert que…

— Vil Coyote ! Looney Tunes ! Bip-Bip !

On aurait dit un idiot.

— Merde, je ne sais pas, pesta-t-il. Qui est à l'appareil ? Qui ai-je appelé ?

— Restez en ligne, je vous prie.

La voix dénuée d'émotions disparut, remplacée par un tic-tac rythmé en guise de musique d'attente. Pendant ce qui lui sembla durer une éternité, il resta sagement en ligne.

Il était sur le point d'abandonner et de tout recommencer quand il entendit une série de déclics, suivis par une voix rauque :

— Grand Dieu, Bip-Bip. Où êtes-vous ? Quel est votre statut ?

Il commença à répondre. Il ouvrit même la bouche pour débiter toute son histoire à l'homme à l'intonation soucieuse. Mais sa raison lui revint et il demanda, circonspect :

— Commençons par qui vous êtes.

Un silence. Juste assez long pour qu'il le remarque. Il avait surpris son interlocuteur. Bien. Jack en avait assez d'être le seul à toujours avoir un train de retard.

— Je suis le colonel Anderson Seagrave. Pour le moment, je suis la seule personne qui ait envie de vous croire.

Les mots étaient sévères, mais pas hostiles.

— Parce que je ne connaissais pas le mot de passe ?

— Vous le connaissiez ?

Bien vu. En tout cas, il avait dû donner le bon, ou du moins, s'en approcher suffisamment pour piquer la curiosité du colonel.

— Non, avoua-t-il en se disant qu'il valait mieux opter pour le blanc ou le noir sans osciller entre les deux. J'ai fait quelques suppositions, c'est tout.

— Je vois.

La voix s'était durcie, et quand l'homme parla à nouveau, Jack entendit un dangereux tranchant.

— Comment avez-vous pu faire de telles suppositions, je vous prie ?

— Vous voulez savoir si j'ai tabassé quelqu'un pour obtenir le code secret ?

Il devait paraître trop culotté, mais après tout, ce mec était un colonel. Ce qui signifiait l'armée, le gouvernement et une opération importante. Jack n'allait pas pouvoir y entrer comme si de rien n'était, avec un air de chiot candide. Il avait perdu 99 % de lui-même, mais il allait s'accrocher au 1 % restant comme si sa vie en dépendait.

— En quelque sorte, répondit Seagrave. Alors, dites-moi, êtes-vous bien Bip-Bip ? Ou vous vous êtes seulement infiltré dans son esprit ?

Jack ferma les yeux, puis il se pinça l'arête du nez entre l'index et le pouce. C'était le moment de vérité. Il espérait seulement que ce ne serait pas la plus grande erreur de sa vie.

La bonne nouvelle, au moins, c'était qu'il n'arrivait pas à se remémorer de pires erreurs avec lesquelles la comparer.

— La vérité ?

— Dans ce milieu, ce serait bien pour changer.

— Bien, alors peut-être que vous pourriez me dire qui je suis. Parce que je n'en ai pas la moindre idée.

Il attendit, redoutant une réponse explosive. Une série de claques verbales pour le remettre à sa place, le punir d'avoir dérangé une personne qui, de toute évidence, occupait une position élevée dans la chaîne de commandement. Jack ne savait peut-être pas le mot de passe, mais il connaissait la marque de fabrique des opérations secrètes qui envoyaient des agents sur le terrain.

Soldat ou non, il était certain qu'il était officier dans le renseignement. Ce qu'il ignorait, c'était si l'homme au bout du fil était un ami ou quelqu'un qui risquait de le mettre dans de beaux draps.

— Vous pouvez le faire ? demanda-t-il alors que le silence persistait.

Cette fois, il était certain que c'était un choix tactique.

— Vous pouvez me dire qui je suis ?

— Je crois, répondit Seagrave. Il se peut même que je sache ce qui vous est arrivé. Une partie, du moins.

— Je suis tout ouïe.

— Hmm. Vous êtes-vous donné un nom ?

— Pas depuis longtemps, admit-il. Ce que je peux vous dire, c'est que mon monde a commencé quand je me suis réveillé, il y a quelques heures. J'ai un petit prologue à mon réveil. Du genre palpitant avec une pincée de mystère.

— De mystère ?

— Je me suis surnommé Jack, reprit-il en ignorant la requête du colonel Seagrave, qui semblait vouloir en savoir plus, et notamment au sujet de l'ignoble plongeon de Jack depuis l'arrière d'un camion. Jack Sawyer.

Le colonel éclata de rire. Il était si sincère, si spontané, que Jack se surprit à ricaner à son tour.

— Pourquoi ça ne me surprend pas ? fit le colonel.

— Vu les circonstances, je ne suis pas la bonne personne à qui poser cette question.

Il prenait déjà l'habitude d'évoquer son amnésie.

— Vous étiez un grand fan de *Lost* à l'époque. Vous regardiez cette série avec…

— Avec ?

— Moi, répondit-il, même si Jack était sûr d'entendre un mensonge dans la voix de l'homme. On buvait des bières et on regardait cette série débile.

— Alors, nous étions amis.

— J'espère que nous le sommes toujours.

— Dites-moi qui je suis.

— Je ne peux pas. Pas tout de suite.

Jack se tendit.

— Pourquoi ?

— Parce qu'il est possible que vous ne soyez plus mon ami. Dans ce cas, je ne veux pas vous donner plus d'informations utiles.

— Merde.

À un moment donné, il s'était levé et avait commencé à faire les cent pas. Il se rassit.

— Nous devons nous voir, déclara-t-il. Face à face. Je dois vous voir pour savoir si je peux vous faire confiance. Selon toute vraisemblance, vous avez besoin de la même chose.

— Où êtes-vous ?

— Aucune importance. Dites-moi seulement où je dois vous retrouver à Los Angeles et je serai au rendez-vous.

— Ce serait mieux si nous procédions à une extraction et que nous vous ramenions.

— Ça ne se passera pas comme ça, dit Jack.

— Pourquoi ?

— Parce que, pour le moment, je suis un homme sans ami. Je ne sais pas qui je suis ni qui m'a fait ça. Alors, dites-moi franchement, est-ce que vous pensez vraiment que je vous ferais confiance au point de vous confier où je suis ?

— Je suis désolé, Jack. Vous avez raison. Je n'ai jamais cru que vous me donneriez votre adresse.

Alors que le colonel parlait, un vrombissement régulier se fit entendre dans les airs, vibrant entre les murs en carton-pâte de la petite chambre d'hôtel.

— Merde, murmura Jack. Qu'avez-vous fait ?

— Je vous jure qu'on ne vous fera aucun mal. Laissez-les seulement vous ramener ici.

Il ne prit pas la peine de répondre. Il raccrocha et son esprit se mit à tourner à plein régime. Sa main se porta vers l'éclat de miroir et il serra le bout enveloppé de papier dans sa paume, prêt à trancher ou poignarder.

Ce n'était qu'une vaine illusion. Il pouvait déjà dire, au bruit qui prenait de l'ampleur, qu'il n'y avait pas qu'un seul hélicoptère. C'étaient des hélicos militaires et il devait y en avoir cinq. Certainement deux sur le parking, un dans les airs et deux autres derrière sa chambre.

Un éclat de miroir et son humour cinglant ne suffiraient pas à les maintenir à distance. Ce qui signifiait qu'il devait faire un choix. Il pouvait se planquer dans la chambre et essayer de les combattre, ou il pouvait ouvrir la porte et sortir sur le trottoir, acceptant la prochaine étape de ce qui s'annonçait comme une aventure hors du commun.

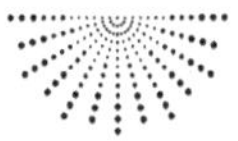

CHAPITRE TROIS

Voici le fait marquant du jour : moi, Denise Ellen Marshall Walker, je suis une personne horrible.

Ou du moins, une personne sacrément perturbée.

Je dois l'être, non ? Parce que je prends un bain de soleil dans l'un des jardins les plus chics de toute la Californie, et au lieu de penser : *waouh, j'ai de la chance d'avoir des amis et des collègues aussi merveilleux*, je transpire la jalousie.

Pas au sujet de la maison, bien que personne ne puisse m'en vouloir si c'était le cas. Après tout, c'est la propriété de Damien Stark, à Malibu, et il ne fait jamais les choses à moitié. Je ne peux pas le prouver, mais je suis quasiment certaine qu'il a importé le soleil en même temps que les superbes dalles italiennes de sa terrasse.

Mais non, ce n'est pas la propriété qui donne à ma peau la couleur d'Elphaba, la Méchante Sorcière de l'Ouest, verte de jalousie. C'est mon partenaire, Quincy, et sa petite amie Eliza, qui se tiennent par la main et qui se regardent comme s'ils allaient se dévorer. Comment pourrait-il en être autrement ? Ils sont de nouveau ensemble après une parenthèse si longue que les dinosaures auraient pu évoluer et s'éteindre pendant l'intervalle. Suis-je heureuse pour eux ?

Oh, pitié. Bien sûr que je le suis. Je suis perturbée, mais tout de même, je ne suis pas sans cœur.

Je *suis* heureuse pour eux.

Mais je suis aussi verte de jalousie et je m'en veux atrocement. La simple vérité, c'est que je n'ai pas la patience d'attendre qu'une autre ère passe. Je veux que mon mari revienne. Je n'ai pas vu Mason depuis plus de deux ans. Depuis qu'il est parti en mission d'infiltration, et il me manque tellement que parfois, j'ai peur de me recroqueviller et de mourir de cette douleur causée par la solitude.

Je continue d'avancer, toutefois. Mes amis m'aident. Mon travail aussi. Ainsi que la certitude qu'il est quelque part, qu'il m'aime toujours et que je lui manque.

Par contre, rien de tout cela n'est suffisant pour m'épargner la jalousie tranchante comme un poignard chaque fois que je suis témoin de joyeuses retrouvailles.

Aujourd'hui, je suis en train de me noyer dans une mer de bonheur.

S'il y avait seulement Quincy et Eliza, je ne serais peut-être pas un cas aussi désespéré. L'objectif de la journée était de célébrer le succès de la dernière affaire de Stark Sécurité, ainsi que les retrouvailles imminentes d'une princesse européenne avec son père, le roi, fou de soulagement.

L'agence Stark Sécurité est une division assez récente de Stark International, un énorme conglomérat dont le propriétaire n'est autre que l'ancien joueur de tennis reconverti en entrepreneur milliardaire, Damien Stark. La branche est dirigée par Ryan Hunter, à la tête de la sécurité de l'entreprise internationale.

Fondée après l'enlèvement de la cadette des Stark, l'Agence est dotée d'employés expérimentés, dont la plupart viennent des forces de l'ordre ou du renseignement et partagent la vision de Stark, à savoir apporter leur aide là où elle est nécessaire, quelle que soit l'ampleur de la tâche.

Je fais partie de ces recrues, maintenant, depuis que j'ai quitté mon travail sous couverture au gouvernement, il y a un moment. Cela dit, je ne me sens pas très utile, ces derniers temps. Je suis plutôt morose, seule et jalouse. Parce que tout le monde fête quelque chose, et que moi, je me sens perdue.

Je ne suis pas dans mon assiette et je me force à regarder ailleurs, au cas où Eliza ou Quincy remarqueraient ma mélancolie et modéreraient leur bonheur.

Franchement, c'est une bonne décision, parce qu'une fois que j'ai concentré mon attention sur la piscine, ma mélancolie s'envole aussitôt. Lara Stark, fillette aux cheveux noirs, éclabousse sa petite sœur qui glousse, tandis que la princesse récemment rescapée essaie sans succès d'intéresser les deux petites Stark aux frites de piscine colorées.

De l'autre côté de la piscine, la sœur d'Eliza, Emma, regarde les fillettes. Son sourire irradie jusque dans ses yeux. Elle porte un débardeur et un short. Sur sa cuisse, on distingue un bandage après la bataille d'hier.

Seulement hier.

Honnêtement, ça semble déjà si lointain. L'abjecte vérité, c'est que je veux une autre affaire. Rapidement. Même si cela veut dire qu'une autre personne a des problèmes. J'en ai besoin, parce que sinon, je ne sais pas si je pourrai empêcher mes pensées de vagabonder vers Mason ou mon cœur de tomber en morceaux à nouveau.

Bon sang. J'essuie mes yeux humides en espérant que personne n'a rien remarqué. J'aurais vraiment dû apporter mes lunettes de soleil.

Cette pensée persiste quand je réalise que Quincy vient dans ma direction. Je suis désespérément amoureuse de mon mari, mais cela ne veut pas dire que je n'apprécie pas un bel homme quand j'en vois un, et Quincy correspond tout à fait à cette description. Il est anglais, ce qui n'est pas important en soi, mais ce magnifique accent lui donne un sacré charme ténébreux. Il est athlétique et redoutable, mais au fond, c'est l'un des hommes les plus gentils que je connaisse. Et le plus loyal.

Surtout, il est fou amoureux d'Eliza. Honnêtement, c'est plutôt adorable.

Alors qu'il approche, je regarde derrière lui et je constate qu'elle a disparu. Certainement à l'intérieur de la maison, où Nikki, Damien et le reste de l'équipe du matin sont partis pour prendre un café et un petit-déjeuner sous forme de buffet.

— Ça y est, on l'a fait, dit-il en s'assoyant sur le rebord de ma chaise.

— Eliza et toi ? lancé-je tout en lui faisant de la place. Je l'espère, à voir comment vous vous faites les yeux doux depuis quelques jours.

— Très drôle, rétorque-t-il, mais il sourit et je sais que ça ne l'ennuie pas que je le taquine.

Il sait parfaitement que j'adore Eliza et que je pense qu'ils forment un couple magnifique.

— Je veux que tu me le dises franchement.

— Que je te dise quoi ?

Cette fois, je n'y comprends rien.

— Que toi et moi, nous formons une super équipe et que tu vas rester sur le terrain au lieu de décider que c'était ponctuel et de retourner derrière un ordinateur.

Je secoue la tête, comme si ce qu'il avait dit était la chose la plus ridicule au monde. Ce n'est pas le cas. Après tout, c'était ce que je faisais avant que nous nous rencontrions. J'étais si morose, avec la longue absence de Mason, que j'avais quitté mon poste au gouvernement et j'avais accepté l'offre de Ryan qui voulait me recruter dans son équipe de sécurité. Toutefois, j'avais catégoriquement refusé d'aller sur le terrain.

C'est Quincy qui m'a convaincue de retourner en mission. Nous avons travaillé un peu ensemble au cours de l'enquête sur l'enlèvement de la fille Stark et nous nous sommes bien entendus, probablement parce que nous vivions la même chose. Quoi qu'il en soit, nous sommes devenus amis, et la mission que nous venons de terminer était la première que nous effectuions en tant que partenaires.

— Tu ne te débarrasseras pas de moi maintenant, lui dis-je avec franchise.

Il hausse les sourcils.

— Maintenant ?

— Bien sûr.

Je lui lance un sourire malicieux.

— Maintenant que tu es avec Eliza. Ça veut dire que j'ai une copine avec qui faire des commérages sur toutes tes mauvaises habitudes.

— Ah, alors je suppose que j'ai de la chance qu'il n'y ait pas la moindre petite mauvaise habitude chez moi.

— Oui, dis-je, impassible. Tu as de la chance.

Nous partageons un sourire, puis je pose ma main sur la sienne, sur le coussin de la chaise longue.

— Je suis tellement contente que vous soyez ensemble, tous les deux, lui dis-je en toute sincérité. Vous êtes faits l'un pour l'autre, tu sais.

— Oui, répond-il. J'ai bien l'intention de ne pas tout gâcher. Nous allons même voir un conseiller conjugal. Notre première session est jeudi.

— C'est bien.

Je me demande si je devrais essayer, moi aussi. J'apprendrais peut-être à remplir ce vide qui grandit dans mon âme. Je secoue la tête pour chasser cette pensée, car il ne s'agit pas de moi.

Il lève la main et la referme sur la mienne, la serrant doucement.

— Est-ce que tu peux me dire ce qui ne va pas ?

Une question si simple, mais prononcée avec une telle inquiétude que les larmes me montent aux yeux et je dois cligner des paupières pour les chasser.

— Seulement de la mélancolie. Je t'aime bien, tu es l'un de mes meilleurs amis, alors ne le prends pas mal, mais je suis profondément jalouse et je n'arrive pas à penser correctement.

— Je suis désolé, Denny. J'aimerais pouvoir te le ramener.

— Je sais, dis-je avec un hochement de tête.

Même si Quincy m'a toujours appelée par le même surnom que me donnait Mason, ce matin, il me donne envie de fondre en larmes.

Par-dessus l'épaule de Quincy, je vois Eliza sortir de la maison portant un plateau rempli de tasses de café. Je la pointe du doigt, en proie à une soudaine envie de passer du temps toute seule.

— On dirait qu'elle a apporté du café pour tout le monde. Tu devrais aller l'aider.

— Je te rapporte une tasse.

Je refuse quand il se lève et il hausse les sourcils, étonné. Il sait très bien que je suis accro à la caféine.

— Je crois que j'ai attrapé quelque chose. Mon estomac commence à se rebeller quand je bois du café à jeun. Je vais aller grignoter un morceau bientôt, dis-je avec empressement, de peur qu'il ne se propose d'aller me chercher de quoi manger.

— Très bien, dit-il en percevant le sous-entendu et mon besoin de rester seule.

La plupart du temps, je me débrouille plutôt bien. Mais aujourd'hui, avec la fête, tout cet amour et…

Je renifle, cligne des yeux et je me force à ne pas pleurer quand je le vois avancer vers Eliza. Mon souffle reste suspendu lorsque son visage s'illumine en le voyant.

Je déglutis. Je dois vraiment arrêter.

Sérieusement, je dois cesser de me plaindre. Mais bon sang, je ne sais pas ce qui lui est arrivé. Je ne sais pas s'il est en sécurité. Je ne sais même pas s'il est en vie. Il me semble que je ressentirais une douleur au fond du cœur s'il avait déjà quitté ce monde, mais on ne sait jamais.

La seule chose que je sais, ou crois savoir, c'est qu'il y a quatre mois, je pensais…

« Born in the USA… »

La sonnerie de mon téléphone est à la fois forte et inattendue… Il s'avère que cette chanson de Springteen est attribuée à mon ancien patron, le colonel Anderson Seagrave. Je saisis mon téléphone avec impatience et je réponds avec un mélange d'espoir et d'impatience. Parce que Seagrave est toujours le patron de Mason.

— Vous avez des nouvelles ? demandé-je sans préambule.

Je sais que ce n'est pas son assistante qui appelle. Anderson est un homme occupé, mais il ne me ferait pas ça, sachant que je désespère d'avoir des nouvelles de mon mari.

— Denise, commence-t-il en s'éclaircissant la voix. Nous devons parler.

— Où est-il ?

Je ne vois aucun signe de mon mari quand je jette un œil dans ce qui semble être un coquet petit studio, mais qui n'est autre qu'une chambre d'hôpital très sécurisée du gouvernement. Les murs sont peints dans un beige apaisant, aspect accentué par les tableaux de paysages accrochés aux murs dans une disposition artistique.

— Il sera bientôt de retour, m'assure le colonel Seagrave.

Mais je n'arrive qu'à secouer la tête. Mason peut revenir dans la chambre, pourtant il ne sera pas vraiment là. Pas si ce que le colonel m'a dit au téléphone est vrai.

— C'est difficile à entendre, m'a-t-il dit, pétrifiant tout mon corps.

— Il est mort.

J'en étais certaine. Le colonel Seagrave est le commandant de la division Ouest des forces d'opération ultra-secrètes. C'est un homme bon, mais très haut placé. Il n'a pas le temps de passer des appels de routine.

— Non, non, a-t-il aussitôt réfuté, sa déclaration franchissant le bourdonnement croissant dans mes oreilles. Il est en vie. En revanche, il a perdu la mémoire.

Après avoir lâché un gémissement étranglé, j'ai baissé les yeux tout de suite vers les dalles de la terrasse pour que personne ne remarque mon expression.

— La… quoi ? Que voulez-vous dire ?

— Il ne sait pas qui il est. Il ne sait pas qui je suis.

— Et moi ?

Mon cœur battait tellement fort dans ma poitrine que j'ai à peine entendu sa réponse.

— Je suis désolé, agent Marshall.

Sans doute employait-il mon titre professionnel avec l'intention d'endurcir mes émotions.

— Il ne se souvient pas de vous non plus.

Je ne me rappelle pas avoir raccroché. Je ne me rappelle pas avoir parlé à quiconque, mais j'ai dû le faire, parce que Quincy et Eliza m'ont conduite au centre-ville de Los Angeles.

J'ai réussi à me ressaisir pendant le voyage, mais je suis toujours sous le choc. Un peu mal à l'aise. J'ai froid, même si Quincy m'a prêté une veste de survêtement trop ample qu'il a trouvée à l'arrière de sa Range Rover noire immaculée.

Plus que tout, je suis dans le déni.

Parce que malgré ce que le colonel Seagrave m'a dit à propos de Mason qui ne se rappelle rien de sa vie, je suis absolument certaine que dès qu'il me verra, tout lui reviendra. Peut-être pas le travail. Mais moi. Lui. *Nous.*

Si nous prenons en considération ce que lui et moi partageons, l'intensité de notre relation, la force de notre lien, quel autre résultat pourrait être possible ?

Pourtant, le doute tracasse toujours mon cœur…

Maintenant, j'inspire profondément et je me concentre sur la chambre qui constitue le monde de mon mari depuis presque une semaine. Je suis toujours en colère que le colonel ne m'ait pas contactée tout de suite, mais ces émotions ne mènent nulle part. Je les repousse loin de ma vue, au fin fond de la poubelle de mon esprit, là où je stocke les données inutiles.

Je laisse mon regard vagabonder à travers la pièce, impatiente qu'il soit là, tout de suite. Mais tout ce que je vois, ce sont des meubles. Une commode, un petit bureau, une kitchenette et un lit. Le support pour l'intra-veineuse et les moniteurs sont les seuls indices que cette pièce sort de l'ordinaire.

Avec la fenêtre en verre sans tain. Du point de vue de Mason, c'est un miroir en pied à côté de la salle de bain. Je me demande s'il se rappelle assez de choses sur sa vie passée et sa carrière pour comprendre qu'il n'en est rien.

Cette pensée me fait froncer les sourcils et je jette un œil à mon ancien supérieur. Il regarde la pièce, lui aussi, mais il doit sentir mon regard parce qu'il relève la tête, puis se tourne légèrement vers l'arrière pour se placer en face de moi.

Il a environ quarante ans, le sourire facile et les cheveux grisonnants sur les tempes. Je ne sais pas comment il a perdu l'usage de ses jambes, mais j'ai entendu des rumeurs et ce n'était pas au cours d'une bataille, bien qu'il ait eu son lot d'action.

Il est efficace, juste, d'une autorité naturelle. J'aurais continué à travailler pour lui avec joie sans la disparition de Mason. Je voulais mener une équipe d'extraction. Le colonel Seagrave avait non seulement refusé catégoriquement d'autoriser la mission, mais il m'avait également refusé tout indice ou information sur l'emplacement de Mason. Le continent. Le pays. La ville. Je n'avais pas le moindre indice par lequel commencer, ce qui voulait dire que même une extraction par milice privée aurait été impossible.

J'ai respecté sa décision, bien sûr, mais je lui en ai beaucoup voulu. Alors que les mois passaient, je ne pouvais plus rester au centre des opérations. Pas avec mes peurs et les souvenirs qui m'assaillaient tous les jours.

— Comment allez-vous ? me demande-t-il.

— C'est une question stupide, marmonné-je.

— Vraiment ?

Je hausse les épaules. J'aurais aimé que Quincy et Eliza restent avec moi. Il s'agit d'une opération confidentielle, uniquement pour le personnel autorisé, et ils n'ont aucune connexion avec mon ancien travail.

— Vous étiez l'un de mes meilleurs agents, Denise.

Vous gériez d'une main de maître tout ce que je vous confiais. Vous traverserez ça aussi.

Je détourne le regard, parce que je pense avoir atteint ma limite. Parce que je ne gère pas bien du tout. Au lieu de faire face à la réalité, je m'accroche au scénario que je repasse en boucle dans la tête. Je m'imagine entrer dans cette chambre. Mason debout devant moi, avec politesse, la tête penchée sur le côté comme lorsqu'il essaie de résoudre une énigme. Pendant un moment terrifiant, son expression demeurerait vide. Puis un sourire naîtrait sur son visage et des rayons de soleil empliraient ses yeux noisette.

— Denny, me dirait-il alors que je me glisserais dans ses bras. Mon Dieu, Denny, j'ai cru que je nous avais perdus.

— Jamais, murmurerais-je. Tu reviendras toujours à la maison.

C'est ce que je veux. Ce que j'imagine.

Toutefois, je sais que ce n'est pas réel.

J'ai passé trop de temps à travailler sur des cas difficiles. J'ai vu trop d'horreurs, et au fil des ans, ma peau s'est endurcie. L'optimisme auquel je m'accrochais étant enfant a été ébréché, remplacé par la sombre vérité où toutes les fins heureuses ont un prix.

Maintenant, j'ai peur que ce soit le prix que Mason et moi devions payer pour nos années de bonheur.

Dans les haut-parleurs au-dessus de nous, j'entends un cliquetis lorsque la porte de la salle de bain s'ouvre. Mason apparaît, absolument et entièrement nu. Le colonel retourne immédiatement sa chaise, comme pour laisser à Mason son intimité, mais je reste immobile, à regarder mon mari par-dessus la tête de mon ancien patron. La colère monte en moi à la vue des nouvelles cicatrices qui marquent sa peau merveilleuse.

Je ne sais pas ce qui lui est arrivé, mais si je finis par découvrir qui lui a fait ça, je les tuerai à main nue, je le jure devant Dieu.

— Est-ce qu'ils lui ont brisé des os ?

Ma voix est basse, mais régulière.

— Son nez. Son bras. C'est récent, mais c'était guéri avant que nous le récupérions.

— *Récupérer*, je répète.

Pas sauver. Pas retrouver. Pas exfiltrer. En d'autres termes, il considère toujours Mason comme un risque.

Je saisis. Je comprends le raisonnement et la peur. Mais il se trompe. Il ne peut pas avoir raison, parce que ce serait le coup fatal qui me détruirait totalement.

— Pas de blessures à la tête, reprend-il d'une voix dénuée d'émotion. Ce n'est pas la cause de sa perte de mémoire.

— Je n'avais même pas pensé à ça. Je me demandais seulement…

Je soupire, submergée par sa vue et la situation. Peu importe à quel point les choses peuvent être horribles, c'est mon mari qui est là. *Mason.* Ses cheveux noirs qui semblent épais et hirsutes, mais qui sont aussi doux que de la soie sous mes doigts. Ses yeux enfoncés, capables de me couper le souffle par un simple regard. Son visage marqué par la petite fossette adorable de son menton.

Et son corps. Grand, musclé, plein de vie et tout à moi.

Nous allons surmonter ça. D'une manière ou d'une autre, je le récupérerai.

Comme s'il pouvait entendre mes pensées, Mason se retourne et se dirige vers le miroir. Vers *moi*. Il s'arrête, complètement nu, la tête légèrement penchée en avant. Nos regards se croisent, bien qu'il ne puisse pas me voir. Mon pouls s'accélère et je laisse mes yeux parcourir chaque parcelle de son corps, l'absorbant comme un bonbon.

— C'est Mason, murmuré-je, toute mon attention concentrée sur le tatouage tribal qui enserre son bras gauche.

Mason n'aime pas les bagues, pas depuis que son cousin s'était fait arracher le doigt à dix-sept ans après s'être coincé la main dans du matériel de construction, au cours d'un job d'été. Plutôt que de porter une alliance, il a opté pour un tatouage symbolisant notre mariage. J'ai envisagé de faire la même chose, mais en fin de compte, j'ai opté pour un anneau de platine.

Je pose la main sur le verre et soupire.

— Il n'en est peut-être pas conscient, mais c'est bien Mason.

Le colonel Seagrave tourne toujours le dos à la vitre et je distingue nettement les plis sur son front, tandis qu'il me dévisage.

— Si vous êtes sur le point de me donner un compte-rendu de ses spécificités physiques, ce n'est pas nécessaire. J'ai déjà reçu un rapport complet de l'équipe médicale.

Je souris d'un air suffisant.

— Je reconnais effectivement chaque partie de sa

personne, dis-je en décidant de ne pas commenter la cicatrice en forme de toile d'araignée qui me donne envie de pleurer. Mais ce n'est pas ce que je veux dire. Je dis que c'est Mason. Avec les habitudes de Mason. Sa… Je ne sais pas, sa *programmation*.

— Programmation ?

Je secoue brièvement la tête.

— Je ne veux pas dire qu'il agit comme dans le film *Un crime dans la tête*. Ce que je veux dire, c'est que les gens développent certaines habitudes au cours d'une vie. Il ne les a pas oubliées, lui. Même s'il a oublié d'où il vient. Ce doit être bon signe, non ?

— Il marche tout nu dans une chambre qu'il croit privée. Et alors ? Dites-moi exactement ce que cela signifie pour vous.

— De la méfiance, dis-je en souriant de toutes mes dents à mon mari, nu et toujours debout devant le miroir, nous regardant directement même si je sais qu'il ne voit que son reflet. Nous savons tous les deux qu'il comprend quel type de miroir c'est, n'essayez pas de me faire croire le contraire. C'est un indice. En voici un autre, Mason ne se balade jamais tout nu. Il porte géné-ralement une serviette ou il s'habille dans la salle de bain.

C'est une manie que j'ai toujours déplorée, puisqu'il a un corps magnifique. Il a partagé une chambre avec sa sœur jusqu'à ses quatorze ans, et maintenant l'habitude de porter une serviette est profondément ancrée. Il a dérogé à cette règle seulement deux fois au cours de notre mariage, lors de notre nuit de noces et le soir précédant son départ pour cette mission, justement.

Parce que je l'ai persuadé de prendre une douche avec moi.

Cela dit, je ne partagerai pas ces détails avec le colonel.

— Mais il n'est *pas* Mason, reprend-il. C'est tout le problème. C'est la raison pour laquelle sa routine a changé. Pas de serviette. Finies les vieilles habitudes.

— Peut-être. À moins que ce soit sa manière de vous faire un doigt d'honneur.

Je vois sa bouche faire la moue. Il fait pivoter sa chaise et darde le regard sur Mason, toujours debout devant le miroir.

— Il sait que nous sommes là, confirme-t-il. Et il agit délibérément contre ses instincts, sachant pertinemment que je le regarde.

Au début, je pense qu'il se moque de ma théorie, puis je réalise qu'il l'envisage.

— Vous êtes d'accord avec moi, dis-je.

— Qu'il sait que nous sommes derrière le miroir et qu'il nous fait, comme vous le dites, un doigt d'honneur ? Oui. En effet. Quant à savoir pourquoi il nous défie en retirant sa serviette… Je n'en sais trop rien.

Je hausse les épaules.

— Eh bien, je n'en sais pas plus que vous.

Songeant à ce qu'il vient de dire, je demande :

— Pourquoi dites-vous qu'il sait pour le miroir ?

— Nous ne nous sommes pas tourné les pouces ces derniers jours, avant que je vous appelle. Nous avons fait une série de tests et d'entretiens. Il a reconnu le tatouage des Forces Spéciales. Il admet avoir une certaine familiarité avec le travail du renseignement, mais aucune mission spécifique.

— Familiarité, répété-je. Comme des habitudes. Des comportements.

— Oui.

— Alors, il sait qu'il est un agent. Un espion.

— Ou du moins qu'il l'était. Par contre, ce que nous ignorons, et ce qu'il ne peut pas nous dire, c'est si on l'a retourné contre nous.

Je sens le rouge me monter aux joues.

— Du lavage de cerveau. Un déclencheur.

Je repense à mon trait d'esprit au sujet d'*Un crime dans la tête* et j'aurais préféré n'avoir rien dit.

L'idée qu'un ennemi de l'État ou un sombre mafieux ait fait subir un lavage de cerveau à mon mari pour lui faire acquérir une réaction particulière quand il repère un schéma particulier, quand il entend la phrase ou l'élément déclencheur… Cette possibilité est trop horrible pour même y penser.

— Non, corrige doucement le colonel. Il a subi des heures de tests et d'entretiens avec le docteur Tam, et nous avons la quasi-certitude qu'il n'a pas été compromis de cette manière.

Je hoche la tête lentement. Je fais confiance à l'équipe des psychologues du centre, mais dans le monde du renseignement, rien n'est jamais sûr à cent pour cent.

— Je veux le voir maintenant.

— Je ne suis pas certain que ce soit une bonne idée aujourd'hui.

— Vous avez fait vos tests. Vous avez fait vos évaluations. Vous l'avez depuis plus de quatre jours. Il est temps de lui ouvrir la fenêtre et qu'il voie enfin la vraie vie.

— Je ne suis pas en désaccord.

Pendant un moment, je suis troublée. Puis je soupire bruyamment.

— Alors, ce n'est pas à cause de lui, c'est ça ? Vous pensez que je serai incapable de gérer ça, que je craquerai si j'entre dans cette pièce et qu'il ne me reconnaît pas.

— Ce n'est pas le cas ?

— Non.

J'ai menti, mais je vois bien à son visage qu'il ne me croit pas. Je ne peux pas être en colère pour ça, puisque je ne suis pas certaine de me croire moi-même.

— Je vous ai dit au téléphone que c'était une visite pour avoir des informations seulement, reprend-il.

— S'il vous plaît, Anderson, dis-je en sentant une larme chaude couler sur ma joue. J'en ai besoin. Je dois y aller. Je veux voir mon mari.

Je le dévisage. Ses épaules s'affaissent légèrement. Anderson Seagrave est un homme bon et je sais qu'il essaie seulement de me protéger. Je n'en peux plus. Au point où j'en suis, chaque instant sans Mason, hors de cette chambre, me devient infernal. En voyant le colonel, je sais qu'il a enfin compris.

— D'accord, Denise. Vous avez dix minutes.

Je commence à protester, mais il lève un doigt, me rappelant que c'est lui qui prend les décisions ici.

— Dix minutes, me répète-t-il. Il y a certaines condi-tions aussi.

CHAPITRE QUATRE

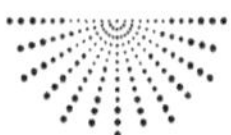

Je marque un temps d'arrêt devant la porte en essayant de me ressaisir. La main sur mon ventre barbouillé, j'essaie de garder ma nervosité sous contrôle. Je ne réussis pas complètement, mais je ne veux pas attendre plus longtemps. Avec une grande inspiration pour me donner du courage, je tends la main et frappe à la porte.

Presque immédiatement, la voix de Mason me parvient par le système de haut-parleur.

— C'est quoi le problème, Seagrave ? Vous savez très bien que je ne peux pas vous laisser entrer.

Je m'assene une gifle mentale, puis je saisis le code et j'attends que le mécanisme de verrouillage se déclenche avant de pousser. J'entre et je me fige en le voyant, m'efforçant de ne pas gémir sous l'angoisse qui m'assaille.

Il me tourne le dos et j'entrevois la bande élastique de son boxer qui dépasse de son pantalon. Il enfile une chemise et je regarde l'ondulation des muscles de son dos. Le désir de le toucher, de le serrer contre moi, est si fort qu'il en est presque douloureux.

C'était déjà assez difficile de contempler ses cicatrices dignes d'un cauchemar moyenâgeux à travers le miroir sans tain. Maintenant, ce que je vois me brise pour de bon et je dois réprimer l'envie de pleurer pour lui. Je veux l'étreindre et l'apaiser. Je veux sentir la caresse de son souffle à mon oreille, qu'il me promette tout bas que nous traverserons tout cela ensemble.

Plus que tout, je veux abandonner mes peurs et me perdre dans les bras aimants de mon mari.

Mais ce n'est pas l'homme que je regarde.

Plus maintenant. Il ne le sera peut-être plus jamais.

Oh, mon Dieu.

— Tout va bien ?

Je lève la tête en prenant conscience que j'ai délibérément reporté mon attention sur le sol pour cacher mes yeux pleins de larmes. Je renifle et parviens à afficher un sourire frémissant. Il me dévisage avec une telle tendresse, une telle sollicitude, que je n'arrive vraiment pas à me faire à l'idée que cet homme ne me connaît pas.

Par un prodigieux effort mental, je réussis à chasser cette pensée. Je suis bien entraînée au contrôle des émotions, or là, il ne s'agit pas de mon travail. Il s'agit de mon mari. De Mason Walker. Celui qui aime faire du jogging sur la plage au coucher du soleil, passer des matinées au lit, l'été, à paresser en partageant une cafetière devant de vieux films d'espionnage, ou encore aller voir des films extravagants à gros budget au cinéma.

Maintenant, on me soutient qu'il ne se rappelle rien de tout ça.

N'importe quoi ! C'est forcément n'importe quoi. Parce que, malgré mes années d'entraînement, malgré le fait que j'aie déjà reçu une balle, non pas une fois, mais deux, malgré toutes les accréditations et les missions sous couverture, je n'arrive pas à me faire à l'idée de ce que le colonel Seagrave n'a pas cessé de me marteler dans le crâne. À savoir que cet homme, de l'autre côté de la pièce, va me regarder droit dans les yeux sans avoir la moindre idée de qui je suis.

Ça ne peut pas être vrai. Il doit me connaître, parce que c'est la seule réalité que mon cœur fragile est prêt à accepter. Le colonel fait erreur. J'esquisse un pas vers Mason, certaine que, d'une seconde à l'autre, je verrai la perplexité polie sur son visage se transformer en un soulagement intense.

Il murmurera mon prénom d'une voix larmoyante, puis il traversera la chambre en courant et il me serrera contre lui avec une telle vigueur que nous tomberons tous les deux sur le sol, dans les bras l'un de l'autre, en sanglotant de soulagement et de joie.

Évidemment, ce n'est pas ce qui se produit.

Il attrape une boîte de mouchoirs sur la commode et marche vers moi en me la tendant comme une offrande de paix. Je suis gauchère, et lorsque je tends la main pour prendre le mouchoir, mon alliance en platine brille sous le néon.

Je vois ses yeux s'y attarder avant de revenir vers mon visage. *Voilà*, me dis-je. *C'est le déclencheur qui lui fera retrouver la mémoire.*

— Je m'avance peut-être, mais je suppose qu'on se connaît, dit-il, faisant voler mes espoirs en éclats. Ou qu'on se connaissait. Je me demande toujours ce qui est grammaticalement correct en ces circonstances.

Sa bouche forme un sourire ironique et je ris malgré moi. Aussitôt, j'ai envie de pleurer à nouveau, parce que Mason me fera toujours rire avec des blagues stupides sorties de nulle part.

Une nouvelle larme coule sur ma joue, comme si elle voulait éradiquer cette petite bulle de légèreté, mais je réussis à conserver le sourire.

— Oui, dis-je tout en étudiant son visage pour repérer le moindre signe qu'il me reconnaît. On se connaît.

— Le présent. J'aime ça.

Je le regarde m'observer.

— Tu ressembles à une personne que je veux avoir dans mon présent et pas seulement dans mon passé.

— Vraiment ?

Ma voix est étranglée, c'est tout ce que je peux faire sans pleurer.

— As-tu la moindre idée de qui je suis ?

Tout ce que je veux, en cet instant, c'est qu'il me tende la perche. Un signe, aussi infime soit-il, qu'il m'a reconnue. La moindre réaction dans les abysses de ses yeux noisette que je connais si bien.

Mais il n'y a rien.

Il me dévisage sans rien dire, puis il secoue la tête d'un air contrit. Je vois le regard sans expression d'un homme habitué à cacher ses émotions.

— Non, je suis désolé. En procédant par élimination, je peux rayer le colonel Seagrave, le docteur Tam et quelques techniciens médicaux.

— C'est un début, dis-je en essayant de garder léger le ton de ma voix.

— Après ça, je suis perdu. Mais il y a peut-être certaines choses que je sais.

Une flamme d'espoir renaît dans mon cœur, petit papillon battant faiblement des ailes.

— Qu'est-ce que tu veux dire ?

— Nous avons dû être proches.

J'acquiesce, muette.

Il sourit, comme un petit garçon qui viendrait de recevoir un biscuit. Pendant qu'il se dirige vers son lit pour s'asseoir au bord, il me fait signe pour que je prenne place sur la chaise près de la table, ce que je fais, reconnaissante de pouvoir m'installer.

— J'ai passé les derniers jours à étudier chaque centimètre carré de mon visage et je ne vois pas de ressemblance entre nous, commence-t-il. Ce qui veut dire que nous ne sommes pas parents.

— Non, murmuré-je. Nous n'avons aucun lien de sang.

J'avale ma salive, puis je me force à sourire.

— C'est tout ? ajouté-je.

— Je ne fais que commencer.

Son sourire illumine son visage avec une clarté que je n'avais pas remarquée à travers la vitre. *C'est grâce à moi,* me dis-je. *Je lui aurai au moins apporté un peu de joie.*

Je me détends et je lui retourne son sourire.

— Explique-moi.

— Tu es mariée, dit-il alors que je prends conscience que mon pouce caresse mon alliance. Ce qui signifie que tu n'es pas ma petite amie.

Son regard m'effleure, rapidement, mais minutieusement. Puis il me lance un de ses demi-sourires, celui qui creuse sa fossette cachée.

— Bien sûr, nous pourrions être amants.

Pendant un instant, la possibilité plane au-dessus de nous, lourde des souvenirs de son corps sur le mien, ses yeux plongeant directement dans mon âme. Du moins, c'est ce qui me vient en tête. Je n'ai pas la moindre idée de ce qu'il pense.

J'aimerais bien le savoir.

— Tu crois que c'est le cas ? demandé-je, heureuse que ma voix ne trahisse pas mes émotions.

Merci, mon Dieu, pour ma formation auprès du gouvernement.

— Que nous avons une aventure ?

Il hésite un moment avant de répondre sans me quitter des yeux :

— Non.

— Oh ?

Ma voix reste inflexible, elle ne reflète pas mes insécurités. *Ne me trouve-t-il pas attirante ? Qu'est-il arrivé à notre connexion ? Cette étincelle qui s'était embrasée quand nous nous étions rencontrés la première fois ?*

— Pourquoi ?

Son regard descend sur mon alliance.

— Parce que je ne suis pas le genre de mec qui couche avec une femme mariée. Je doute que je l'étais quand je connaissais encore mon nom. En plus, je sais que tu n'es pas du genre à tromper.

— Tu sais ça ? Comment peux-tu le savoir ? demandé-je en haussant les sourcils.

— Ton alliance.

Au début, je ne comprends pas. Puis, je réalise que je l'effleure constamment. Je la caresse de mon pouce. Je la fais tourner. Je la touche toujours, d'une manière ou d'une autre.

Ce n'est pas seulement une bague. C'est un symbole. C'est ce qui me ramène à Mason.

L'ironie dans tout cela, c'est que l'homme assis en face de moi n'en a pas la moindre idée.

— Une femme si concentrée sur le symbole de son mariage ne tromperait pas son mari.

Je ne suis pas certaine d'être d'accord avec ça en tant que vérité générale, mais il a raison en ce qui me concerne. Alors, j'acquiesce simplement avant de répondre :

— Tu ne m'as toujours pas dit comment nous nous connaissons. Tu as dit que nous étions proches et que nous ne sommes pas amants. Pour le moment ça fait deux sur deux. Pour le reste ?

Il lève un doigt.

— Je suis proche de ton mari.

— Enfin, plus maintenant, dis-je en déviant la question tout en le faisant sourire.

— C'est juste.

Il se penche en avant, les coudes sur les genoux et le menton sur deux doigts formant un clocher. C'est une pose typique et je dois faire un effort pour garder mon sourire figé.

— J'étais proche de ton mari ?

Je hoche lentement la tête.

— On peut dire ça comme ça.

— Mais ce n'est pas tout à fait exact ?

— Est-ce qu'on joue au jeu des Vingt Questions, maintenant ?

Il rit, mais ça sonne creux.

— En ce moment, ma vie est le jeu des Vingt Questions.

Je hoche la tête, lui concédant ce point.

— En effet. Ce n'est pas tout à fait exact.

— Très bien. Ce qui veut dire que lui et moi, nous n'étions pas coéquipiers, c'est ça ?

— Non, vous ne l'étiez pas.

— Alors, nous le sommes, toi et moi.

Je vacille et reste bouche bée par la surprise.

— Comment as-tu découvert ça ?

— Alors, j'ai raison. Bien. Si j'avais tort, j'aurais dû recommencer ma réflexion du début.

— Je suis sérieuse, insisté-je. Comment as-tu su ?

S'est-il souvenu d'une partie de notre vie ? Est-ce qu'il entrevoit des flashs sur les premières années de notre vie commune ? Je déglutis, essayant de ne pas me faire trop d'espoirs. S'il commençait à se souvenir de ça, quoi d'autre pourrait-il se rappeler ?

— Je vais passer un marché avec toi. Dis-moi mon nom et je te dirai comment je l'ai deviné.

Ce serait si facile. Tout ce que j'ai à faire, c'est de cracher le morceau.

Bien sûr, au moment où je le ferai, des agents vont faire irruption par la porte et me feront sortir de la prison militaire. Probablement. Si jamais ça ne se produit pas, j'aurai détruit toute la confiance que me porte le colonel. Et je ne le supporterai pas. Je le respecte trop.

De plus, en ce moment, j'essaie de promouvoir une relation de travail entre l'Agence et les opérations du colonel Seagrave. Si je vais à l'encontre d'ordres directs, je peux dire adieu à toute collaboration. Anderson a été très clair lors de ses directives : je ne peux pas révéler son nom à Mason. Je ne peux pas lui parler de notre relation. Je *peux* lui dire que nous avons travaillé en tant que coéquipiers sur le terrain. C'est aussi loin que j'ai le droit d'aller.

Je ne suis pas fan de ces conditions, mais j'aurais accepté n'importe quoi pour franchir cette porte. Maintenant que je suis à l'intérieur, je ne vais pas risquer de me faire traîner hors de la chambre.

— Je comprends par ton silence que tu ne me le diras pas, déduit-il. Ça va. Je ne m'attendais pas vraiment à ce que tu le fasses.

— Si ça peut te consoler, je me suis posé la question. Si je l'avais fait, j'aurais certainement été enchaînée dans des oubliettes pendant les dix prochaines années. Je viens tout juste de recommencer *Game of Thrones*. Ça m'embêterait d'arrêter à la moitié de la saison un.

Mason et moi regardions cette série jusqu'à ce qu'il parte et j'examine ses yeux pour voir une étincelle de souvenir, mais il n'y a rien. Mes épaules s'affaissent avec déception, mais c'est peut-être pour une bonne raison. Selon le colonel Seagrave, le docteur Tam est catégorique : toute référence spécifique à son nom, sa relation avec moi et ses missions risque de court-circuiter son esprit, ce qui pourrait bloquer ses souvenirs pour de bon.

— Elle l'a expliqué avec un discours médical et un dossier de cinquante pages, avait ajouté le colonel ne me faisant le compte-rendu, mais ça se résume à peu près à ça. Quelque chose de traumatisant lui est arrivé et nous présumons que cet événement est lié à la découverte d'une information clé pour éliminer cette cellule terroriste une bonne fois pour toutes. Nous ne pouvons pas prendre le risque d'enterrer cette information pour toujours.

Sans doute. Mais pour le moment, je me préoccupe beaucoup plus de Mason que des cellules terroristes. Seulement dans mon cœur. Ma formation est trop enracinée et je ne pourrais pas compromettre la sécurité du pays ni saper tout le travail accompli par Mason pendant son absence.

Alors, au lieu de lui donner son nom, je lui renvoie une question.

— Comment te fais-tu appeler ?

— Jack Sawyer. Ça a amusé le colonel Seagrave. Je suppose que c'est ton cas aussi, ajoute-t-il en remarquant mon sourire.

— Tu as toujours été fan de *Lost*. Tu te rappelles la série ?

— Oui. La vie sur cette île flippante me semble plus réelle que la mienne en ce moment.

Il se lève et va se servir une tasse de café à la machine Keurig, dans le coin de la pièce.

— Tu en veux ?

Je hoche la tête et, quelques instants plus tard, il m'apporte une tasse en polystyrène remplie de l'élixir magique. Nos doigts s'effleurent quand je la prends et un frisson inattendu ricoche en moi à notre premier contact depuis ce qui me semble une éternité.

Je me tends, en espérant qu'il ne l'a pas remarqué, et je suis en même temps ravie dans le flot de souvenirs que cet infime frôlement me fait revivre.

Mason – non, je dois l'appeler Jack – retourne vers son lit et s'assoit à nouveau tout en buvant son café. De ce que je peux voir, il n'est pas affecté du tout par la caresse de sa peau contre la mienne.

— C'est ton tour, dit-il.

Il me faut un instant pour comprendre qu'il me demande mon nom.

— Denise. Denise Marshall.

J'ai toujours utilisé mon nom de jeune fille dans le milieu professionnel, si bien qu'il roule tout seul sur ma langue. Au fond, je voudrais lui dire que mon nom est Denise Marshall Walker et je me demande pourquoi il ne s'en souvient pas.

— Et ton mari ?

J'hésite une seconde. Puis je le regarde droit dans les yeux.

— Mason. Mason Walker.

Pendant un instant, le nom reste suspendu dans le silence. Puis il continue :

— Est-il mort ?

— Il… il est parti depuis longtemps.

Il hoche la tête avec compassion et je suis effrayée, l'espace d'un instant, à l'idée qu'il me pose une question plus poussée. Une question à laquelle je ne pourrai vraiment pas répondre. Alors, je reprends la parole :

— Comment as-tu su que nous étions coéquipiers ? Tu ne me l'as toujours pas dit.

— Apparemment, je suis un super officier des services du renseignement.

C'est la vérité et j'éclate de rire, allégeant l'atmosphère.

— Je n'ai rien à redire à cela, mais j'aimerais comprendre ton raisonnement.

— J'étais proche de lui, mais tu m'as dit que lui et moi, nous n'étions pas coéquipiers. Si nous étions des amis ordinaires, il ne connaîtrait pas mon travail.

— Tout le monde dans les renseignements ne travaille pas sous couverture.

— Mais moi, oui. Ou du moins, je pars du principe que c'est le cas.

Il écarte les bras en montrant la chambre.

— Sinon, tout cela serait vraiment excessif.

Puisque je ne peux pas objecter, j'enchaîne :

— Comment sais-tu qu'il était au courant pour ton travail ?

— Je l'ai supposé, honnêtement. D'ailleurs, si je ne suis pas le partenaire de Mason, la raison de ta présence dans cette pièce, c'est que tu travailles aussi dans les renseignements, et donc…

— … nous sommes coéquipiers. Oui. Je vois.

En effet, je vois. C'est froid, de la pure réflexion, ce qui a toujours été le point fort de Mason. Maintenant, en revanche, son raisonnement m'a poussée dans les bras d'un autre mari. Et lui, il n'est que mon ami. Je suis sa collègue. Sa coéquipière.

Je ne suis pas son amoureuse, et je ne suis pas sa femme.

Il m'a effacée. D'une certaine manière, son esprit m'a

vraiment effacée en même temps que tout le reste et je ne peux rien faire contre cela.

Je ne peux pas le serrer dans mes bras et pleurer. Je ne peux pas saisir ses cheveux pendant que ma bouche se poserait sur la sienne.

Je ne peux pas l'embrasser pour le ramener dans la réalité comme s'il était un prince endormi depuis une centaine d'années dans un conte de fées.

Je ne peux même pas lui dire la vérité.

Tout ce que je peux faire, c'est pleurer et je ne suis pas autorisée à cela.

— Vous allez devoir vous contenir, m'a dit le colonel. Vous êtes une professionnelle, Agent Marshall. Si je vous laisse entrer dans cette pièce, je m'attends à ce que vous agissiez comme telle.

Le souvenir me revient en mémoire, j'inspire en me résignant et je me concentre à nouveau sur Mason.

Correction : *Jack.*

C'est Jack Sawyer. Je suis Denise Marshall. Deux êtres inconciliables.

— Depuis combien de temps es-tu dans le secteur privé ? demande-t-il en interrompant mon apitoiement, me faisant lever les yeux tout d'un coup.

— Comment sais-tu que c'est le cas ?

— Parce que si nous étions toujours des coéquipiers, tu serais apparue plus tôt dans ma cellule. Tu es toujours dans le métier, par contre. Seulement du côté civil.

— Décidément, tu es vraiment un *super* officier des services du renseignement.

— Je sais autre chose, dit-il en souriant. Nous formions une excellente équipe.

— Tu ne peux pas le savoir.

— Bien sûr que si, répond-il. Je ne m'en souviens pas, mais je le sens. Nous formions un bon duo, pas vrai, Denise ?

— Oui.

Ma voix se brisa.

— Nous formions vraiment une excellente équipe.

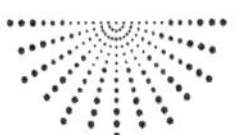

CHAPITRE CINQ

— C'est l'une des histoires les plus tristes que j'ai entendues, me dit mon amie Cass en levant les yeux du tatouage en forme de domino, orné de quatre points d'un côté et de deux de l'autre, auquel elle vient d'apporter la touche finale.

Je viens de finir de lui raconter, ainsi qu'à Sylvia, qui se fait aussi tatouer, que j'ai vu mon mari cet après-midi et qu'il n'a pas la moindre idée que je suis sa femme.

— Crois-moi, je le sais.

— Es-tu censée nous le dire ? ajoute Cass. Ce n'est pas l'une de ces situations où tu peux nous en parler uniquement sous peine de nous tuer ensuite ?

— Oui, lui assuré-je en les regardant toutes les deux. Dès que tu auras terminé avec le poignet de Syl, je vais vous éliminer.

— Oh, zut, fait Syl avec un soupir mélodramatique. À quoi bon me faire faire un nouveau tatouage si je n'ai pas le temps de le montrer ?

— C'est vrai, renchérit Cass. Nous éliminer, ce ne serait vraiment pas sympa.

J'expire bruyamment et je me tasse dans le grand fauteuil en cuir qui occupe un angle du salon *Totally Tattoo* depuis aussi longtemps que je connais Cass. Je demeure impassible, mais je souris intérieurement. Je savais qu'avec mes amies, je me sentirais mieux.

— Bon, d'accord, je vous laisse la vie sauve. Par contre, ça veut dire que vous me devez toutes les deux un verre.

Je jette un œil à l'horloge en forme de chat qui remue la queue.

— Dès que la grande aiguille arrive sur le douze, je m'attends à recevoir ma compensation.

— Je ne peux pas croire que je vais te dire ça, mais je vais devoir remettre cette sortie à plus tard, avance Syl avec un sourire contrit. Je suis vraiment désolée de ne pas pouvoir rester. Parce qu'honnêtement, Denny, si quelqu'un mérite un verre aujourd'hui, c'est bien toi.

— Et plutôt deux fois qu'une ! Ça va, je te pardonne. De gros projets ?

Son grand sourire est une réponse en soi. Il illumine son visage et fait étinceler ses yeux. Elle a les cheveux courts comme Audrey Hepburn dans *Sabrina* et ce style souligne à merveille son visage délicat.

— On laisse les enfants chez Nikki et Damien pour la semaine, nous explique-t-elle. Ensuite, en route vers l'aéroport, Jackson et moi.

— C'est vrai, se rappelle Cass. L'inauguration du musée à Reykjavik, c'est ça ?

Syl hoche la tête.

— Je ne suis jamais allée en Islande et Jackson va faire un discours et recevoir un prix. On devrait passer une semaine fabuleuse.

Jackson Steele est un architecte mondialement connu, également le demi-frère de Damien. Sylvia, quant à elle, en plus d'être la femme de Jackson, est cadre supérieure dans la branche immobilière de Stark.

Puisque je travaille maintenant pour l'Agence Stark Sécurité, je trouve plutôt ironique d'avoir rencontré Sylvia par le biais de Cass et non par Damien. Surtout que Cass n'est pas millionnaire, elle ne travaille pas pour l'une des filiales de Stark et elle ignore tout de la communauté du renseignement.

Non, Cass est seulement Cass, l'une des meilleures artistes tatoueuses que j'aie rencontrées, ce qui ne veut pas dire grand-chose puisque je n'ai jamais réussi à trouver le courage de me faire tatouer. Lorsque Mason s'est fait faire son anneau tribal, j'ai effectué une tonne de recherche sur les tatoueurs et j'ai appris que *Totally Tattoo* était l'un des meilleurs.

Le studio est actif depuis trente ans et Cass y travaille à divers titres depuis son plus jeune âge. À l'époque, c'était son père qui le gérait. D'après ce qu'elles m'ont dit, elle et Syl se sont rencontrées quand elles étaient adolescentes. Le courant était passé entre les deux filles et elles étaient devenues meilleures amies.

Lorsque Mason et moi l'avons rencontrée, nous avions le projet de nous faire faire des tatouages assortis. Après avoir vu toute la procédure sur Mason, je me suis ravisée. Je suis peut-être une dure à cuire dans le monde de l'espionnage, mais cela ne veut pas dire que je suis prête à me faire piquer par des milliards de petites aiguilles.

Cass a pris mon manque de conviction sans sourciller, et c'est précisément la seconde chose qui m'impressionne chez elle. La première, bien sûr, étant son style inimitable. Avec ses cheveux qui changent constamment de couleur – aujourd'hui, ils sont noirs avec des pointes roses –, ses yeux verts brillants et le magnifique tatouage d'un oiseau exotique sur son épaule, Cass a toujours été exceptionnelle.

Puisque je me sentais mal d'avoir remis mon tatouage à plus tard et d'avoir laissé un gros vide dans l'agenda de Cass ce vendredi-là, Mason et moi l'avons emmenée boire une bière. Après quoi, nous avons commencé à passer beaucoup de temps ensemble. Moi, Mason, Cass et sa petite amie, Siobhan.

C'est pour ça que je ne me sens pas coupable de partager le secret de Mason. Je sais que Cass l'aime aussi. Pas de la même manière que moi, mais notre amitié est forte et quand ce premier mois sans Mason s'est transformé en deux, cinq, dix mois, c'est chez Cass que j'allais lorsque j'avais besoin de revenir à la réalité et d'avoir une épaule sur laquelle pleurer.

Cette épaule est la raison pour laquelle je suis venue ici, aujourd'hui, plutôt que de retourner chez moi à Silver Lake. J'avais besoin d'un câlin. J'avais besoin de parler. J'avais besoin…

Honnêtement, c'est de Mason que j'ai besoin. Puisque cela n'est pas près d'arriver, une amie arrive toujours en seconde position, et c'est exactement ce que je lui dis quand nous nous installons enfin à Blacklist, un bar du quartier de Venice Beach à quelques rues de la boutique de Cass.

— En fait, je n'ai pas pu me résoudre à rentrer directement à la maison, lui dis-je tout en sirotant mon bourbon, accoudée au long bar en chêne, avant de reposer mon verre. Je ne voulais pas rentrer sans lui, ce qui est stupide, puisque je rentre dans cette maison vide depuis plus de deux ans maintenant.

— Mais avant, cette maison était vide parce qu'il était en déplacement pour le travail. Tu savais qu'il aurait aimé être là avec toi. C'est le plus important.

Elle passe le doigt sur le rebord de son verre de vin.

— Parce qu'elle vous appartenait à tous les deux.

— Elle nous appartient toujours à tous les deux, rétorqué-je, sur la défensive.

— Je sais, dit Cass doucement, mais c'est difficile d'être dans un endroit quand sa signification change.

Elle baisse les yeux vers son vin, sa tête tellement penchée en avant que ses cheveux tombent et forment un rideau de boucles qui cache partiellement son visage. Je m'attends à ce qu'elle les dégage et je fronce les sourcils en constatant qu'elle n'en fait rien.

— Cass ?

Elle prend une gorgée de vin, secoue la tête et replace ses cheveux derrière son oreille. Elle ne me regarde pas directement et c'est à ce moment-là que mon estomac se noue et que je me rends compte que je suis la pire amie du monde.

— Que s'est-il passé ? demandé-je. Est-ce que Siobhan va rester coincée à Chicago plus longtemps que tu le pensais ?

Après avoir organisé quelques expositions d'art dans la région de Los Angeles, Siobhan a été invitée sur une tournée et elle voyage depuis des mois. Aux dernières nouvelles, elle était à Chicago ces trois dernières semaines.

Je présume qu'elle manque à Cass, tout simplement, et je suis surprise quand elle lève la tête, croise mon regard et annonce platement :

— Elle reste.

— Elle reste ? Alors, quoi ? Elle veut que tu la rejoignes à Chicago ?

— Non, précise Cass. Elle ne veut pas de moi là-bas. Et je suis presque certaine qu'Anthony non plus.

— Anthony.

Elle a mentionné ce nom sans émotion et je n'insiste pas. Ce n'est pas nécessaire. Je sais ce que ça signifie.

— Au moins, Siobhan va enfin rendre son père heureux. Il lui en a voulu quand elle a planté son petit ami pour revenir avec moi.

C'était avant que je les rencontre, mais j'ai entendu leur histoire. Cass et Siobhan s'étaient séparées et s'étaient ensuite remises en couple. D'après ce que Sylvia m'a dit, ces deux-là étaient faites pour être ensemble, si bien que le retour de Siobhan était à la fois une heureuse surprise et un événement inévitable.

— Est-ce que Syl est au courant ?

Cass secoue la tête.

— Elle sait que j'étais irritée par le peu de nouvelles que me donnait Siobhan, mais j'ai seulement mentionné qu'elle était très occupée. C'est tout nouveau, ça date d'hier en fait. Du moins, de mon point de vue. Pour

Siobhan et Anthony apparemment, ça date de quatre mois.

Elle hausse les épaules.

— Je pensais le dire à Syl au déjeuner, mais je ne voulais pas lui lâcher ça juste avant qu'elle parte pour l'Islande.

Je comprends. La nouvelle m'a frappée avec la force d'une enclume, et Syl connaît Siobhan depuis des années. Elle a été le témoin de leur première séparation et réconciliation. Elle sera sous le choc, presque autant que Cass elle-même.

Je prends sa main et je la serre.

— Je suis tellement désolée.

— J'apprécie, mais je ne voulais pas qu'on parle de moi. Après tout, si nous comparons nos douleurs, je dirais que tu l'emportes.

Je n'en suis pas entièrement sûre. J'ai beau être blessée que Mason ne me reconnaisse pas, je ne peux même pas imaginer combien ce serait encore plus horrible s'il me tournait délibérément le dos. Au moins ainsi, je sais que ce n'est pas sa décision.

— C'est vrai, confirme Cass quand je lui en fais part, mais je pense toujours que c'est pire pour toi. Je pourrais prendre un vol pour Chicago si je le voulais. Me battre. Toi, tu ne peux pas. Parce que même si tu lui dis qui tu es, il ne s'en souvient pas. Alors vous n'avez aucun appui solide sur lequel vous baser. De son point de vue, ce serait comme si vous vous disputiez à propos d'un personnage d'une émission télévisée. Vaguement familier, mais qui n'a rien à voir avec lui.

Elle lève une épaule en s'excusant.

— Au moins, si Siobhan et moi nous nous expliquons clairement, nous connaissons toutes les deux les enjeux.

Je laisse ses mots me pénétrer.

— Tu as raison. C'est moi la vraie victime, ici.

Elle rit comme je l'espérais. Quand bien même je pensais complètement ce que j'ai dit, je ris aussi.

— De toutes les choses que j'avais imaginées quand je me suis mariée, jamais je n'aurais pensé à ça. Je veux dire que j'ai pensé à quand nous aurons des enfants. À ce que nous ferons à la retraite. Je m'inquiétais d'avoir du mal à le supporter s'il partait en mission avec une autre femme. Tu vois, des choses ordinaires. Jamais je n'ai imaginé, ne serait-ce qu'une fois, que je pourrais être effacée de sa vie. C'est… c'est comme si j'étais vide, je n'arrive pas à me faire à l'idée.

— Et le pire, c'est que tu ne peux pas le lui dire.

J'acquiesce, puis je tends la main vers mon verre avant de prendre conscience que je n'en ai pas envie.

— Qu'est-ce qui se passe ?

— Je suppose que je ne suis pas d'humeur à boire.

— Tiens, prends mon verre d'eau.

Elle le pousse dans ma direction.

— Ce n'est pas ce que je veux dire. Il y a autre chose qui te tracasse.

Je secoue la tête. D'un côté, j'ai envie d'en parler, et de l'autre, je ne sais pas comment formuler ce que je ressens.

— Tu pensais qu'il saurait, dit-elle doucement. Que ça lui reviendrait quand il te verrait. Que ce serait comme dans un conte de fées. Tu n'aurais qu'à entrer dans la caverne secrète et sauver le prince blessé.

— Tu me fais passer pour une folle.

Elle me lance un triste sourire.

— Ce n'était pas mon intention. Je pense que je me sentirais comme ça, moi aussi. Comme n'importe qui, d'ailleurs. Ce que tu traverses… Ce n'est pas exactement une situation normale.

— Je m'y suis peut-être mal prise, dis-je sur un ton désabusé. C'est vrai, dans les contes, c'est toujours un baiser qui brise les sortilèges.

À côté de moi, Cass sourit de toutes ses dents.

— Tu devrais peut-être essayer.

— J'aimerais en avoir le courage, avoué-je, mais je doute que le colonel Seagrave partage mon élan de romantisme. Je vais me retrouver bannie du centre, Mason sera perplexe, peut-être excité, mais en tout cas, ce ne serait pas intelligent.

— Je suis désolée.

Sa voix semble avoir perdu toute sa légèreté.

— Merci.

La vérité, c'est que je ne sais pas quoi faire de moi maintenant. Malgré mon enfance épouvantable, j'ai toujours cru que les choses finiraient par s'arranger. Que mon père, qui nous avait abandonnés, ma mère et moi, n'était pas un mauvais présage. Ma mère m'a dit que si je gardais une attitude positive, tout finirait par s'arranger. Je devais seulement garder la foi.

C'est ce que j'ai fait. Même quand le cancer s'est logé dans ses os. Même quand elle est morte malgré sa promesse de ne jamais me quitter. La promesse de se battre et de gagner.

Malgré toutes ses promesses, elle a perdu la bataille. Je m'étais pourtant accrochée à ce foutu optimisme. J'ai gardé la foi, et quand Mason est entré dans ma vie, j'ai vraiment cru que c'était ma récompense.

Maintenant, il est parti aussi. Je n'arrive pas à m'habituer aux incohérences du monde. Comme si ce n'était rien de plus qu'un jeu de hasard. Un jeu de dés ou de cartes.

Je fronce les sourcils et me tourne vers Cass en me remémorant le tatouage de Sylvia. Le domino n'était pas le premier, loin de là. En fait, la première fois que nous sommes allées à la plage ensemble, j'ai été étonnée par sa surface de peau ainsi recouverte. « Des souvenirs, m'avait-elle dit quand j'avais fait un commentaire sur ses tatouages. Et un peu de thérapie. C'est une carte de mes succès et des moments-clés que je chéris. »

— C'était quoi, le domino ? demandé-je à Cass.

Mais je comprends la réponse dès que j'ai formulé la question.

— Pour le centre d'affaires, dis-je, me répondant à moi-même.

Le Domino est un parc d'activités assez récent à Santa Monica. Pour être précise, c'est un complexe immobilier commun entre Steele Promotion Immobilière et Stark Immobilier, ce qui signifiait que Jackson et Sylvia ont travaillé dessus ensemble. Je ne peux pas lui reprocher d'avoir voulu immortaliser cela.

En fait, plus j'y pense, plus je trouve que c'est une bonne idée. Malgré mon aversion pour les petites aiguilles, je pivote sur mon tabouret et je regarde Cass en face.

— Est-ce qu'on peut y aller ? demandé-je. J'aimerais que tu fasses quelque chose pour moi.

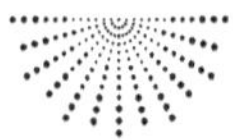

CHAPITRE SIX

Dans son rêve est apparue cette beauté aux yeux verts et Jack s'est réveillé avec son image en tête. Il s'en veut beaucoup.

Il a rêvé de la douce caresse de ses cheveux blonds sur son torse nu. De la pression tendre de ses lèvres généreuses sur sa peau. De l'apparition de ses yeux de chat quand elle a levé la tête dans un ronronnement puis s'est avancée lentement sur son corps, l'explorant de ses mains délicates, sa bouche pulpeuse lui faisant des choses extraordinaires, avant de le chevaucher franchement et l'emmener au septième ciel.

Il s'est réveillé épuisé et satisfait, le souvenir de son parfum toujours accroché à lui comme les couvertures chaudes enroulées autour de son corps.

Il a essayé de se dire que l'amante de ses rêves était une fille anonyme. Un fantasme. La sirène aux cheveux blonds et aux yeux verts de sa chambre d'hôtel. Ce n'était pas le cas. La femme qui le tourmente si agréablement la nuit n'est pas seulement un fantasme. C'est Denise

Marshall. Il n'a aucun droit de la laisser entrer dans ses rêves, et encore moins de fantasmer sur ses lèvres autour de son sexe.

C'est son ancienne coéquipière. Une professionnelle, comme il est censé l'être, bien qu'il n'arrive pas à se rappeler le moindre aspect de sa carrière. Non seulement elle a été sa partenaire de travail, mais elle est aussi la femme d'un autre. D'un homme qui est parti.

D'un homme qu'elle souhaite retrouver.

La dernière fois, dans cette même pièce, il lui a assuré qu'il était un homme honorable. Qu'il ne prendrait jamais rien qui appartenait à un autre. Qu'il respecterait sa douleur et sa perte.

Toutes ces conneries, alors qu'il la prenait dans ses rêves.

Hier, il ne savait pas quel genre d'homme il était. Pas vraiment. Comment aurait-il pu le savoir ?

Aujourd'hui, il le sait.

— Vous êtes peut-être trop dur envers vous-même, lui dit le docteur Tam quand il la rencontre pour sa thérapie plus tard ce matin-là.

Elle porte un tailleur gris et son chemisier est boutonné jusqu'en haut. Ses cheveux noirs sont coupés court, révélant de petites oreilles contrastant avec ses grands yeux ravissants dissimulés derrière ses grosses lunettes à monture en plastique.

Elle doit approcher de la soixantaine et il a appris par le biais du colonel Seagrave qu'en plus de son travail auprès des agents de terrain, elle mène des recherches indépendantes et donne fréquemment des conférences dans des écoles de médecine à travers le monde.

Jack se moque de tout ça. Si elle peut tirer le rideau pour lui révéler ses souvenirs, elle lui est utile. Ses références et ses titres, c'est beaucoup de bruit pour rien.

— Les fantasmes sont un aspect important de la vie, continue-t-elle sans le quitter du regard. Une part importante dans le fait d'être humain.

— Je savais déjà que j'étais humain, lui répond-il sèchement. Maintenant, je sais que je suis un connard aussi.

— Parce que vous avez fait l'amour à une femme dans un rêve.

— C'est vrai, dit-il. Vous avez raison. J'en fais trop.

C'est un mensonge, bien sûr. Il ne sait pas pourquoi, mais il a Denise Marshall dans la peau. Elle est constamment dans ses pensées, à tel point qu'il a l'impression qu'elle est un talisman. Comme si un baiser pouvait le rétablir. Comme si le seul moyen de retrouver la paix, c'était dans ses bras.

Ce ne sont que des conneries, il en est bien conscient. Elle est magnifique, et lui, il est perdu. Perdu dans le monde. Dans sa propre tête. Il n'a pas besoin du docteur Tam pour lui dire qu'il s'accroche à elle comme une connexion à son passé. Son ancienne coéquipière. Son amie. Dans son esprit, il l'a élevée à un rang qu'elle n'occupe pas, en réalité.

Il le comprend. Pas besoin d'une thérapie pour le lui expliquer.

Pas besoin de s'épancher sur la question.

Il se passe la main dans les cheveux.

— D'accord, je suis désolé. Comme je l'ai dit, vous avez raison. Je m'apitoie sur mon sort, mais nous savons tous les deux que je n'ai pas de bases solides. Tout mon monde est à l'intérieur de ce bâtiment. Ma petite prison. Cette petite chambre. Le bureau du colonel Seagrave. Au moins, il y a une vue.

La chambre dans laquelle il se trouve n'a aucune vue, seulement ce foutu miroir, par lequel le colonel, le docteur Tam et n'importe qui d'autre peut le regarder comme s'il était un hamster dans une cage. Le bureau où ils s'entretiennent en ce moment, quoique confortable avec des étagères aux murs et des chaises et canapés moelleux, n'est rien de plus qu'une salle d'opération déguisée, où le docteur Tam utilise ses mots plutôt que des scalpels pour lui découper le cerveau.

Seul le bureau du colonel offre une vue. Pas une jolie vue, seulement quelques toits et des immeubles du centre-ville. Au moins, il a droit aux rayons du soleil.

— Le logement est un peu fade, admet-elle. Vous comprenez pourquoi, j'imagine.

— Moins de stimulation dans mon environnement, plus de stimulation dans ma tête, répond-il en s'adossant dans le fauteuil rembourré. C'est la théorie, en tout cas. Personnellement, je pense que ce sont des conneries.

Elle lève les sourcils au-dessus de ses lunettes aux motifs écaille de tortue.

— Vraiment ?

— Comment pourrais-je retrouver ma vie si je ne la vis pas ?

— Nous avons déjà eu cette conversation, Agent Sawyer.

Il émet un bruit moqueur qu'elle entend probablement, mais elle continue comme si de rien n'était.

— Nous ne savons pas si votre perte de mémoire est due à un traumatisme physique, mental ou une combinaison des deux. Nous ne savons pas si votre mémoire a été effacée intentionnellement, peut-être au moyen de la drogue ou par hypnose. En bref, nous ne savons rien si ce n'est que vous êtes un élément clé dans une enquête importante. Vous avez découvert quelque chose de crucial et de dangereux. Vous avez signalé que vous alliez nous contacter avec une information d'envergure, et trois semaines plus tard, vous appelez le colonel Seagrave depuis un motel de Victorville, apparemment sans souvenir de qui vous êtes, de l'information en question ni de ce qui vous est arrivé.

— Apparemment ?

— Vous comprenez certainement pourquoi nous devons procéder avec prudence.

C'est le cas, en effet. À contrecœur, il acquiesce. Il comprend tout ce qu'elle lui dit, mais ça ne rend pas les choses plus faciles. Il est entre ces murs depuis plus d'une semaine maintenant. Ça fait des jours qu'il a vu Denise Marshall. En personne, du moins. Dieu sait qu'elle apparaît dans sa tête assez régulièrement.

Cela fait moins de vingt-quatre heures qu'on lui a annoncé qu'il les avait contactés pour leur faire savoir qu'il avait une touche. Il n'est pas d'accord avec leur stratégie consistant à attendre pour lui révéler des bribes au compte-gouttes, mais il ne peut rien faire contre. C'est un prisonnier ici. Un esprit à étudier pour eux. Une entité inconnue, sans nom, sans ressource, sans nulle part où aller.

En d'autres termes, il est à leur merci.

Cette pensée n'a rien d'agréable.

— Vous avez un travail, vous savez, dit le docteur Tam en le dévisageant de ses yeux intelligents.

— Vraiment ?

— Vous n'êtes pas un prisonnier, Jack. Vous êtes un atout.

— Si je suis un atout, le monde est sens dessus dessous.

Ce n'est pas parce qu'il affiche un sourire qu'il est moins sérieux pour autant.

— Je voudrais qu'on parle de ce dont vous vous souvenez. Un camion, vous avez dit.

— Vous savez ce que j'ai dit. Nous avons revu ça à de multiples reprises.

— Vous vous rappelez avoir été jeté d'un camion. Vous ne vous rappelez pas le visage de la personne qui vous a poussé. Vous n'êtes pas certain que cette personne soit un homme.

— Je me rappelle le mouvement. Je me rappelle l'impact quand j'ai atterri dans la rue. Je me rappelle la douleur dans mes paumes et le picotement, comme des aiguilles, quand j'ai cligné des yeux dans la lumière du soleil. Je me rappelle une chemise noire et l'impression que c'était un homme qui se tenait entre les portes ouvertes de la remorque du camion. Je me souviens de tout ça, mais je ne suis certain d'aucun fait.

— Mais vous avez marché et atterri dans un motel de Victorville. C'est vérifiable.

— Est-ce que quelqu'un ici a pu localiser le camion ? Les caméras de circulation ? Un satellite qui aurait pris une photo ? Une voiture qui serait passée par là et aurait vu un homme en piteux état marcher le long de la route ?

— Si nous avions trouvé quelque chose, nous vous l'aurions dit.

— Vraiment ?

Il plonge ses doigts dans les accoudoirs rembourrés.

— Vous ne m'avez même pas dit dans quelle agence nous sommes. Je pars du principe qu'il s'agit d'une opération du gouvernement. Enfin, du principe et de l'observation.

— Quel principe ?

— Apparemment, je travaillais pour vous. Pour ça. Je n'aime pas me dire que je travaillais du mauvais côté.

— Nous pourrions être une organisation indépendante, même en étant du bon côté.

— Possible. Par contre, il y avait un talon de paie sur votre bureau hier, c'est démodé, soit dit en passant. La plupart des gens les reçoivent par e-mail. C'était sans aucun doute en provenance du gouvernement.

Elle pouffe. Il l'apprécierait presque.

— Les fonds sont directement déposés, mais je n'ai pas encore opté pour le tout numérique. Je remplis les talons. Je suppose que vous avez raison. Je suis vieux jeu.

— C'est utile pour moi. Pour ce qui est du colonel Seagrave, il a un certain nombre de distinctions militaires suspendues sur ses murs. Je doute qu'un homme avec autant de titres dans l'armée jette tout pour aller dans le privé.

— Vous êtes au bureau principal de la Division occidentale du Commandement des opérations sensibles. Le centre est secret, une organisation paramilitaire et de renseignement officieuse qui opère de manière indépendante sous la surveillance du Conseil national de la Sécurité.

— Et vous me le dites comme ça ? Je pensais que vous ne vouliez pas me donner de détails sur ma vie.

— Je veux que vous me fassiez confiance, Agent Sawyer. J'ai besoin que vous me fassiez confiance à moi, et au colonel Seagrave, pour vous donner ce dont vous avez besoin et pour vous guider de la façon que nous jugeons la meilleure.

— En d'autres termes, vous m'avez seulement jeté un os.

— Et vous l'avez attrapé.

Elle lui sourit, avec aisance et chaleur, et la tension qui commençait à monter en lui se dissipe un peu. Il ne comprend pas son approche ni n'approuve ses choix, mais il n'est pas psy. Du moins, il ne pense pas l'être. Pour le moment, il accepte de lui accorder sa confiance.

Il écarte les bras.

— Très bien. Allez-y. Posez-moi vos questions. Entrez dans ma tête. Ne faites pas de quartiers.

— Et si nous faisions tous les deux de notre mieux ?

Il acquiesce d'un mouvement vif.

— J'aimerais retourner dans le camion. Vous m'avez dit absolument tout ce dont vous vous souvenez ?

Il ferme les yeux et rejoue la scène dans sa tête.

— Je pouvais sentir les gaz d'échappement. J'étais ballotté dans tous les sens. Le camion avait une porte coulissante vers le haut. Il y avait au moins deux personnes, parce qu'il a redémarré pendant que le mec qui m'avait jeté était toujours dans la zone de chargement.

— Et votre premier souvenir ?

— Le mouvement. Le balancement. Mes mains attachées derrière mon dos. Mes chevilles liées. Mon dos me faisait mal à force d'être resté assis. J'étais sur une sorte de banc. Vous savez déjà tout ça.

— Vous ne vous rappelez rien avant ça ? Rien avant les mouvements du camion ?

— Non.

— Alors, qu'est-ce que ça vous évoque ?

— Pas grand-chose, mais ça soulève quand même pas mal de questions.

— À savoir ?

Il inspire et croise son regard.

— La principale, c'est : est-ce que ce souvenir est réel ?

Elle incline la tête.

— Vous pensez qu'il aurait pu être implanté ?

— Je pense que je ne vous connais pas mieux que je ne me connais moi-même.

Elle le surprend en souriant de toutes ses dents.

— Maintenant, Agent Sawyer, vous commencez à être à la hauteur de votre réputation. Oui, c'est un risque. Il est aussi possible que des souvenirs plus anciens refassent surface.

Elle prend une télécommande et allume une télévision encastrée dans le mur.

Il se retourne et fronce les sourcils en regardant l'écran, où s'affiche un rapport de mission avec tous les noms masqués.

— Ce rapport a plus de dix ans, dit-il en parcourant les paragraphes qui résument la mission dans laquelle un agent a été retenu prisonnier, puis jeté d'une remorque de camion. C'est moi qui ai rempli ça ?

— Oui.

— Alors, vous me dites que je pourrais être en train de retrouver de vieux souvenirs. Que je les rapporte au présent ?

— C'est une possibilité que nous ne pouvons pas négliger.

— Mais comment ai-je pu atterrir ici ? Comme ça ?

Il lève les mains, où ses éraflures s'estompent lentement.

— Vous vous êtes échappé, vous avez été laissé pour mort et abandonné sur le bord de la route… Nous ne le saurons peut-être jamais.

— Nous ne le saurons pas sauf si je me rappelle. Pourquoi ne m'aidez-vous pas à me rappeler ?

— Agent Sawyer, nous en avons parlé…

Elle s'interrompt en secouant la tête, puis elle reprend plus gentiment.

— Jack. Je sais que c'est difficile, mais vous devez me faire confiance. Parler de votre passé risque de tout détruire. Nous devons faire des approches de travail par petits morceaux. Sinon, nous risquons d'enterrer vos secrets de manière définitive.

Il se redresse.

— Et si c'était un risque que j'étais prêt à prendre ?

Elle s'adosse dans sa chaise en l'examinant. Puis elle semble prendre une décision. Elle saisit sa tablette, tape sur l'écran à quelques reprises puis une image apparaît sur le téléviseur. La vidéo d'un homme. Il est à genoux et oscille d'avant en arrière. « Et ensuite, répète-t-il. Et ensuite, et ensuite, et ensuite. »

La vidéo change. Un autre homme, cette fois, assis au bord d'un lit d'enfant, avec un regard vide et un sourire aux lèvres.

Puis un autre. Un homme qui joue aux échecs contre lui-même en marmonnant.

— Il ne fait que ça, commente le docteur Tam. Il joue aux échecs. Je crois qu'il essaie de résoudre la partie. Quelque part dans son esprit, il pense que s'il parvient à se battre lui-même, il pourra sortir de sa propre tête. Quand on joue contre soi-même, on ne peut pas gagner.

Jack en a froid dans le dos.

— Qui sont ces hommes ?

— Ils pourraient être vous.

Il déglutit.

— Des agents que vous avez poussés ? À qui l'on a forcé les souvenirs ?

— Je ne les ai pas poussés, répond-elle. Je leur aurais conseillé de ne pas emprunter cette voie. Ils m'ont été envoyés après, dans l'espoir que je puisse les aider. Mais je ne peux pas.

— Oh, mon Dieu.

Son ventre se noue.

— Voilà ce que je peux vous dire, vous êtes un agent de cette organisation et vous avez prêté serment en nous rejoignant. Ce risque, ce n'est pas à vous de le prendre. Votre mémoire et votre santé mentale sont sous ma protection et c'est une responsabilité que je prends très au sérieux, si ce n'est pas votre cas.

Il hoche la tête lentement. Ce qu'elle dit ne lui plaît pas, mais il se rend compte aussi qu'il n'est pas en position d'argumenter.

— D'accord, dites-moi au moins ce que vous pouvez. Comment je prenais contact ? Est-ce que je travaillais sous couverture ? Depuis combien de temps je suis en place ? Est-ce que nous avons d'autres agents sur le terrain ?

Il connaît toutes les questions. Il sait comment fonctionne le travail. Il sait ce qu'il avait à faire en tant qu'agent. Seulement, il ignore ce qu'il a fait.

En cet instant, il se sent plus frustré que jamais.

Du moins, il ne pense pas l'avoir jamais été autant.

— Je veux des réponses.

— C'est ce que nous voulons tous, affirme-t-elle. C'est pour ça que nous sommes ici. C'est pour ça que nous avons ces conversations. Pour que je puisse vous guider. Pour que nous fassions les choses lentement sans rien rater. Sans rien enterrer.

— Et si je ne veux pas y aller lentement ?

— Vous étiez un bon agent. Vous faisiez passer la mission avant vous-même. Avant la famille.

— Je ne suis plus la personne que j'étais. Vous êtes la première à me le dire.

— J'essaie de vous faire redevenir vous-même.

Elle le regarde par-dessus ses lunettes.

— Est-ce que vous êtes en train de me dire que ce n'est plus votre ligne de conduite ?

Il a envie de dire oui, que c'est exactement ce qu'il lui dit. Il veut lui demander qu'elle fasse tout ce qui est en son pouvoir pour retrouver ses souvenirs, peu importe les risques.

Mais il garde le silence. Elle a raison. Il ne peut, ne veut et ne risque pas d'enterrer les secrets obscurs qu'il a peut-être mis de côté dans son esprit.

— Je vais faire à votre façon, concède-t-il, mais je ne peux pas vivre comme ça. Vous voulez que je me rappelle ma vie ? Alors, j'ai besoin d'être autorisé à la vivre.

Il la dévisage, le cœur battant, et elle acquiesce lentement.

— Je ne suis pas contre. Je peux parler au colonel Seagrave. En revanche, je pense que nous savons tous les deux que vous ne pouvez pas reprendre du service. Jusqu'à ce que nous sachions ce qui se cache dans le fond de votre tête, vous n'aurez pas l'autorisation d'être réin-séré. Les sujets sur lesquels travaillent les agents du centre sont beaucoup trop sensibles.

Elle a raison, bien sûr. Lorsqu'il insiste pour exposer le problème au colonel Seagrave en personne, le vieil homme lui répète les mêmes préoccupations que le médecin.

— Vous êtes peut-être tombé de la dernière pluie, mais vous n'êtes pas complètement ignorant de la manière dont nous fonctionnons, lui dit le colonel quand Jack est escorté dans son bureau. J'ai besoin de ce qu'il y a dans votre tête pour la sécurité nationale, mais je ne peux pas compromettre cette même sécurité en laissant un homme sans mémoire vagabonder comme un fou furieux.

Jack opine avant de prendre une gorgée du café que le colonel lui offre.

— Vous avez raison, bien sûr, avoue-t-il, mais qu'en est-il des dossiers qui ne concernent pas la sécurité nationale ?

Pendant un instant, le vieil homme l'examine. Puis il pose sa tasse, s'adosse, croise les doigts sous son menton et demande :

— Qu'avez-vous en tête exactement ?

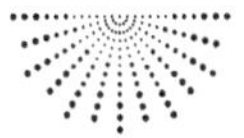

CHAPITRE SEPT

Ryan Hunter est assis au bout de la table de conférence. Ses doigts dansent sur un clavier, effleurent un écran, puis il lève la tête et examine les personnes autour de la table. Mince, avec les cheveux châtains et des yeux bleus autoritaires, Ryan est un meneur naturel.

— Où en sommes-nous, Noble ? Votre équipe est-elle prête à partir ?

Un homme grand et maigre, Winston Noble, le visage marqué par le temps, a l'accent des plaines de l'ouest du Texas, où il travaillait en tant que shérif avant de déménager en Californie pour une raison que j'ignore toujours – et que je n'ai pas l'intention de demander. Pas en voyant son regard hanté chaque fois que son passé est mentionné. C'est un homme très abordable, nonchalant et aux manières affables. Son intonation nasillarde texane cache une vive intelligence. Winston est un homme que personne ne voit venir. Plus encore, c'est un type en or et un excellent chef d'équipe. Je servirais sous ses ordres sans hésitation.

— J'aimerais me joindre à l'équipe, annoncé-je en prenant une bouchée de pain grillé, que je grignote.

La fille d'un diplomate chinois a été enlevée pendant les vacances familiales à Washington. L'appel nous est parvenu à six heures du matin. Il est huit heures maintenant et l'équipe de Winston est prête à décoller à neuf heures. Selon la politique interne de l'Agence, Quincy et moi sommes supposés être en affectation locale pendant encore trente-six heures, une politique destinée à s'assurer que les agents récupèrent suffisamment après une mission exigeante.

J'espère que Ryan passera outre. Parce que savoir que Mason est de retour à Los Angeles, planqué dans une salle d'observation du centre, où je ne peux pas le voir sans l'approbation du colonel Seagrave, ça me rend complètement folle.

Je n'ai presque pas dormi au cours des deux dernières nuits et quand j'ai réussi, j'ai rêvé de mon mari. Je frotte mon poignet où le nom de Mason a récemment été tatoué, dissimulé sous le tissu de mon chemisier. Je pensais que le rappel permanent agirait en tant que talisman et m'apporterait un peu de tranquillité. Pour le moment, ça n'a pas aidé.

Je veux désespérément qu'il me revienne, mais la vérité, c'est que même s'il entrait dans cette pièce à cet instant, ce ne serait pas Mason. Ce serait Jack Sawyer. J'ai beaucoup de difficultés à gérer cela. Plus que je m'y attendais, honnêtement, mais le stress fait beaucoup de ravages, je me suis réveillée nauséeuse et perturbée.

D'où mon petit-déjeuner au pain grillé et au jus de pomme au lieu de mon café noir et de ma barre protéinée habituelle.

Au bout de la table, Ryan croise mon regard. Son regard est empreint de compassion, mais ferme.

— On a besoin de toi ici, Denise. En plus, Winston et Leah sont prêts à partir. Trevor est déjà sur place.

Je commence à protester, mais de l'autre côté de la table, Leah secoue doucement la tête. Je travaillais avec elle dans l'équipe de sécurité de Stark International avant de rejoindre l'élite plus spécialisée de l'Agence. J'ai beau avoir envie de lui rabattre le caquet et de lui dire d'un ton brusque qu'elle n'a aucun droit de me retirer d'une mission, je sais aussi qu'elle a raison. Tout comme Ryan. Ils ont tous raison.

Parce que si je veux aller à Washington, c'est seulement pour fuir mon cœur en friches. Malheureusement, ce n'est pas quelque chose que je peux fuir.

— Bonne chance. Je serai là pour un soutien technique si vous en avez besoin.

— On aura forcément besoin de toi, ma chère, fit Winston. Tu es celle qui murmure à l'oreille des ordinateurs, pas vrai ?

Il sourit et l'assistance se met à rire, y compris moi. J'ai travaillé sur le terrain pendant des années avec Mason, et plus récemment avec Quincy. Ce que j'aime vraiment, c'est débusquer les informations octet par octet.

— Allez-y, dit Ryan en renvoyant Winston et son équipe d'un signe de tête.

Après leur départ, il reporte son attention sur Liam et Quincy.

— Vous avez vos missions. Des problèmes ?

— N'importe quel autre jour, je me plaindrais de regarder des enregistrements de vidéo-surveillance, répond Quincy, mais en ce moment, ça me convient tout à fait de rentrer à la maison tous les soirs à dix-sept heures.

Ryan sourit.

— Profite de tes soirées pendant que tu le peux.

Quincy me lance un coup d'œil. Je sais exactement comment se passent ses soirées. À la maison avec Eliza. Je lève les yeux au plafond en guise de réponse, espérant qu'il ne perçoive pas la jalouse aigrie qui se cache sous ma légèreté apparente.

— Foster ?

Ryan se tourne vers Liam, un grand gaillard noir d'allure militaire, avec un humour pince-sans-rire.

Originaire de New York, Liam Foster est venu à l'Agence après avoir quitté son poste à la tête de la sécurité de la chaîne de magasins Sykes. Une expérience que je trouvais ridicule jusqu'à ce que j'apprenne que le poste à la sécurité était seulement une couverture. Un emploi officiel, certes, mais uniquement en apparence. Ce n'est clairement pas cette ligne sur son CV qui a attiré l'attention de l'Agence.

J'aurais dû me douter qu'il y avait autre chose dès la première fois que je l'ai vu. Après tout, un boulot dans un grand magasin, ce n'est pas exactement le genre de travail qui endurcit un homme. Malgré sa nature avenante, Liam est résolument dur. Il s'avère qu'il a servi dans l'armée pendant des années. Après quoi, il a été second dans l'ordre hiérarchique chez Délivrance, une organisation indépendante secrète qui travaille sur les questions d'enlèvements en faisant le nécessaire pour sauver les victimes et traîner les responsables devant la justice.

Il est intelligent, compétent et loyal, et nous sommes devenus de bons amis.

— Je suis prêt. J'ai une réunion pendant les horaires de l'équipe B, ajoute-t-il.

L'Agence fonctionne sur un planning de vingt-quatre heures, avec des équipes d'agents effectuant des rapports toutes les trois heures.

— Je serai sur la mission ensuite.

Ryan hoche la tête pour donner son accord et Liam remballe ses affaires. Son équipe travaille actuellement à la protection classique d'une star de la pop qui commence à avoir du succès, et dont le manager insiste pour qu'elle ait une protection malgré ses protestations.

Il s'arrête près de la porte, se tourne vers moi et pointe un doigt dans ma direction. Je me redresse en me demandant ce que j'ai fait pour attirer ses foudres, mais il se contente de me sourire avant de sortir.

— Il a raison, dit Ryan lorsque la porte s'est refermée.

— À quel propos ? Il n'a rien dit.

Ryan ne m'en dit pas plus. Je lève les yeux au ciel.

— J'ai l'impression d'avoir un tas de grands frères.

Ryan ricane.

— Je ne suis pas certain que Leah et les autres femmes apprécient ça.

— Frères et sœurs, concédé-je.

Pour une enfant unique, ça me fait beaucoup de frères

et de sœurs. Je n'ajoute pas que c'est agréable. Bizarre, mais agréable.

Je prends une autre bouchée de mon pain grillé en sentant la nausée s'estomper.

— Je vais revoir les spécifications de la mission de Winston, annoncé-je en ramassant mes affaires. Je peux commencer par mettre au point certains paramètres. J'aurai peut-être trouvé des informations additionnelles d'ici à ce qu'ils atterrissent à Washington.

Je me lève, mais Ryan me fait signe de me rasseoir.

— C'est une bonne idée, mais nous devons parler de Cerise Sinclair.

Je m'installe confortablement dans ma chaise.

— Il est arrivé quelque chose ?

Âgée d'une petite vingtaine d'années, Cerise Sinclair est un joli minois de Los Angeles qui a grandi dans une famille aisée. Dotée de fonds de placement pour ses économies, elle règle ses factures courantes par ses revenus d'influenceuse sur les réseaux sociaux. Il y a un an, elle a acheté une jolie petite maison sur les hauteurs d'Hollywood sans penser à sa sécurité. Elle a trois terrains vides autour d'elle, tous escarpés, mais pas assez hostiles pour faire renoncer un admirateur déterminé. Si l'on prend en considération la quantité d'informations qu'elle partage sur les réseaux sociaux et la fréquence à laquelle elle se montre en bikini, les fervents admirateurs ne manquent pas. Certains d'entre eux semblent penser que ses statuts sont, en quelque sorte, des préliminaires.

Avant que Quincy et moi foncions tête baissée à la recherche de la sœur d'Eliza et d'une princesse disparue, j'avais été consultée pour l'installation d'un système de sécurité chez Cerise. Le système est de haute qualité et, autant que je sache, n'a pas enregistré la moindre brèche dans l'enceinte de sa propriété.

Ryan secoue la tête.

— Il n'y a eu aucune tentative d'effraction, mais Cerise a demandé si tu pouvais passer. Elle n'a pas dit pourquoi, enfin…

Il ne termine pas sa phrase, mais je comprends. Cerise peut être un peu exigeante, mais elle est à la fois une cliente et une connaissance personnelle de Ryan. Elle a fait appel à l'Agence par l'intermédiaire de la femme de Ryan, Jamie, qui l'a interviewée par le passé pour une nouvelle émission de télévision sur la popularité grandissante des réseaux sociaux.

Je regarde ma montre.

— Je peux y aller maintenant, et ensuite consacrer le reste de ma journée à vérifier la somme des observations et faire des recherches pour l'équipe de Winston.

Le téléphone de Ryan vibre sur la table et il le consulte pendant que je commence à me lever.

— Elle est à San Diego pour la journée et elle a demandé que tu passes ce soir, ajoute-t-il tout en tapant une réponse rapide au message qu'il vient de recevoir. Et aussi, j'aimerais que tu prennes un partenaire avec toi.

Je me réinstalle sur ma chaise tout en le scrutant.

— Pour aller chez Cerise ? Pourquoi ?

— Nous avons un nouveau dans l'équipe. Ça pourrait le mettre à l'aise.

— Le mettre à l'aise ? Depuis quand est-ce le genre d'opération qui consiste à mettre à l'aise les gens ?

Bien que relativement récente, l'Agence s'est déjà

forgé une réputation d'emplois complexes, avec de nombreux éléments internationaux. Nous ne sommes pas un centre de formation.

Ryan m'ignore et il appuie sur le bouton de la console du bureau, modifiant le statut de la salle de conférence, passant de verrouillée à ouverte. La lumière au-dessus de la porte devient verte et je vois Damien Stark ouvrir et entrer, tout en force, maîtrise de soi et assurance. Il est accompagné par le colonel Seagrave et Mason. Quincy et Liam ferment la marche.

Je jette un œil à Ryan, et en comprenant que je suis bouche bée, je la referme aussitôt. Je reporte mon attention sur Quincy. Nous avons suffisamment travaillé ensemble maintenant pour que je sois capable de lire les expressions de son visage. Il semble aussi confus que moi et je réalise que Damien a dû lui demander de se joindre à la réunion, ainsi qu'à Liam, en se disant certainement que j'aurais besoin de protection.

Je ne sais pas exactement de quelle protection j'ai besoin.

— Denise, dit Mason avec son sourire qui me ravit et me fait monter les larmes aux yeux en même temps.

Il fait un pas vers moi en me tendant la main.

— Je suis très heureux de te revoir.

Je prends sa main automatiquement tout en prenant conscience qu'à l'exception de la légère caresse lorsqu'il m'a donné la tasse de café, c'est la première fois que nous nous touchons depuis son retour et je dois me forcer de ne pas la serrer fort et l'attirer vers moi. Au contraire, je libère doucement sa main et mon cœur bat la chamade tandis que mon corps chante et supplie d'obtenir plus que cette simple poignée de main.

— C'est nouveau ? fait-il alors que je glisse ma main désormais libre dans la poche de ma veste.

Je dois paraître confuse, parce qu'il fait un signe de tête en direction de ma poche.

— Ton poignet, dit-il. Le tatouage.

Sans réfléchir, je sors la main de ma poche. La manche du chemisier est retroussée sur mon poignet, révélant sur ma peau le simple mot tatoué en lettres nettes et simples, de la main de Cass. *MASON.*

— Désolé, ajoute-t-il alors que je secoue la tête, troublée. Tu ne l'avais pas quand nous nous sommes rencontrés. Je ne peux m'empêcher de penser que j'ai peut-être dit quelque chose qui a pu te rendre triste.

— Je…

Je déglutis et j'essaie à nouveau.

— Ce n'est pas quelque chose que tu as dit. Quand il s'agit de Mason, je suis toujours triste. Je me suis rendu compte que j'avais besoin d'un rappel tangible.

— L'une des bonnes amies de Denise est une artiste tatoueuse, explique Damien en nous faisant signe de nous asseoir.

Je reste debout, mon attention alternant entre Damien et Ryan.

— Est-ce que je peux vous parler à tous les deux avant qu'on commence ?

Mon sourire est si mielleux que c'est un miracle que personne dans la pièce ne souffre d'hyperglycémie foudroyante.

— J'étais sur le point de faire un topo à Ryan à propos d'une crise sur la suite du dossier Michelson.

Il n'y a pas de dossier Michelson, mais les deux hommes me font le plaisir de hocher la tête. C'est tout à leur honneur. Damien se lève et fait un geste en direction de la porte.

Je suis sur le point de partir dans cette direction quand Mason se lève à son tour.

— Attends un instant. S'il te plaît.

Son attention est entièrement sur moi et je sens son regard brûlant me traverser, m'envoyant une ribambelle d'émotions au creux de l'estomac. J'aimerais tellement être avec cet homme et en même temps j'ai peur d'en révéler trop et d'empirer les choses.

Je suis furieuse envers Damien et Ryan de me placer dans cette position. Le colonel Seagrave aussi, cet enfoiré ne m'a rien dit. Il est seulement assis là, comme un maître d'échecs, et nous déplace comme des pions sur son échiquier.

La seule personne envers qui je ne sois pas en colère, c'est Mason, même si c'est également lui qui me frustre le plus. Je dois trop me surveiller avec lui, jouer mon rôle digne des Oscars alors que tout ce que je voudrais faire, c'est le serrer dans mes bras et lui dire la vérité.

Je n'en fais rien, naturellement. Je le regarde et je lui demande simplement :

— Oui ?

— S'il y a vraiment un cas Michelson qui mérite ton attention, alors je ne veux pas t'interrompre.

Je fais un pas en direction de la porte.

— Cependant, si tu veux sortir pour passer un savon à

tes deux patrons, alors je crains que tu t'en prennes aux mauvaises personnes.

J'arrête de bouger, croise les bras et fixe du regard cet inconnu qui n'est autre que mon mari.

— C'est moi qui ai organisé ça, dit-il. Si ça te gêne, ne le reproche pas à Monsieur Stark ou à Monsieur Hunter. Ni même au colonel Seagrave, d'ailleurs.

À côté de lui, le colonel grommelle, mais il ne dit rien de plus.

— Continue.

— Tu sais que le docteur Tam pense que toute allusion directe à mon passé peut entraver ma capacité à faire remonter mes souvenirs, en particulier ceux de ma dernière mission. Je commence à comprendre qu'elle était plus essentielle que je le pensais au départ.

Il a dit cette dernière phrase en jetant un regard au colonel Seagrave. Je ne sais rien de cette mission, sauf le temps qu'elle l'a éloigné de moi. Je savais à quel point le gouvernement faisait confiance à mon mari et en ses compétences, alors je ne suis pas étonnée d'apprendre que la mission était cruciale.

Il me regarde comme s'il s'attendait à ce que je lui pose une question. Je n'en fais rien. D'un signe de la main, je l'invite à poursuivre.

Mes lèvres se pincent et je ressens une douleur dans ma poitrine, parce que c'est une scène bien trop familière. Mason, qui continue sur un sujet en long et en large alors que je suis déjà au fait sur la question, et moi qui le presse de terminer.

— Si le centre veut mes souvenirs, mais que je n'ai pas de toile sur laquelle les peindre, alors il est évident que je dois retourner sur le terrain. Reprendre le plus possible mon ancienne vie.

— Travailler avec moi, tu veux dire ?

Les mots m'excitent et me terrifient à la fois.

— Je ne sais pas à quel point ça peut m'aider. Cela fait des années que nous n'avons pas travaillé en tant que coéquipiers.

Il acquiesce.

— Je sais. Mais à l'heure actuelle, tu es la meilleure connexion dont je dispose.

Impuissante, je regarde Liam et Quincy. Tous les deux se montrent compatissants, mais ne m'offrent aucune aide pratique. Pour ce qui est du colonel, son expression demeure impassible.

— Vous approuvez ? Vous et le docteur Tam ? Vous n'avez pas peur que Ma… Que l'homme qu'était Jack Sawyer autrefois disparaisse définitivement ?

Je soutiens le regard du colonel pour m'assurer qu'il comprenne ma question : *si je fais ça, vais-je perdre tout espoir de retrouver mon mari ?*

— Nous pensons que notre Monsieur Sawyer a raison, indique-t-il.

— Et vous deux ?

Cette fois, je me tourne vers Damien et Ryan qui savent très bien ce que j'en pense.

— Même s'il a oublié qui il est, il a toujours ses apti- tudes, avance Ryan prudemment. Il reste un atout.

— Que vous travailliez ensemble, cela peut être théra- peutique, ajoute Damien.

Je sais très bien qu'il veut dire que cela pourrait être bénéfique aussi bien pour moi que pour Mason.

— Je comprends que ce soit étrange, dit Mason – ou plutôt, *Jack*. Je sais même que ce sera bizarre pour toi. Je n'ai pas d'excuses. Tout ce que je peux dire, c'est que je suis égoïste. Je veux retrouver ma vie, je suis prêt à me défendre devant vous tous pour avoir ma chance. Denise, ajoute-t-il doucement, s'il te plaît, aide-moi.

J'inspire péniblement, puis je regarde le sol afin que personne ne puisse voir mes larmes. Je vaux mieux que ça. Je ne suis pas une cruche qui pleure tout le temps. Pourtant, avec Mason, il semblerait que je le sois.

— Pourquoi moi ? Pourquoi ne pas tout simplement retourner sur le terrain ?

— Parce que nous étions coéquipiers, dit-il. Parce que je te fais confiance.

Je n'aurais pas dû demander. Ses mots sont trop difficiles à entendre. Ils me ramènent aussi à la simple vérité : je n'ai plus d'objections à émettre. Plus que ça, j'en ai envie. Aussi dangereux que ce soit pour mon cœur – et Dieu sait que cela peut être difficile de ne pas trop en révéler sur notre passé sans le vouloir –, j'ai envie de saisir cette chance de travailler à nouveau avec mon mari.

— D'accord.

Ses sourcils se soulèvent avec surprise.

— D'accord ? Vraiment ?

— Est-ce que tu veux que je revienne sur ma décision ?

Il rit et secoue la tête pendant que je jette un regard en direction de Quincy, qui sourit de toutes ses dents. Nous devons ressembler à un couple qui se dispute, tous les deux.

— Nous irons voir Cerise Sinclair ensemble ce soir. En attendant, je peux te donner son dossier pour que tu en prennes connaissance.

Je fronce les sourcils.

— J'allais faire quelques courses avant d'aller voir Cerise. Je peux passer te chercher. Est-ce que tu vas rester dans ta chambre au centre ?

— Oui, annonce le colonel Seagrave.

— Certainement pas, rétorque Jack en se tournant vers son supérieur.

— Je reviendrai régulièrement. Je ferai un rapport au docteur Tam tous les jours. Mais vous ne me garderez pas prisonnier. Si ça ne vous plaît pas, vous devrez m'arrêter ou me tuer.

Je retiens ma respiration jusqu'à ce que le colonel acquiesce.

— Et où logerez-vous ?

L'espace d'un instant, j'envisage de lui proposer notre maison. Heureusement, Liam intervient avant que je ne commette cette erreur ridicule.

— Il peut rester chez moi. En supposant que la plage ne te gêne pas.

Je vois le visage de Jack s'illuminer. Nous avons acheté notre propriété dans les terres parce que c'était le seul moyen de nous offrir une maison assez grande pour élever la famille que nous projetions d'avoir un jour. Mais mon mari adore la mer.

— Aucun problème. J'ai toujours voulu vivre à la plage.

Il nous adresse un grand sourire avant d'ajouter :

— Enfin, je crois.

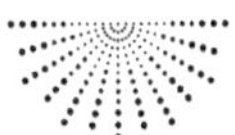

CHAPITRE HUIT

— C'est sympa, dit Jack, debout devant la baie vitrée de l'appartement de Liam, qui offre une vue imprenable sur la plage.

L'appartement est immaculé et dégage toujours cette odeur de voiture neuve indiquant qu'il est neuf ou récemment rénové.

— Il existe depuis les années quatre-vingt-dix, explique Liam quand Jack lui pose la question. La plupart des logements autour ont été rénovés il y a une dizaine d'années. Mais celui-ci appartenait à une vieille femme qui vivait avec ses six chats, et non, je n'exagère pas. Quand elle est morte, la famille n'a pas voulu s'embarrasser. Ils vivaient dans l'Idaho et ils l'ont mis en vente sans toucher à rien. J'avais quelques économies, mais tout le monde a marchandé. J'ai fait une offre d'achat avec paiement comptant, puis j'ai demandé à Jackson de dessiner des plans. Ensuite, j'ai embauché Syl en tant qu'entrepreneur et tout le monde connaît la suite.

Il hausse les épaules et sourit, visiblement content de lui.

— Je l'ai fait réévaluer après les rénovations, et même avec ma mise de fonds en liquide, je suis toujours dans le vert. Avec la vue sur l'océan, je considère que c'est une victoire.

— Pas mal, convint Jack. Syl et Jackson ?

Il avait presque hésité à poser la question. Certainement quelqu'un dont il devrait se souvenir.

— Jackson Steele. C'est un architecte assez célèbre, ça te dit quelque chose ?

— Rien du tout.

— Jackson est le demi-frère de Damien. Il a dessiné le Domino, en fait.

— Ça, je m'en souviens. Le complexe où se trouve l'Agence. Ils ont parlé aux actualités quand c'était en construction, non ?

Liam hoche la tête.

— Je suis impressionné, dit-il tout en se dirigeant vers la cuisine. Du café ?

— Oui, avec plaisir. Noir, s'il te plaît.

Il rejoint la baie vitrée coulissante.

— C'est étrange ce dont je me souviens. Je sais qui est le président. Je me rappelle les océans et les continents, et je connais toutes les histoires d'une demi-douzaine de films *Star Wars*.

Liam éclate de rire.

— Ça ne m'étonne pas. Denise est une grande fan de *Star Wars*.

Jack fronce les sourcils, puis il regarde par-dessus son épaule et aperçoit un tressaillement sur le visage de

Liam. Comme s'il était fâché contre lui-même.

— Denise ? Alors, elle et moi, nous avons regardé beaucoup de films ensemble ?

— Vous étiez coéquipiers, dit Liam d'un ton égal, son attention rivée sur la cafetière. Vous aimez tous les deux les films d'action et les films fantastiques.

— Hmm.

Jack se tourne face à l'océan en se demandant ce qui sonne faux dans la réponse de Liam. Comme s'il devait se souvenir de quelque chose. Comme s'il n'était pas un homme honorable, comme il aime à le penser, mais qu'il avait emmené sa coéquipière au cinéma non pas en tant qu'ami, mais plutôt pour le plaisir de s'asseoir à côté d'elle dans le noir, leurs doigts se caressant au-dessus du pop-corn.

Merde...

— Est-ce que Denise et moi…

De l'autre côté du bar, Liam le regarde, impassible.

— Pardon ?

— Rien. Je me demandais seulement si nous travaillions bien ensemble.

— Je n'ai jamais travaillé avec vous deux, mais d'après ce qu'elle m'a dit, vous formez une équipe géniale.

Il hoche la tête, satisfait d'avoir réussi à détourner son propre faux pas avant que Liam ne le remarque. Il est agacé que ses pensées se dirigent vers Denise Marshall avec une telle intensité. Non pas parce qu'elle est sa coéquipière, mais parce qu'il la désire.

Voilà. Il l'a dit. Peut-être pas à haute voix, mais il a formulé les mots dans sa tête. Ces mots dansent dans ses pensées depuis le moment où elle est entrée dans la petite cellule qui lui tient lieu de chambre au centre. Et voilà que maintenant, il s'apprête à travailler auprès d'elle.

Tout cela le rend idiot, parce que la partie de son corps qui a besoin d'un coup de fouet, c'est le centre de sa mémoire. Pas son sexe. La dernière chose qu'il souhaite, c'est l'insulter ou souiller la mémoire de son mari.

S'il était un homme meilleur, il garderait ses distances. Il n'aurait pas soumis au colonel son projet pour raviver ses souvenirs. Il ne peut nier que passer du temps avec elle était aussi attrayant que la possibilité d'éveiller sa mémoire. Et puis, c'était quelque chose qu'il avait plus de chances d'obtenir.

Il soupira en contemplant le Pacifique.

— Parfois, je me demande si j'ai oublié qui je suis parce qu'en réalité je suis un enfoiré.

Liam fronce les sourcils.

— Pardon ?

Il lui fait signe de laisser tomber.

— Désolé. Je m'apitoie sur mon sort. Ne fais pas attention.

— Oui, enfin, si quelqu'un a le droit de le faire, c'est bien toi.

Il contourne l'îlot central avec deux tasses et en tend une à Jack.

— Merci. Et merci de m'accueillir ici. Tu es sûr que je ne dérange pas ? Tu as une femme ? Une petite amie ?

— Il n'y a que moi.

La voix de Liam est devenue tranchante. Comme si elle était chargée de secrets. Ce qui pousse Jack à changer le cours de la conversation. Il est peut-être curieux, mais il ne compte pas mettre son hôte en colère. D'autant plus qu'il espère s'en faire un ami.

Liam s'éclaircit la gorge.

— Nous allons t'installer, puis je dois retourner au travail pour la réunion d'équipe. Denise passe te chercher ce soir ?

Jack hoche la tête et soulève son sac marin, qui contient l'ensemble de ses possessions.

— J'aimerais avoir plus qu'un jean et quelques sous-vêtements de rechange. Je pense que je vais prendre un Uber et utiliser la nouvelle pièce d'identité et la carte de crédit que le colonel a obtenues pour moi. Cela dit, si ça ne t'ennuie pas de me donner une clé…

— C'est un pavé numérique, dit Liam en lui donnant le code. Tu n'as pas besoin d'un taxi. Tu sais conduire une moto ?

— Laisse-moi deviner. Une Harley ?

— Si c'est ce qui t'intéresse, il y en a une dans le garage. Une Ducatti aussi, avec d'autres beautés. Les clés sont sur un crochet près du frigo. Mais ne touche pas à la Bonneville. Je viens tout juste de finir de la restaurer et elle est toujours en rodage.

Le sourire de Jack est si immense que ses joues lui font mal.

— Liam, mec, je pense que je vais aimer vivre ici.

Il n'a pas besoin de grand-chose. Puisqu'il n'a pas d'armoire à lui, Jack a l'intention d'acheter le strict minimum. Un jean sans éraflures aux genoux. Quelques tshirts pour ne pas donner l'impression d'avoir dévalisé la garde-robe de son grand-père. C'est une figure de style, bien sûr. Il ne sait même pas s'il a un grand-père.

Des chaussures. Un rasoir. Une brosse à dents.

Rien de plus que l'essentiel. Entrer et sortir, retourner chez Liam et préparer un peu sa visite à Cerise Sinclair. Heureusement, Ryan a accepté de lui envoyer les dossiers cryptés sur l'ordinateur portable que Liam lui a prêté. Ce n'est pas vraiment nécessaire, Ryan lui ayant assuré que c'est assez simple pour que Denise puisse le mettre au courant sur la route, mais Jack ne compte pas se relâcher. Il fait partie de l'équipe, alors il fera sa part de travail.

De plus, Denise l'a déjà vu dans son pire moment. Il tient à ce qu'elle voie aussi qu'il peut être vif, efficace et toujours prêt.

Il se rappelle qu'il y a un centre commercial à Century City, un souvenir banal pour la plupart des gens, mais il doit réprimer l'envie de faire une danse de la victoire. Il s'avère qu'il a crié victoire trop vite, car il ne tarde pas à apprendre qu'il a horreur du shopping. Son seul objectif est d'acquérir des vêtements et autres articles utilitaires, et pourtant, d'après ce qu'il en voit, les magasins semblent chercher à lui faire vivre une expérience multimédia.

Si une autre femme filiforme demande encore à l'asperger d'une nouvelle eau de Cologne en lui assurant que c'est une fragrance très virile, il craint de casser quelque chose.

Il finit par s'en tirer avec un jean, une chemise sans col, une veste de sport, des chaussures et un paquet de sous-vêtements. Après quoi, il se dirige vers une pharmacie pour le nécessaire de toilette. Alors qu'il approche de la caisse, il passe devant un présentoir de préservatifs… Et son esprit est immédiatement assailli d'images de Denise Marshall. Pas classées X. Pas même interdites aux moins de seize ans. Mais pas franchement tout public non plus.

Décidément, il est dans le pétrin.

Avec une profonde inspiration, il se dit qu'il a de plus gros soucis en ce moment que son attirance envers cette femme et il conclut par un sermon mental sur l'importance de rester professionnel et de s'éloigner au plus vite du présentoir.

Avant que la sonnette ne retentisse, à dix-huit heures, il s'est lavé, changé, et il a examiné le dossier Sinclair, résistant à la tentation de taper le nom de Denise et de Mason dans Google.

Pendant un moment, du moins.

Au départ, il a justifié cette envie en se disant qu'elle savait beaucoup plus de choses sur lui que lui sur elle. C'était n'importe quoi, bien sûr. Ce qu'il voulait vraiment, c'était savoir ce qui la faisait vibrer. *Qui* la faisait vibrer.

Pourtant, il a beau vouloir en apprendre plus sur ce fameux Mason, il ne tient pas à être le genre d'enfoiré qui exerce ce genre de curiosité malsaine.

Alors, il s'est détourné de l'ordinateur.

Oh, et puis merde ! C'est un enfoiré, et il l'assume. Après quelques recherches vite expédiées, toujours rien. Rien du tout. Pas un nom. Pas une photo. Pas la moitié d'une remarque à leur sujet sur un quelconque compte Twitter.

Rien.

Alors, il creuse un peu plus. Il cherche plus en profondeur, plus en détail.

Que dalle. Pas le moindre indice.

Ce qui veut dire que Mason est un fantôme. Un agent de haut niveau, placé sur des missions déterminantes à long terme et sous une fausse identité. Le genre de mec secondé par une cinquantaine d'autres agents au moins, planqués derrière des ordinateurs à travers le globe et dont la mission est de s'assurer qu'il ne laisse pas la moindre trace sur le web, le darknet et tout ce qui peut exister entre les deux.

Plus encore, cela signifie que Mason pourrait toujours être en vie.

Il fronce les sourcils en essayant de se rappeler ses conversations précédentes avec Denise. Elle portait toujours son alliance et elle lui a dit… quoi, exactement ?

Pas que son mari était mort. Tout ce qu'elle a dit, c'est qu'il était parti depuis longtemps. Jack a déduit le reste.

En soupirant, il s'adosse dans sa chaise, et une fois encore, il s'accuse d'être un fumier. Il vient tout juste d'apprendre que le mari de sa coéquipière est peut-être toujours en vie, un homme qui était son ami, aux dires de tous. Il devrait être heureux. Il devrait trouver un moyen de connaître la vérité, même s'il agace le colonel Seagrave et tous les autres. Parce que Dieu sait que Jack n'a rien à perdre maintenant.

Tout vaudra mieux que de rester assis là, paralysé, à se sentir comme un petit garçon qui vient d'apprendre que Noël est annulé.

Un enfoiré.

Oui, c'est ça. Il doit seulement l'accepter. C'est un enfoiré, obsédé et pervers, qui ne s'est pas envoyé en l'air depuis Dieu sait combien de temps. Il a rencontré une femme qui l'attire, une femme qui s'avère hors d'atteinte, et cela offense sa sensibilité d'homme de Néandertal.

Grand bien lui fasse.

Parce qu'avec du recul, il a de plus grosses sources d'inquiétudes. Par exemple, qui est-il et sur quoi travaillait-il ? Tout le reste peut attendre, et si cela signifie qu'il doit prendre deux douches froides par jour, alors soit.

À ce sujet, il pourrait certainement en prendre une maintenant.

Ding !

Il fronce les sourcils, le timbre aigu de la sonnette lui rappelant soudain qu'il n'a plus le temps.

— Je viens ! lance-t-il avant de passer dans la salle de bain pour s'asperger le visage d'eau froide.

Puis il dévale l'escalier et s'arrête net en la voyant dans l'entrée.

— Désolée, dit-elle. J'étais déjà à l'intérieur avant de réaliser que tu avais certainement dit *je viens* et pas *viens*.

— Pas de problème. Je t'offrirais bien quelque chose à manger ou à boire, mais ce n'est pas ma cuisine ni mes réserves.

— Ne t'inquiète pas.

Son sourire illumine ses yeux, qui ressemblent à deux petites flammes vertes. Elle est adorable.

— Mais si tu as besoin que je te montre tout ce qu'il y a dans la cuisine de Liam, ajoute-t-elle, je me ferai un plaisir de te la montrer.

Une pointe de jalousie le mordille, comme un petit chien errant dont il n'arrive pas à se débarrasser.

— Tu viens souvent ici ?

— C'est moi qui m'occupe des plantes et des poissons.

Elle rit, certainement en réponse à l'expression qu'il affiche.

— Je vis ici quand Liam n'est pas en ville. J'aime marcher sur la plage. Je n'aime plus trop ma maison maintenant.

Elle rencontre son regard, puis elle tourne la tête, comme si elle ne voulait pas qu'il puisse voir ses secrets.

— La maison que tu partageais avec Mason.

— Nous n'y avons pas vécu assez longtemps ensemble pour l'arranger. Et elle est vide sans… lui.

Il a l'impression qu'elle s'apprête à dire autre chose, même s'il ne devine pas quoi.

— Quel rapport avec les plantes et les poissons ?

— À l'évidence, tu n'as pas vu la chambre de Liam. Viens.

Elle gravit les escaliers quatre à quatre, passe devant la porte de sa chambre et continue vers celle qui occupe tout l'espace du deuxième étage. Dès l'instant où il franchit la porte, il comprend ce qu'elle voulait dire. De petites plantes en pots sont parsemées partout dans la pièce, mais c'est l'extérieur qui attire son attention. Le balcon est chargé de verdure. Ce n'est pas une végétation oppressante, mais un décor naturel qui rend l'espace extérieur accueillant et relaxant pour quiconque souhaiterait s'y asseoir pour regarder les surfeurs.

Il songe à Liam, grand et baraqué, assis à la petite

table métallique en sirotant une tasse de café, et il est forcé de sourire.

— Je parie que si tu avais imaginé son balcon, ça aurait été avec un sac de frappe et un banc de musculation.

— J'avoue. Et les poissons ?

— Oh, les poissons sont particulièrement chouettes.

Elle penche la tête et le guide dans la vaste salle de bain, où tout un pan de mur est occupé par un aquarium géant rempli d'eau de mer et grouillant d'une vie sous-marine époustouflante.

— C'est incroyable.

— Je sais. Quand je reste ici pour m'occuper des plantes et des poissons, je dors dans la chambre des invités. Mais j'ai dit à Liam qu'il devait me laisser utiliser cette salle de bain. C'est vraiment trop génial.

— C'est Jackson Steele qui a fait ça ?

— Liam t'a parlé des rénovations ?

— Oui.

— Je pense toujours que je devrais demander à Jackson de trouver quelque chose d'aussi formidable pour ma maison. Enfin…

Elle hausse les épaules avec un sourire désinvolte, laissant sa phrase en suspens.

Il ne mord pas à l'hameçon.

— Tu ne veux pas travailler sur la maison toute seule, conclut-il.

Elle se tourne vers les poissons, et pendant un moment, il craint qu'elle ne réponde pas. Il est sur le point de s'excuser d'être allé trop loin quand elle dit doucement :

— Non. Non, j'at…

— Tu attends que Mason rentre à la maison. Il est en vie, c'est ça ?

Elle se redresse et tourne son attention vers lui.

— Je n'ai jamais dit qu'il était mort.

— Mais tu savais que je le pensais. Et pendant un moment, j'ai cru que tu le croyais.

Elle fronce les sourcils en le dévisageant.

— Qu'est-ce qui t'a fait croire ça ?

— Tu avais l'air si tourmentée quand tu m'as dit qu'il était parti depuis longtemps. De toute façon, ça n'a pas d'importance. Il n'est pas mort, si ?

— Non.

Il voit sa gorge tressauter lorsqu'elle déglutit.

— Il n'est pas mort.

— Je suis content pour toi.

Il est sincère. Il n'a aucune envie de la blesser. Par contre, il se sent toujours aussi vide.

— Il est en mission incognito, c'est ça ? En infiltration ?

— Comment sais-tu ça ?

— Une supposition, mais apparemment une bonne. S'il était en infiltration, comment sais-tu qu'il est en vie ? Il a repris contact ?

Elle inspire, puis elle le regarde droit dans les yeux.

— Oui, dit-elle. Deux fois. Tu en sais suffisamment sur ce monde pour savoir que je ne devrais pas en parler. Ce qui veut dire que cette conversation est terminée.

— Je comprends.

Elle jette un œil à son téléphone et se renfrogne.

— Nous devons y aller si nous voulons être à l'heure pour le rendez-vous avec Cerise.

— Tu veux que je conduise ?

Il a toujours les clés de la Ducatti dans sa poche et il les agite devant lui. Il la taquine, bien sûr. Il sait très bien qu'ils prendront sa voiture.

C'est pourquoi son rire ravi et son hochement de tête enthousiaste le prennent au dépourvu. Il est tellement surpris qu'il ne peut empêcher les mots d'exploser dans sa tête, terrifiants de vérité… *Il pourrait très bien tomber raide dingue de cette femme.*

CHAPITRE NEUF

— J'avais oublié les collines et les virages, crié-je tout en m'accrochant à Mason – ou *Jack* – alors qu'il pilote à travers Hollywood Hills. Prends la prochaine à gauche, puis à droite.

Il a peut-être tout oublié, mais il n'a pas perdu la main sur une moto, et je mentirais en prétendant que je ne profite pas de la chance de pouvoir me coller contre mon mari. Son corps parfaitement musclé s'accorde au mien et je garde mes bras bien serrés autour de lui, mon menton posé sur son épaule tandis que nous naviguons entre les collines arborées.

La maison de Cerise se dresse sur l'une des buttes les plus escarpées et je serre les cuisses plus fermement contre les hanches de Jack, me cramponnant alors que nous prenons de la hauteur sur la route incroyablement pentue. Sa maison est adorable, trois étages tout en stuc et en bois, avec une vue à couper le souffle sur les studios Universal et la vallée en contrebas… Mais pour y accéder, c'est un vrai défi et je ne voudrais pas emprunter cette route au quotidien.

Ce n'est pas non plus une maison que je voudrais si je redoutais les voyeurs et autres admirateurs insistants. C'est peut-être difficile de s'y rendre, mais il est aussi difficile d'en partir. Sa rue est une impasse, et son unique voisin est un homme âgé qui, plus jeune, jouait dans diverses séries télévisées.

Les trois terrains jouxtant sa propriété sont en vente, mais pour le moment, aucun acheteur n'a semblé intéressé par le cauchemar d'ingénierie qu'exigerait la construction sur des terres aussi escarpées, notamment avec la difficulté de faire monter le matériel et les machines dans ces rues étroites.

— Quand même, mentionne Jack une fois que je lui fais part de mes observations, c'est une vue superbe.

Il a raison. Pendant un moment, nous restons debout au bord de la route, à côté de la moto, à admirer le paysage au-delà des maisons.

— C'est l'avantage de vivre ici, dis-je. Mais j'aimerais mieux la plage.

— Et ta maison ?

Je fronce les sourcils. J'aime ma maison, vraiment, mais j'aime surtout la vision de ce qu'elle aurait pu donner. Ce n'est pas quelque chose que j'aimerais partager avec Jack. *Surtout pas* avec Jack.

Je détourne la conversation en levant une épaule, me contentant d'une réponse évasive :

— Ni dans les collines ni à la plage. Je suis un mauvais exemple en matière d'immobilier.

— Je ne pense pas que tu sois un mauvais exemple en quoi que ce soit.

Il y a quelque chose de doux et familier dans sa voix et je me tourne vers lui. Je ne pensais pas qu'il me regardait et j'inspire vivement en voyant la lueur dans ses yeux. Une lueur familière d'humour et de passion. Le type de regard qui était souvent suivi d'un geste pour me prendre par le bras et m'attirer à lui, avec une main ferme sur mes fesses et un baiser qui me faisait fondre directement jusque dans son lit.

Je déglutis pour étouffer un gémissement étranglé avant de détourner le regard, soudain fascinée par l'ourlet de mon jean.

— Denise, je…

Le grincement soudain d'une porte de garage l'interrompt et je remercie silencieusement Cerise pour son apparition inopportune. Debout dans le garage, elle se baisse pour passer sous la porte à enroulement puis elle nous fait signe.

Le vent se prend dans ses cheveux noirs soyeux et elle écarte les mèches qui dansent devant ses yeux.

— Mais qu'est-ce que vous faites là dehors ? Je vous ai vus vous arrêter et j'en avais assez d'attendre. C'est votre moto ? demande-t-elle en jetant à Mason un regard qui aiguise ma jalousie.

— Cerise, dis-je en m'efforçant de rester polie, je vous présente Jack Sawyer, mon nouveau coéquipier. Je voulais vous présenter et le laisser jeter un œil aux installations. Nous voulons tous les deux entendre ce que vous avez à nous dire. Ryan est resté assez vague.

— Oh, bien sûr.

Elle croise les bras et adresse à Jack un sourire extrê-mement photogénique. Je me tends, me retenant de m'avancer à côté de lui pour lui agripper fermement le bras.

— Avez-vous des problèmes avec le système ? demandé-je alors qu'elle nous fait entrer par le garage.

— Pas vraiment, répond-elle avec un léger fronce-ment de sourcils. Je ne pense pas à regarder la vidéo très souvent, mais puisqu'elles sont directement envoyées dans votre station de surveillance, je me sens plutôt confiante. Elle regarde par-dessus mon épaule alors que nous longeons le couloir en direction du salon.

— Je sais que mon installation n'était rien pour Stark Sécurité, mais je me sens beaucoup mieux protégée maintenant que je sais que vos équipes visionnent les séquences vidéo.

— C'est le but, confirmé-je.

Elle a raison. La plupart du temps, l'Agence accepte des missions haut de gamme. En revanche, Damien a toujours été intransigeant sur un point : l'Agence doit être orientée vers le service. C'est pourquoi nous four-nissons aussi des services de sécurité de base pour les célébrités lors d'événements, ainsi que pour les maisons des particuliers en mesure de payer l'équipement et les frais mensuels. Et même parfois si les clients ne peuvent pas s'offrir de tels services, car j'ai déjà vu Damien ou Ryan accepter d'aider des femmes démunies harcelées par leurs ex-petits amis ou maris.

— Personne n'est trop odieux en personne, continue Cerise, mais certains des commentaires en ligne…

Elle ne termine pas sa phrase et fronce le nez.

— Je comprends, lui assuré-je.

Je ne vais pas souvent sur les réseaux sociaux, mais j'ai une très bonne imagination.

— Alors, en somme, vous vous sentez en sécurité ici ? Vous êtes assez isolée.

— C'est en partie ce que j'aime, répond-elle. J'aime vraiment cet endroit. Voilà pourquoi… commence-t-elle en secouant la tête. C'est peut-être de la simple paranoïa.

— Ce sont souvent les personnes qui se pensent paranoïaques qui prennent des coups, intervient Jack.

— Alors, ça devrait aller, raille Cerise, déclenchant mon hilarité.

— Qu'est-ce qui vous fait penser que vous êtes paranoïaque ? demande Jack.

Elle passe les doigts dans ses cheveux.

— J'ai aperçu quelqu'un hier soir, en bas de la colline. Il était hors de portée des caméras. J'ai vérifié sur les enregistrements, mais le champ couvert s'arrête juste avant la pente. Là, ajoute-t-elle en pointant l'endroit. Ce n'est même pas sur ma propriété, c'est la raison pour laquelle je me suis dit que je ne devrais pas m'en faire. Certainement un sans-abri. Ou peut-être que le propriétaire en faisait le tour, en se demandant s'il doit tailler les haies ou je ne sais quoi. Le soleil était derrière la colline, mais il ne faisait pas encore nuit noire.

— Peut-être.

Je me garde de préciser que ce terrain appartient actuellement à la banque. Aucun propriétaire ne risque de s'y balader de nuit.

— Peter a dit que c'était certainement un coyote et pas un homme, ajoute-t-elle.

Sa peau claire s'empourpre légèrement.

— Il a ajouté que je devrais vous appeler si ça me permettait de me sentir mieux.

Je souris, amusée.

— Peter ?

Son expression s'illumine à cette question.

— Il est fabuleux. On se fréquente depuis un moment, mais maintenant…

Elle s'interrompt pour soupirer de bonheur.

— Je pense qu'il veut passer à une relation plus sérieuse.

— C'est super, dis-je. Félicitations.

— Merci.

Elle fait un signe du pouce en direction de la cuisine.

— Un peu de vin ? Je viens tout juste d'ouvrir une bouteille.

Nous acceptons et elle revient un moment plus tard avec trois verres qu'elle tient par le pied dans une main et la bouteille de vin rouge dans l'autre.

— À vous et Peter, dis-je en trinquant une fois qu'elle nous a servis. Et au renforcement de votre ensemble de caméras.

— Oh, j'ai presque oublié, annonce-t-elle après avoir pris une longue gorgée. Je retrouve Peter ce soir à Westerfield. Je lui ai expliqué que vous avez travaillé chez moi pour installer mon réseau de sécurité et je lui ai dit que je me sentais infiniment mieux protégée maintenant. On s'est dit que ce serait sympa si vous vous joigniez à nous.

Elle regarde Jack.

— C'est encore mieux maintenant que vous avez un cavalier.

— Euh, c'est-à-dire…

Jack se tourne vers moi, manifestement gêné. J'ai à nouveau des papillons dans l'estomac, mais comment ne serais-je pas bouleversée que mon propre mari soit dégoûté à la perspective de sortir avec moi ?

Je me raidis.

— Je ne pense pas…

— Bien sûr que nous viendrons, m'interrompt Jack avec assurance. Nous en serions enchantés.

CHAPITRE DIX

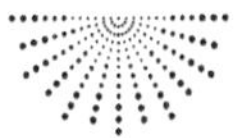

Jack et moi nous sommes séparés après être retournés chez Liam pour que je puisse rentrer à la maison et me changer. Maintenant, j'arrive dans le club de West Hollywood toute seule. La queue, comme toujours, va jusqu'au coin de la rue, mais mon nom figure en permanence sur la liste des VIP, un avantage de travailler pour Damien Stark, propriétaire des sites les plus appréciés. Bien qu'il n'y vienne pas souvent. Avec deux petites filles, je ne pense pas que Nikki et lui fréquentent assidûment les boîtes de nuit.

J'entre et je m'arrête, laissant la musique s'emparer de moi. Je regarde alentour à la recherche de Jack, mais je ne l'aperçois nulle part. En revanche, j'entrevois Cass. Avec un sourire, je me dirige vers elle.

— Salut toi, lui dis-je en la laissant m'attirer pour une accolade. Est-ce que j'interromps un tête à tête ?

Je jette un œil autour d'elle, cherchant une fille susceptible d'accompagner Cass, en espérant qu'elle a tourné la page Siobhan. Mais elle secoue la tête et me lance un regard qui tue.

— Je ne cherche même pas, précise-t-elle. Je suis seulement venue pour passer la soirée en excellente compagnie.

— Alors, ce n'est pas une coïncidence ?

Au moment où je pose la question, Quincy et Eliza approchent et je tape dans mes mains, ravie.

Quincy porte deux verres et il en tend un à Cass avant de poser son bras libre autour de mes épaules, me serrant contre lui.

— C'est un bon moyen de commencer le week-end, non ?

Son accent anglais est plus prononcé que d'habitude. Je présume que ce n'est pas son premier verre ce soir.

Je les regarde tous les trois.

— Ce n'est pas une coïncidence, n'est-ce pas ? Remarquez que je ne m'en plains pas.

— Cerise a appelé, dit simplement Cass. Elle a dit qu'elle vous avait invités, Jack et toi, et que je devrais venir aussi. Ensuite, elle m'a demandé d'inviter Syl et Jamie avec leurs mecs, mais Syl a déjà quitté le pays.

— Alors, Jamie et Ryan arrivent ?

— Oh non, trois fois non.

Elle sourit de toutes ses dents et je plisse les yeux en me demandant où est la blague.

— Comment ça ? demandé-je pour l'inciter à poursuivre.

— Bon, d'accord. Pour reprendre exactement les mots de Jamie, elle avait déjà déshabillé Ryan, et si on compte s'amuser, il s'amusera encore plus.

Je me bouche les oreilles avec horreur.

— Je n'avais pas besoin d'entendre ça à propos de mon chef.

— Tu as demandé, dit Cass.

— J'aurais dû m'en douter, j'avoue.

J'adore Jamie, mais cette fille n'a aucun filtre.

— Où est Cerise ?

— Quelque part par ici, dit Quincy. Elle est avec son petit ami, tu devrais chercher dans les coins sombres.

À côté de lui, Eliza lui décoche un coup de coude.

— Quoi ? fait-il. Tu sais que j'ai raison.

Cass éclate de rire, puis elle tend le doigt vers Quincy et Eliza tout en continuant de me parler.

— Je ne savais pas qu'ils seraient là. Alors, je les considère comme un avantage. Et un spectacle comique, aussi. Tout-en-un.

— Très drôle, fait Quincy en souriant à Cass.

Il ramène une chaise supplémentaire et nous nous serrons autour d'une petite table. Cass fait glisser son verre dans ma direction.

— Tu veux qu'on le partage en attendant d'attirer l'attention d'un serveur ?

Je le prends, prête à commencer à fêter mon vendredi soir comme il se doit, mais la seule odeur du whisky me donne la nausée et je décide d'en rester à l'eau en espérant que ce qui dérange mon estomac finira par disparaître et me laisser tranquille.

Tout de même, il vaut certainement mieux rester sobre, d'autant plus que Jack sera bientôt là.

Comme s'il lisait dans mes pensées, Quincy me demande :

— Comment tu t'en sors ?

Je hausse les épaules.

— J'ai désarmé une bombe nucléaire une fois. Tu le savais ?

Il secoue la tête.

— C'était plus facile que ça.

— Denny…

Je réussis à faire un demi-sourire. Je me sens encore plus pathétique en entendant mon prénom sur ses lèvres. En soi, ça ne me dérange pas que Quincy utilise ce surnom. C'est Mason qui m'a appelée Denny en premier, et c'est de ses lèvres que j'aimerais l'entendre à nouveau.

À côté de Quincy, Eliza se penche en avant.

— Je suis désolée que tu traverses tout ça.

— C'est gentil, dis-je avec sincérité.

En même temps, je n'ai pas envie de parler de mes difficultés. Parce que ça rend les choses encore plus insurmontables.

Dans un effort pour détourner l'attention, et parce que je suis franchement curieuse, je leur demande s'ils ont des nouvelles d'Emma. La sœur d'Eliza était au centre de l'enquête que Quincy et moi venons de terminer. Elle est maintenant en Europe, où elle ramène une princesse enlevée à son royal père.

— Je lui ai parlé ce matin, répond Eliza. Jusqu'à présent, le voyage se déroule sans accroc.

— Est-ce qu'elle a décidé ce qu'elle va faire ?

Emma est détective privée, avec une formation sérieuse en opérations secrètes. En fait, mon travail est aussi ennuyeux que de cataloguer de vieilles fiches de catalogue par ordre alphabétique en comparaison avec certaines des missions qu'Emma a effectuées au cours de sa carrière.

Ce qui signifie qu'elle serait un véritable atout pour l'Agence et j'espère sincèrement qu'elle décidera de nous rejoindre.

Pendant ce temps, je regarde autour de moi pour trouver ma cliente, qui n'a rien d'une dure à cuire et qui est tout sauf incognito, et je la repère finalement en train de parler avec un homme de l'autre côté de la pièce. Ils sont dans l'ombre et je ne vois pas son visage, mais quelque chose me semble familier. Je suis sur le point de me lever et d'aller leur parler quand j'aperçois Jack se diriger dans notre direction. Bien sûr, sa vue efface toute autre pensée dans mon esprit.

Je n'exagère même pas. Je n'en suis même pas surprise.

La première fois que j'ai vu Mason, j'entrais dans une salle de conférence au Conseil de sécurité nationale du Pentagone. Une salle remplie de toutes les personnes les plus puissantes du pays, dont moi, nouvelle recrue pour aller dans le monde combattre le terrorisme à sa source.

Ai-je joué le rôle de la dure à cuire bien entraînée ?

Oui, tout à fait. C'est là qu'intervient la partie « bien entraînée », parce qu'au moment où j'ai vu Mason assis à cette table, mes pensées rationnelles ont quitté ma tête. Soudain, j'étais seulement une lycéenne qui craquait pour un beau garçon. Un mec intelligent. Un mec astucieux. *Le mec parfait.*

Quand j'ai appris qu'il avait ressenti la même chose…

Pour Mason et moi, les choses n'ont pas traîné. Nous nous sommes enflammés dès nos premiers moments ensemble. Ça me tue, vraiment, qu'il puisse marcher si nonchalamment à travers le club, se faufiler jusqu'à moi, sans rien dire de plus engageant que :

— Ça alors, toi ici, quelle surprise.

Honnêtement, ce n'est même pas drôle.

Où est passé l'homme qui pouvait me faire jouir par un seul regard de braise ?

Qui m'attirait dans des coins sombres pour des baisers volés et des moments un peu plus osés.

L'homme qui pouvait tout occulter pendant une mission, puis relâcher dès sa conclusion tout le désir enfermé et me faire l'amour dans notre lit pendant des heures jusqu'à ce que nous soyons tous les deux épuisés et comblés.

Je veux que cet homme me revienne autant que je veux le gars qui boit du vin avec moi sur le canapé pendant que nous regardons des rediffusions de *Firefly*. Le gars qui m'ennuyait jusqu'aux larmes en passant des heures à la quincaillerie, à comparer les tons de peinture pour la salle de bain. Le gars qui savait faire griller un steak mieux qu'un chef cinq étoiles.

En d'autres termes, je veux mon mari. Mason, pas Jack. L'homme qui se souvient qu'il m'aime. L'homme avec qui j'ai partagé ma vie. Une histoire. L'homme qui connaissait mes secrets, mes peurs, mes espoirs et mes désirs.

Mason est parti et c'est Jack qui se tient près de moi. Jack avec qui je dois jouer un rôle, alors que tout ce que je veux, c'est rentrer à la maison et pleurer.

— Denise ?

Il me regarde fixement, les sourcils froncés.

— Est-ce que ça va ?

— Je suis fatiguée. Et sobre. J'ai quelque chose à l'estomac ou un truc comme ça et l'alcool ne passe pas.

Il me lance un sourire, révélant ses fossettes.

— C'est une tragédie. Si je calmais le jeu et…

Nous n'arrivons même pas au *et*.

Nous sommes interrompus par l'arrivée de Cerise et de son compagnon.

Il n'est pas dans l'ombre, maintenant… En fait, toute la boîte de nuit est remplie d'une lumière vive qui clignote. Le faisceau rebondit avec la musique, sillonnant la piste de dance, illuminant chaque centimètre carré de son visage familier.

— Peter, lancé-je en me jetant dans ses bras tendus.

— Denise !

Il me serre fort, puis me repousse, les mains sur mes épaules, et je lui souris de toutes mes dents comme une idiote.

— Je ne savais pas que tu étais à Los Angeles.

— Pareil, dis-je.

— C'est fou.

— Excusez-moi, dit Cerise. Vous vous connaissez ?

Peter et moi échangeons un regard et, d'un même mouvement, nous nous tournons vers elle.

— Non, disons-nous de concert avant d'éclater de rire.

CHAPITRE ONZE

Je souris toujours alors que Jack approche, mais ma joie retombe quand je le vois se frotter les tempes. La main de Peter est toujours sur mon épaule et je me dérobe pour rejoindre Jack, caressant légèrement son bras tout en essayant de déchiffrer l'expression de son visage.

— Tout va bien ?

Il secoue la tête, vaguement troublé. Pas envers moi, je ne le pense pas, mais devant sa propre réaction.

— Je crois que ce sont ces fichues lumières. Les stroboscopes me font l'effet d'avoir des aiguilles dans les yeux.

— Tu n'es pas sujet aux migraines, dis-je.

— Ah bon ?

Je réprime une grimace en réalisant que j'allais en dire trop. Cela dit, ça reste raisonnable que je sache si mon coéquipier souffrait de migraines, mais je vais devoir être plus prudente.

Je hausse tout simplement les épaules.

— Pas à ma connaissance, en tout cas.

— Probablement un symptôme, avance-t-il. Mon pauvre cerveau abîmé n'aime pas les lumières disco.

— Crois-moi, dis-je sèchement. Ce n'est pas seulement toi. Bienvenue dans une boîte de nuit un vendredi soir.

Je balaie la pièce d'un mouvement de bras, et ce faisant je remarque Cerise en compagnie d'un groupe de femmes que je n'ai jamais vues auparavant.

— En parlant de bienvenue, dit Peter en attirant l'attention de Jack. Je suis ravi de te revoir, M...

— *Jack*, dis-je résolument en couvrant la voix de Peter avant qu'il ne puisse prononcer le véritable prénom de Mason.

— Jack, je te présente Peter.

— J'ai raté une blague ? demande mon ami en nous regardant tous les deux.

— Jack a des petits problèmes de mémoire.

— C'est une façon polie de dire que je suis une page blanche, précise-t-il. Pourquoi partageons-nous cette information ?

— Ça va. Peter et moi avons travaillé un an ensemble à Washington avant que je déménage ici pour rejoindre le centre.

— De toute évidence, je ne me souviens pas de toi, dit Jack. Je suis désolé.

Peter secoue la tête.

— Ne t'inquiète pas. Je pourrais dire que ce petit problème est un risque du métier, mais pour dire vrai, je n'ai jamais rencontré ça auparavant. J'en ai entendu parler. J'ai toujours pensé que c'étaient des légendes dans le milieu.

— Une histoire qu'on raconte aux mauvais petits agents ? déclare Jack d'un ton malicieux qui fait rire Peter.

— C'est ce que tu étais, un mauvais petit agent ?

Jack hausse les épaules.

— Comment pourrais-je le savoir ?

— Je vois que tu as gardé ton sens de l'humour, fait Peter en ricanant.

— Est-ce qu'on a travaillé ensemble aussi ?

Il secoue la tête.

— Non, nous nous sommes rencontrés une fois lors de votre m…

— … médaille d'honneur, à la remise des récompenses, coupé-je en lançant un regard sévère à Peter, qui affiche soudain une mine contrite.

Nous n'avons pas de médaille d'honneur, et même si c'était le cas, je ne sais pas pourquoi Peter serait venu à la cérémonie. Heureusement, Jack ne semble pas intéressé par la question. Pas plus que par Peter. Au contraire, il regarde quelque chose, de l'autre côté de la pièce, les sourcils froncés comme s'il était troublé.

— Toujours les lumières ?

Il n'y a pas de jeux de laser à ce moment-là, mais la boule disco projette de petits cercles sur les murs et le sol.

— Ça vous ennuie si je vous emprunte Denise pour une minute ? demande Jack.

Peter répond par un haussement d'épaules et annonce qu'il va aller chercher un autre verre.

— Qu'est-ce qui se passe ? dis-je en faisant signe à Cass de ne pas venir quand je la vois se diriger vers nous.

— Je ne sais pas trop.

Il fait un signe en direction de la piste de danse.

— Quand les lumières ont commencé, j'ai cru voir…

— Quoi ?

Il secoue la tête.

— Je ne sais pas. Un visage.

— Un visage ?

Nos regards se croisent.

— Un visage.

— Nous sommes dans une boîte de nuit. Il y a beaucoup de visages.

— Je ne sais pas pourquoi celui-ci m'a frappé. Je n'arrive pas à le revoir dans la foule. Je ne sais même pas si c'était un homme ou une femme, encore moins si c'était réel. C'était peut-être seulement une ombre. Un mirage dans le noir.

— Mais tu ne le crois pas.

C'est une déclaration, pas une question.

— Je pense que c'est un souvenir. Je pense qu'il y a quelqu'un avec nous dont je me souviens. Ou dont mon esprit essaie de se souvenir.

— De ton passé ? Ou de ta mission ?

Je présume que c'est la seconde option. J'essaie de ne pas me sentir blessée qu'il se soit remémoré un visage indistinct avant sa propre femme.

— De mes tortures, répond-il, impassible. J'ai vu son visage et mon sang s'est glacé.

Mes sentiments sont remplacés par la culpabilité et je prends sa main.

— Nous allons le retrouver. Nous allons le retrouver, répété-je, et nous obtiendrons des réponses.

— Je vais faire un tour dans le club, puis je rentrerai chez Liam. Je sais que demain c'est samedi, mais j'aimerais travailler. Peut-être étudier certains de nos anciens dossiers. Voir si ça me déclenche des souvenirs. D'accord ?

— Bien sûr. On se retrouve au bureau à dix heures ?

— Je serai là, affirme-t-il avant de se glisser dans le noir.

Je reste seule un moment, laissant le rythme de la musique battre à travers moi. J'ai envie de le suivre. J'ai envie de le prendre par les épaules, de le regarder dans les yeux et de tout lui dire.

Mais je ne peux pas. Je déteste me sentir aussi impuissante.

Je me retourne en soupirant avec l'intention d'aller au bar pour me prendre un tonic au citron vert. Mais je découvre Peter derrière moi.

— Est-ce que ça va ?

— Bien sûr. Où est Cerise ?

— Aux toilettes.

Il tend la main.

— Tu veux danser ?

Je secoue la tête pour lui dire non.

— Je ne suis pas d'humeur.

— Dommage. Moi, oui.

— Je suis sûre que Cerise voudra danser quand elle reviendra. Je l'apprécie beaucoup, dis-je à Peter. Mais je ne pensais pas que c'était ton type de fille.

— Parce que tu as toujours été mon type de fille.

Je me donne un coup de pied à moi-même, dans ma tête. Je n'aurais jamais dû ouvrir cette porte. Peter et moi avons travaillé dans le même bureau, sur le terrain, et nous formions une bonne équipe. Les fois où nous avions été coéquipiers en mission, je n'ai jamais été au meilleur de ma forme. Je sentais qu'il était attiré par moi. Alors que l'intérêt de Mason n'entrait jamais en ligne de compte pendant le travail, c'était une distraction avec Peter. La différence, bien sûr, était que je n'étais pas amoureuse de Peter. Par conséquent, je n'ai jamais pu lui faire confiance de la même manière qu'avec un vrai coéquipier. Mason a toujours été professionnel, même avant que nous soyons fiancés.

— Peter…

Il lève les mains en signe de capitulation.

— Je sais. Nous sommes seulement amis. Ne t'en fais pas. J'ai tourné la page. Je précisais seulement un fait. Cerise est un amour. Je l'adore, vraiment.

— Je suis contente de l'entendre. Ce n'est pas seulement une cliente. C'est une amie.

— Alors, pourquoi tu ne dis pas la vérité à Mason ?

C'est un changement radical de conversation, mais je suis facilement le fil.

— Tu sais que je ne peux pas te donner de détails. C'est le protocole.

Il acquiesce, puis il fait un pas en arrière et me regarde des pieds à la tête. Je porte un jean et un petit haut blanc. La chaleur que je vois dans le regard de Peter est celle que j'aimerais voir dans le regard de Jack.

Ses yeux s'arrêtent sur mon poignet où le nom de Mason a récemment été tatoué.

— Il croit que c'est qui, Mason ?

J'inspire en tremblant.

— Mon mari. Qui est peut-être mort.

— Ça te rend les choses difficiles, pas vrai ?

Cette fois, je ne peux pas suivre le cours de ses pensées parce que tout à propos de ma vie et de Mason est difficile maintenant.

— Qu'est-ce que tu veux dire ?

— J'ai vu la manière dont il te regarde. Il en pince pour toi. Il semblerait que tu le désires aussi.

Je déglutis.

— Où veux-tu en venir ?

— Au même point que toi, nulle part. Parce que tu es une femme trop honorable pour tromper ton mari. Ce qui veut dire que tu ne peux pas le tromper même avec lui. Peu importe à quel point tu le désires.

Il est tout près de moi. Du bout du doigt, il m'incline le menton. Il me fixe et m'adresse un sourire malicieux.

— À moins que tu prévoies de coucher avec lui de toute façon ?

Je prends sur moi pour résister à la tentation de le gifler.

— C'est pour cette raison que nous n'avons jamais été ensemble, dis-je à la place. Je préfère les hommes avec plus de tact.

— Que puis-je dire ? Tu éveilles le pire en moi.

— Essaie de le garder à l'intérieur, répliqué-je avant de tourner les talons.

Je ne vois ni Quincy ni Eliza, mais Cass rit avec une jolie blonde près du bar. J'attire son regard et je désigne la porte. Elle lève la main vers son oreille pour me faire signe de lui téléphoner plus tard et j'acquiesce. Je l'appellerai demain. Maintenant, je vais rentrer à la maison.

Sur le trottoir, je m'appuie contre un poteau et je sors mon téléphone pour me commander un Uber. Il est à cinq minutes de là où je me trouve, alors je prends un moment pour fermer les yeux, inspirer et profiter des bruits de la nuit.

L'acier froid d'une lame effleure soudain ma gorge et mes yeux s'ouvrent brusquement. Je reste parfaitement immobile, essayant de ne pas respirer, et je m'en veux d'avoir baissé ma garde.

La personne qui tient le couteau est juste derrière moi. Elle fait ma taille, à peu près, et sa main ne tremble pas. Il est évident qu'elle sait manier les couteaux.

Lorsque l'individu se penche en avant pour s'approcher de mon oreille, je sens une odeur de piment jalapeños et de tequila. Il faudra que je demande à une équipe de techniciens de se procurer les reçus du *Westerfield* et d'utiliser la vidéo-surveillance pour faire correspondre les horaires. J'aurai peut-être de la chance.

— Je ne suis pas le seul à pouvoir te pincer, murmure l'homme. Garde ça à l'esprit. Dis-lui qu'il a besoin de se souvenir. S'il veut que tu restes en sécurité, en vie, il doit nous rendre ce qu'il nous a pris. Dis-le-lui.

— À qui ?

— Salope !

J'ai le souffle coupé quand il appuie le couteau plus fort. Il laissera une fine ligne sanglante sur mon cou, j'en suis certaine.

— Tu sais très bien *qui*.

Puis comme s'il voulait être certain qu'il n'y ait aucune confusion possible, il chuchote :

— Mason Walker. Dis-le-lui. Dis-lui que tu es une femme morte, sauf s'il coopère.

Un objet dur me frappe à la tête, me bousculant vers l'avant en même temps qu'il retire le couteau. Un instant plus tard, sa main s'abat sur ma nuque et je tombe à genoux pendant qu'une Lexus noire fait crisser ses pneus en s'arrêtant. L'homme se retourne alors juste assez pour que je puisse apercevoir ses cheveux gras, ses sourcils broussailleux et son nez proéminent. Ensuite, il se glisse à l'intérieur. La voiture démarre en trombe sur Sunset Boulevard, avec une plaque de l'Arkansas certainement volée.

Je titube pour me remettre sur mes pieds. Au même instant, mon Uber arrive, et j'inspire en sortant mon téléphone.

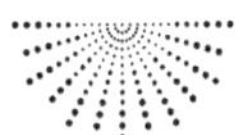

Il est presque trois heures du matin, et Jack n'est toujours pas retourné chez Liam. Il a quitté le *Westerfield* avec l'intention de rentrer à l'appartement de Malibu, mais à la place, il a laissé la moto l'emmener où elle voulait.

Ou plus précisément, là où son inconscient l'emmènerait.

Il suppose qu'il habitait à Los Angeles avant de perdre la mémoire, mais personne ne le lui a dit clairement. Personne ne lui a rien dit. Même s'il en connaît les raisons, c'est vraiment dur à digérer.

Alors, il parcourt les rues du comté de Los Angeles en priant pour que des révélations le frappent.

Il reconnaît beaucoup de choses. Des centres commerciaux. Des restaurants. Des attractions touristiques. Il se souvient du Getty Center et de la jetée de Santa Monica, du centre MOCA et de Rodeo Drive, à Beverly Hills.

Il ne s'aventure pas sur les sentiers de randonnée de

Laurel Canyon, mais il a le sentiment qu'il en reconnaî-trait chaque recoin. Quand il ferme les yeux, il se souvient presque de la musique qui jaillit de l'amphi-théâtre Hollywood Bowl.

Merde, il a tellement envie de retrouver son esprit. Sa vie.

Soudain, Denise surgit dans ses pensées et il fait une embardée en direction de l'embranchement de Mulhol-land Drive. Là, il éteint le moteur et laisse sa tête reposer sur le guidon.

Voilà une raison, en chair et en os, du pourquoi il souhaite retrouver la mémoire, et le plutôt serait le mieux. Parce qu'il la désire réellement. Il l'a désirée dès le moment où il a posé les yeux sur elle. Et cette envie grandit à chaque minute.

Il était dans cette boîte de nuit, ce soir, entouré de femmes avec des robes aguicheuses et des jupes courtes, et il n'a pas senti le moindre intérêt envers elles. Ensuite, il a vu Denise avec son simple jean et son petit haut blanc et il en a presque perdu la tête. Ses fesses dans le jean moulant, le contraste de son haut blanc avec sa peau bronzée, l'aperçu de son soutien-gorge quand elle s'est penchée pour poser son verre sur la table. La courbe douce de ses lèvres quand elle lui a souri.

Ses doigts n'ont envie que d'une chose : la toucher. Il ferme les yeux et imagine sa peau satinée sous ses doigts, ses lèvres et son sexe.

Mais il l'a vue avec Peter… Et cela a mis de l'huile sur le feu.

Décidément, il n'est qu'un enfoiré.

Elle lui fait confiance en tant que coéquipière. Elle l'aide à remettre sa vie en ordre. Par-dessus tout, elle appartient à un autre homme. Et pourtant, il ne peut s'empêcher de fantasmer sur l'idée de la déshabiller et de la sentir sous son corps.

Non. Il inspire et se redresse. *Non, ce n'est pas entièrement vrai.* Il la désire, c'est une évidence, mais pas seulement physiquement. Il a envie d'être avec elle, de parler avec elle, de marcher avec elle. De rire pour des bêtises et de la réconforter dans la tristesse.

Il ne sait pas si c'est quelque chose de nouveau ou s'il est captivé par cette femme depuis des mois. Tout ce qu'il sait, c'est que les barrières qui semblaient le retenir autrefois s'effondrent aujourd'hui.

Plus que tout, il sait que s'il ne fait pas attention, cette inclinaison incontrôlable pourrait porter le coup fatal à une amitié qu'il chérit.

Une vague de fatigue le submerge et il bâille à s'en décrocher la mâchoire, puis il sort son téléphone pour consulter l'heure et c'est seulement à ce moment-là qu'il se rend compte qu'il l'a éteint au club et qu'il a oublié de le rallumer. Il n'en voyait pas l'utilité, puisqu'il serait avec Denny et qu'il connaissait seulement une demi-douzaine de personnes.

Quand bien même, il le rallume. Presque immédiatement, l'appareil émet une cacophonie de bourdonnements et de bips qui lui signalent des messages et des appels manqués.

Il regarde l'écran et voit que presque tous les appels et les messages proviennent de Liam. Aussitôt, il rappelle son hôte, culpabilisant déjà d'avoir inquiété Liam par son absence.

L'appel n'a même pas le temps d'aboutir que des

phares apparaissent derrière lui. Il raccroche, se retourne et plisse les yeux dans la lumière du SUV qu'il ne peut pas identifier. La portière s'ouvre et une armoire à glace en sort.

Jack n'a pas d'arme, mais il démarre la moto, prêt à s'enfuir s'il le faut.

L'homme s'approche de lui, les phares dans le dos et le visage plongé dans l'ombre.

— Merde, Jack. Qu'est-ce que tu faisais ?

Liam.

— J'ai essayé de t'appeler, mais ton téléphone était éteint. J'ai dû me connecter au GPS de la Ducati. Je te suis depuis presque quatre heures. Qu'est-ce que tu fous à tourner en rond autour de la ville ?

Jack descend de la moto, essayant de comprendre ce que lui veut Liam.

— J'aurais dû appeler, désolé. J'avais seulement besoin de conduire dans l'air frais pour me changer les idées.

— Je comprends, et en temps normal, je n'aurais pas joué les baby-sitters, mais Denise a paniqué quand elle n'a pas réussi à entrer en contact avec toi, alors je…

— Attends. Quoi ? lance-t-il en faisant un pas vers Liam. Qu'est-ce qui s'est passé ? Pourquoi est-ce qu'elle a appelé ? Pourquoi a-t-elle paniqué ?

— Quelqu'un l'a agressée à la sortie du club. Un homme, selon elle. Elle va bien, ajoute-t-il rapidement en levant la main pour anticiper son explosion de terreur et de furie. Mais elle dit que ça aurait pu être ton fameux *visage.*

Il secoue la tête.

— Elle n'a pas donné plus d'explications, mais elle a

dit que tu comprendrais. Cet enfoiré lui a dit que tu devais absolument retrouver la mémoire. Que tu devais rapporter ce que tu as pris. Ça te dit quelque chose ?

— Rien du tout.

Jack s'en veut de ne pas avoir cherché le *visage* au club avec plus de conviction.

— Alors, je lui ai dit que je te retrouverais.

— Je dois aller la voir.

Liam fait un pas vers lui.

— Non, elle dort. Dès que ta moto est apparue sur ma carte, je l'ai appelée. Je lui ai dit que je te rattraperais et qu'elle pouvait aller se coucher. J'ai réussi à la convaincre d'accepter… Elle semblait exténuée, et elle a dit qu'elle te verrait au bureau à dix heures.

Jack hoche la tête lentement en prenant les choses en considération.

— Bien, alors j'irai chez elle à huit heures.

— Jack…

— C'est le mieux que je puisse faire. Ce n'est même pas la peine d'essayer de m'en dissuader.

Liam ricane.

— D'accord. Je vais laisser Denise te descendre. Dieu sait qu'elle en est capable.

— Hé, lance Jack. Merci de m'avoir déniché. Désolé de t'avoir fait courir à travers toute la ville. Je devais réfléchir à beaucoup de choses.

— Je ne suis pas surpris. Je suis seulement soulagé de t'avoir retrouvé.

— Comment s'est passé le travail, ce soir ? La sécurité d'Ellie Love, c'est ça ? J'ai entendu à la radio que le concert était à guichets fermés. J'aime quelques-unes de ses chansons. Elle est douée sur scène, à ce qu'on m'a dit.

Liam secoue la tête, manifestement éreinté. Jack ne le connaît pas bien, mais il a le sentiment que ce n'est pas un état habituel chez Liam.

— Pour une si petite femme, elle a une sacrée voix. Et énormément de talent. Elle est aussi insupportable, avec un gros problème de comportement, mais l'Agence a pour politique de ne pas parler en mal d'un client, donc tu ne l'as pas entendu de ma bouche.

— J'en suis désolé, répond Liam en ricanant.

Liam paraît à la fois amusé et exaspéré.

— Honnêtement, je ne sais pas ce que je pense d'elle, et je n'ai pas vu ne serait-ce que le moindre soupçon de menace, alors je ne sais pas à quel jeu ils jouent, elle et son manager. Cette femme est une force de la nature et elle envoie balader quiconque essaie de la forcer à faire quelque chose qu'elle ne veut pas faire. Au moins, c'est terminé. Une mission d'un soir et c'est terminé. Je ne pense pas qu'elle revienne à Los Angeles avant la sortie de son prochain album.

— Peut-être qu'à ce moment-là, elle engagera une autre entreprise de sécurité.

Les dents de Liam brillent au clair de lune quand il sourit.

— On peut l'espérer.

Liam désigne la moto.

— Tu peux rester dehors autant que tu veux, mais garde ton téléphone allumé, d'accord ?

— Promis.

Il attend que Liam et son SUV aient disparu de l'autre

côté de la colline, puis il compose un numéro. Il n'éprouve aucune culpabilité quand une voix ensommeillée lui répond.

— C'est Jack, dit-il. Quand pourrait-on se voir, au plus tôt ?

Même s'il est quatre heures du matin, le docteur Tam semble parfaitement éveillée et maîtresse d'elle-même. Jack est impressionné. Elle n'a pas protesté quand il a insisté pour cette session très matinale.

D'un autre côté, il a vaguement l'impression d'être la question sans réponse la plus pressante du Centre en ce moment, alors il est dans l'intérêt de tout le monde de lui apporter l'aide qu'il réclame.

— Donc le visage de cet homme a suscité une réaction, commente le docteur Tam. Sans toutefois provoquer de souvenir spécifique.

— Non. Je dois savoir où je l'ai vu. Je dois savoir qui il est. Son nom. Le lieu. N'importe quoi. Cet enfoiré a agressé Denise et il va revenir, sauf si je révèle quelque chose dont je ne me souviens même pas. Alors, merde, aidez-moi à me souvenir. Utilisez l'hypnose si nécessaire.

Le docteur Tam se penche en avant, les coudes sur les genoux.

— Jack, nous en avons parlé. S'immiscer dans vos souvenirs pour trouver quelque chose que vous avez rapporté ou que nous pourrions retrouver par l'hypnose, c'est dangereux. Nous pourrions court-circuiter votre centre de la mémoire. Vous avez vu les vidéos.

— J'ai vu. J'ai aussi fait des recherches en ligne, et malgré ce qui est arrivé à ces hommes, la technique a un bon taux de réussite.

— Vous avez fait des recherches en ligne.

Ses sourcils remontent au-dessus de ses lunettes.

— Vous avez réussi à vous connecter, dans les dossiers secrets du gouvernement, aux travaux sur la mémoire et aux traitements sur les agents des renseignements ? Non, je suppose que vous vous basez sur une recherche Google qui vous a donné tout et son contraire. Je sais que vous êtes doué dans votre domaine, Monsieur Sawyer, et avec le temps, je suis certaine que vous trouverez les bons dossiers. Vous ne les avez pas encore dénichés, sinon vous sauriez que je vous dis la vérité.

Elle a raison, bien sûr. Alors que tout ce qu'il souhaite, c'est la traiter de tous les noms et exiger qu'elle fasse le nécessaire pour qu'il puisse se sentir entier à nouveau, il ne commet pas cette imprudence.

— Très bien. Alors, expliquez-moi la différence. Pourquoi quelqu'un comme moi, exercé à contrôler son esprit, ses réactions et ses émotions, ne s'avère pas plus solide qu'un quelconque vendeur au porte-à-porte qui subit une perte de mémoire après que sa voiture est tombée d'un pont ?

— Vous venez de répondre à votre propre question.

Il secoue la tête.

— Je suppose que je ne suis pas aussi intelligent que vous le pensez. Expliquez-moi.

Elle retire ses lunettes et se frotte l'arête du nez.

— Vous ne vous rappelez peut-être pas, mais votre entraînement était assez intensif. Vous avez appris à supporter la torture, aussi bien physique que mentale. Parce que vous êtes affilié au centre, cette formation est allée plus loin et a été plus poussée que pour la plupart des agents des renseignements.

— C'est plutôt bien, non ?

— Bien sûr. Cependant, aucun programme ne peut vous immuniser complètement à la torture. À un certain point, on atteint la limite. Vous avez atteint la vôtre, Monsieur Sawyer. Dans le cadre de cette discussion, disons que vous avez cédé.

Il déglutit, abattu que son incapacité à faire face l'ait conduit à cette situation.

— Poursuivez.

— Dans le cas de notre vendeur au porte-à-porte, cette cassure arrive beaucoup plus tôt. Il ne se débat presque pas. Les méchants – en l'occurrence la sortie de route accidentelle – n'ont pas eu besoin de le torturer beaucoup pour atteindre sa limite. Pour rendre le concept visuel, disons qu'il s'est enfoncé de cinq centimètres dans un trou.

— J'écoute.

— Vous, en revanche, vous vous êtes débattu sans relâche, et au moment où vous avez cédé, vous vous étiez enfoncé de trois mètres. Il est facile d'émerger d'un petit trou. Du vôtre, beaucoup moins. Vous essayez, et à la fin vous finissez englouti sous plus de terre. Si vous ne procédez pas de manière méthodique, lentement, vous vous enterrerez vivant. Faites les choses correctement et vous remonterez à la lumière, à profiter de tous vos souvenirs retrouvés.

Elle le regarde fixement.

— Ne vous enterrez pas.

— Alors, qu'êtes-vous en train de me dire ? Je ne devrais même pas essayer ? Je ne devrais pas parler aux personnes que j'ai connues et aller dans les endroits où j'en avais l'habitude ?

Elle secoue la tête.

— Non, non, ce n'est pas ce que je dis. Cependant, vous devez le faire prudemment. Si vous allez trop vite, vous plongerez trop rapidement et…

— Et quoi ?

— Vous le sentirez. Quand j'ai dit que vous pourriez perdre vos souvenirs à jamais, ce n'est pas seulement une blessure psychologique, mais physique aussi. Vous pourriez éclater un vaisseau ou endommager un lobe. Vous pourriez terminer avec une migraine qui vous mettrait sur le carreau plusieurs jours, ou faire griller des synapses qui risqueraient de vous placer dans un état catatonique pour le reste de votre vie. Ce n'est pas une science exacte, Jack. Au bout du compte, vous étiez sur cette mission pour une bonne raison. Nous devons savoir ce que vous savez. Nous ne pouvons pas risquer de perdre ces renseignements pour toujours.

Il hoche la tête en se remémorant ce mal de crâne survenu de manière inattendue à la boîte de nuit. N'est-ce pas au moment où il a remarqué le visage pour la première fois ? Ce souvenir a-t-il frappé suffisamment fort pour lui revenir ?

— Dites-moi que vous comprenez, demande docteur Tam, et promettez-moi que vous ne serez pas imprudent.

— Je comprends. Je ne me connais pas assez pour savoir si je suis du type imprudent.

— Jack…

Il se lève et hausse les épaules.

— Je ne les laisserai pas lui faire du mal.

— C'est une noble cause, dit-elle. Mais protégez-la avec vos muscles, Agent Sawyer. Et gardez votre esprit intact.

Après avoir quitté le docteur Tam, il se rend chez Denise vers cinq heures trente. Il est resté debout toute la nuit et il est trop fatigué pour penser correctement, si bien qu'il décide d'attendre une heure avant de la réveiller pour leur conversation à propos de leur travail et de sa mémoire.

Malheureusement, c'est difficile de faire une sieste sur une moto et elle n'a pas de mobilier sur son porche de devant.

Sans se laisser décourager, il franchit la clôture et entre dans le jardin. Il se réjouit d'y parvenir tout en déplorant qu'une femme qui travaille pourtant dans un métier où elle voit les pires horreurs du monde ne prenne pas la peine de fermer à clé le portillon de sa cour. Ou encore la porte-fenêtre de sa terrasse, constate-t-il quelques instants plus tard.

Au moins, la porte entre la véranda et la cuisine est fermée à double tour. Il envisage de forcer un peu la serrure, à la fois pour jauger le niveau de sécurité et se prouver qu'il se souvient des compétences de base, mais il est bien trop fatigué. Il décide plutôt d'aller vers le mur du côté est, où il s'allonge sur une chaise longue ornée de coussins vert sapin, ferme les yeux et s'endort presque immédiatement.

Quand il reprend connaissance, les rayons du soleil l'inondent et une main douce s'attarde sur son épaule. En ouvrant les yeux, il découvre le beau visage de Denise.

— Denny, murmure-t-il.

Le souffle de la jeune femme reste suspendu. Il se redresse sur un coude.

— Est-ce que ça va ?

— Je… Oui. Qu'est-ce que tu fais là ? Tu aurais dû frapper. Ou entrer.

Elle sourit.

— Nous savons tous les deux que tu aurais pu le faire, même avec mon système d'alarme.

Il s'assoit et lui rend son sourire, soulagé qu'elle ne lui en veuille pas qu'il ait dormi sur sa véranda.

— J'étais complètement épuisé et je n'ai pas voulu te déranger, d'autant plus que cette véranda est très confortable.

— Très bien.

À côté de lui, elle s'installe sur le coussin et il replie les jambes pour lui laisser plus de place.

— Ça explique pourquoi tu es sur la véranda. Maintenant, dis-moi pourquoi tu es ici.

— J'ai besoin que tu m'aides à revoir nos missions. Nos vies. Comment nous avons commencé à travailler ensemble. Ce que tu sais de mes antécédents avant le centre, n'importe quel détail sur la mission où j'étais. Montre-moi nos sources, des dossiers, histoire que je puisse revoir certains rapports de mission. Arrange des rendez-vous avec nos amis communs. Commence par la première chose que tu sais, et aide-moi étape par étape jusqu'à aujourd'hui.

Il a tout débité d'un coup, de peur qu'elle le fasse taire s'il marquait une pause. Elle n'en fait rien, mais elle se lève et se dirige vers la fenêtre, lui tournant le dos. La brise matinale qui traverse la moustiquaire joue avec les mèches de ses cheveux blonds.

— Denny ?

Il fronce les sourcils en remarquant qu'il l'a appelée par son surnom. Ça lui plaît bien. Ça sonne plutôt juste.

— Denny, répète-t-il. Est-ce que tu m'écoutes ? J'ai besoin que tu fasses ça pour moi.

— Pourquoi ? Qu'est-ce qui a changé ? Je pensais que tu devais prendre ton temps.

— J'ai vu le docteur Tam ce matin.

Ce n'est pas un mensonge.

— J'ai seulement besoin d'un point de départ pour ma mémoire.

Ce n'est pas un mensonge non plus. Techniquement, du moins.

Elle se retourne, les bras croisés sur sa poitrine, et elle l'examine.

— Tu as parlé à Liam.

— Je ne vais pas mettre ta vie en danger parce que ma mémoire est un gruyère.

— Je ne suis pas une civile. Je peux me débrouiller seule.

— Je ne te contredis pas. Même si un enfoiré ne s'en était pas pris à toi, nous avons toujours besoin de savoir ce qui est emprisonné dans ma mémoire.

Elle hoche la tête, comme si elle considérait la question.

— Alors, tu veux aller plus vite que la musique. Amplifier tes efforts pour que tes souvenirs se remettent à couler tout seuls. Tu n'attends pas seulement de retrouver ta vie, mais tu veux apprendre un tas de choses spécifiques sur ton passé en espérant que tout colle.

— Exactement. Continuer essentiellement ce que nous faisions, mais en augmentant d'un cran. Avant, c'était presque théorique. On m'avait jeté comme un vulgaire sac poubelle, d'accord, mais rien ne pressait. Nous savons maintenant qu'il y a quelque chose dans ma tête qu'ils veulent. Ce qui signifie que j'ai eu vent de quelque chose qu'ils projettent de faire. Nous devons savoir quoi. Le plus tôt sera le mieux.

Elle traverse la véranda et se campe juste devant lui. Puis elle se penche, prend son visage entre ses mains et l'embrasse tendrement sur la bouche.

Ensuite, elle s'écarte, un sourire triste sur les lèvres et, sans sourciller, elle prononce :

— Non.

CHAPITRE TREIZE

J*e n'aurais pas dû l'embrasser.*

Je ne sais pas à quoi je pensais, mais je n'aurais vraiment pas dû l'embrasser. Ce n'était qu'un baiser innocent. Un geste amical. Pourtant, je sens que j'ai ouvert une porte que j'aurais dû laisser bien fermée.

Maintenant, mes lèvres frémissent à ce souvenir. Je peux me rappeler son odeur. Je peux encore entendre le halètement de surprise devant mon audace.

Plus que tout, j'en veux plus. Je le veux, lui.

C'est comme si je venais de gratter une allumette et que tout mon corps était maintenant en feu, toutes mes hormones en ébullition. Mes mamelons sont dressés. Ma peau est sensible. J'ai allumé un interrupteur que je n'avais aucun droit de toucher, et pour dire vrai, je ne le regrette pas du tout.

Je me sentais si désemparée après l'appel de Seagrave qui m'avait réveillée. Le colonel m'avait donné le compte-rendu complet de l'entretien de Mason avec le docteur Tam. Savoir que Mason était prêt à prendre autant de risques parce qu'il était inquiet pour moi, ça m'a fait l'effet d'un coup de poing dans le ventre.

— Il a claqué la porte, m'a dit Seagrave. J'imagine qu'il avait besoin de temps pour réfléchir, mais je n'aime pas le laisser seul aussi longtemps.

Moi non plus, et le soulagement que j'ai ressenti en le découvrant ici, chez nous, là où est sa véritable place, m'a donné l'impression que le soleil brillait à nouveau sur moi.

C'était Mason en cet instant, pas Jack. C'était mon mari, endormi à la maison, préoccupé par ma sécurité.

Ensuite, il m'a appelée Denny et j'ai dû mobiliser toutes mes forces pour ne pas pleurer.

C'était trop, et j'avais besoin de ce petit baiser pour me remettre les pieds sur terre.

Tout de même, je n'aurais pas dû. Je n'aurais pas dû ouvrir cette porte.

Maintenant, je suis accoudée contre le plan de travail de la cuisine et je prends de grandes inspirations pour me ressaisir. Devant moi, le déclencheur automatique de la cafetière se met en route et j'entends les bruits du café qui coule lentement.

Derrière moi, Mason ouvre la porte.

— Non ?

Il dit ces mots comme si le temps n'était pas passé depuis ma déclaration. Comme si je n'avais pas parcouru beaucoup de chemin dans ma tête seulement pour revenir ici dans ma cuisine avec mes problèmes.

— Tu ne peux pas me faire taire avec un *non*.

— Si, je le peux.

J'inspire et je me tourne vers lui. Son expression de

frustration déterminée est si familière que j'en ris presque. Je connais trop bien cet homme.

— Tu veux plonger à pieds joints dans ton passé ? Super. Par contre, tu ne peux pas le faire tout seul, parce que tu ne te rappelles pas ton passé. Alors, je peux dire *non* et c'est exactement ce que je fais.

— Très bien, je vais trouver quelqu'un d'autre.

Il fait un pas vers moi. Son jean est poussiéreux et son t-shirt froissé. Son menton est obscurci par une barbe de plusieurs jours et ses cheveux partent dans tous les sens. Il semble fatigué, irrité, et en même temps, il est superbe. Tout ce que je veux, c'est l'attirer dans mes bras, l'embrasser et lui dire de la fermer avec ses stupidités.

— Non, répété-je. Tu ne le feras pas.

— Et pourquoi ?

Il est à quelques centimètres, ses yeux rivés sur les miens comme s'il pouvait lire la réponse dans mon âme. Je tends une main sans réfléchir et je la pose sur sa joue, sa barbe naissante piquant légèrement ma paume. Je vois une étincelle briller dans ses yeux, j'inspire, je le sens… Je le combats, aussi.

— Je sais ce qu'il pourrait arriver, lui dis-je doucement. Le coup de fil du colonel Seagrave m'a réveillée, et il m'a tout raconté.

Il commence à se détourner, mais je lève mon autre main pour le maintenir en place. Mon regard ne flanche pas.

— C'est formidable que tu veuilles prendre le risque pour moi, mais je ne te laisserai pas faire. Il est hors de question que tu te perdes.

— Ce n'est pas une décision que tu peux prendre à ma place.

— Je ne supporte pas l'idée de te perdre de cette manière, continué-je en ignorant sa remarque. J'ai déjà perdu une grande partie de toi. Ne me vole pas ce qu'il me reste pour jouer les héros.

Pendant un moment, nous ne faisons que nous regarder. La tension est palpable entre nous. Puis il recule d'un pas. Je baisse la main, abandonnant son visage.

Avec une tendresse infinie, il effleure alors la ligne que la lame du *visage* a laissée dans mon cou.

— Je n'aime pas te savoir en danger.

— Ça ne me fait pas plaisir non plus, mais ça fait partie du boulot.

Il soupire et s'assoit à son emplacement habituel, à la table du petit-déjeuner.

— Toute cette situation est complètement folle.

— Je ne vais pas te contredire.

Je prends place en face de lui, comme je l'ai fait un nombre incalculable de matins.

— Merci, dis-je.

Il fronce les sourcils.

— Pourquoi ?

— De prendre un tel risque pour moi. Ce n'est pas parce que je ne veux pas que tu le fasses que je n'apprécie pas le geste.

Sa bouche forme un sourire ironique.

— De rien, dit-il, puis il se lève et se dirige vers la machine à café.

Je reste assise en pensant à un autre risque qu'il a pris, il y a quatre mois, le jour de la Saint-Valentin, pour notre anniversaire. Un jour où, au mépris de sa mission sous couverture, il est venu me voir, sachant à quel point il me manquait.

Il n'a jamais admis que c'était lui et je ne l'ai pas vu de mes yeux. Nos retrouvailles obéissaient à des règles, l'une d'elles étant que j'aie les yeux bandés.

Je connais le corps de mon mari. Sa façon de me toucher.

Je sais que c'est lui qui m'a fait l'amour cette nuit-là. C'était une parenthèse magique dans un océan de jours et de mois, séparés l'un de l'autre.

— Tu souris, dit-il en revenant avec du café pour deux.

— J'ai bien le droit, non ? C'est une belle journée et je me réveille en trouvant un super mec dans ma véranda.

Il éclate de rire.

— Je ne sais pas, Denny. C'est trop facile de te faire plaisir.

— Denny, répété-je en levant ma tasse.

Je le regarde par-dessus le rebord.

— Mason m'appelait toujours comme ça. Il était le seul jusqu'à ce que Quincy décide de reprendre ce surnom.

Je ne devrais pas le lui dire. Nous sommes trop proches de la vérité. Il semblerait que je ne puisse pas m'en empêcher.

— Ça te dérange ?

Je pince les lèvres en essayant de réprimer les larmes qui menacent de couler. Puis je secoue la tête.

— Non.

C'est presque une diversion. Je porte ma tasse à mes

lèvres, humant l'arôme de café que j'aime en temps normal, mais je réalise que je n'en veux pas et je pose la tasse.

Au bout d'un moment, je remarque que Mason me dévisage, les sourcils froncés. Non, *Jack*. J'ai de plus en plus de mal à m'en souvenir.

— Quoi ? demandé-je alors qu'il continue à me dévisager.

— Le café.

Je hausse les sourcils.

— Oui. C'est un bon début. Quel est ton premier indice ? L'odeur ? Ou le bocal avec les grains à côté de la machine ?

Il ignore mon sarcasme, mais quand il parle, sa voix est basse et un peu hésitante.

— Je me souviens, dit-il. Je me souviens de toi et du café. Tu as toujours une tasse à la main. Toujours en train de faire des blagues sur ton besoin de caféine.

Je m'adosse dans ma chaise. Mon corps se glace et mon estomac fait des nœuds.

Il penche la tête et me regarde.

— Tu n'en as pas pris une gorgée. Est-ce que tout va bien ?

J'ignore la question.

— Tu te souviens ? Tu n'associes pas des pièces au hasard comme tu le fais depuis que tu es arrivé à l'Agence ?

— Je ne sais p…

Il s'interrompt, saisi d'un frisson violent. Il regarde la table, ses mains agrippées au bord. Lorsqu'il relève les yeux, ils irradient d'une lueur de triomphe.

— Je me souviens.

Une déferlante de joie me traverse et j'ai la gorge sèche.

— De tout ?

Ma voix est rauque, tout mon corps est sur les charbons ardents. Il secoue la tête, et aussitôt ma joie retombe, remplacée par la culpabilité.

— Non, non, pas tout. Presque rien, je suppose.

Je tends la main par-dessus la table et prends la sienne, que je serre fort.

— Ça va, dis-je. Tu t'es souvenu du café. Et de moi. Je pense que c'est un très bon début.

Sa bouche se tord et finit par esquisser un sourire.

— Oui, il faut croire.

— Alors, tu t'es souvenu de mon habitude avec le café. Et la tienne ?

Pendant un instant, il semble sans expression. Puis son visage s'éclaircit.

— Je n'en ai pas. Pas d'habitude, en tout cas. Une simple tasse le matin, ensuite je passe aux smoothies. Des légumes et des protéines. Je les fais moi-même…

Il s'interrompt en bougeant sur sa chaise, le regard sur le Vitamix posé près de la machine à café. Il fronce les sourcils et, pendant un moment, je pense qu'il assemble les informations. Qu'il se rend compte qu'il est Mason. Qu'il est mon mari.

Mais il se contente de dire :

— Un truc comme ça. Tous les matins. C'est ça ?

Je hausse les épaules, essayant de paraître désinvolte.

— Autant que je sache.

— D'accord. Bien. C'est bien. Quoi d'autre ?

— Nous ne devons pas insister, tu as oublié ?

— Nous n'insistons pas, avance-t-il. C'était un souvenir. Un vrai souvenir.

Je me lève et emporte mon café vers l'évier, où je le jette. Le dos tourné, je m'autorise à vraiment sourire, avec un soupir de soulagement. Peut-être que sa mémoire va lui revenir. Peut-être…

— Eh.

Je me retourne pour le découvrir juste derrière moi. Immédiatement, mon pouls s'accélère et je prie pour qu'il ne le remarque pas.

— Qu'est-ce qui ne va pas ? demande-t-il en faisant un signe de la tête en direction de l'évier.

— Comment ça ?

— Je me souviens du café, et toi, tu le jettes ?

Il se moque, je sais, mais je me sens sur la défensive quand même.

— Je ne change pas mes habitudes pour jouer avec toi.

Il lève les mains dans un geste évasif.

— Désolé. Je ne voulais pas…

— Non, c'est moi qui suis désolée. J'ai des problèmes à l'estomac et ça commence à durer. Je n'aurais pas dû être brusque. Quand je ne suis pas bien, je deviens bougonne.

Je prends une grande inspiration, m'efforçant de retrouver le moral.

— Ça va passer, ajouté-je. Ça passe toujours.

Quelque chose d'important me traverse l'esprit et disparaît presque aussitôt. Une pensée fugace. Un élément dont je devrais tenir compte. Je n'arrive pas à mettre le doigt dessus.

Frustrée, je secoue la tête et je me concentre sur Mason.

— Écoute, j'ai une idée, dis-je.

Il fait un pas en arrière et glisse les mains dans les poches de son jean.

— J'écoute.

— Je vais te raconter des histoires du passé, comme si j'étais une version moderne de Homère…

— … Mais ?

Je lève les yeux au ciel, mais je suis secrètement ravie par son interruption. Parce que c'est exactement ainsi que Mason m'interromprait.

— Mais, précisé-je, on se voyait souvent, toi et moi, même en dehors du travail. Je pense que je pourrais couvrir une partie de ce terrain-là. Voir si ça te rappelle certaines choses.

— Tu veux faire l'école buissonnière aujourd'hui ?

Son sourire illumine son visage, et le mien aussi.

— C'est exactement ce que je veux dire.

— Je suis partant.

— Vraiment ?

Je pense commencer par la plage et je sais que le déjeuner sera une étape. Un des endroits où Mason et moi aimions aller régulièrement. Je regarde rapidement Jack et je fronce les sourcils.

— On dirait que tu as dormi dans tes vêtements.

— C'est clairement le cas.

Un petit sourire me vient.

— Tu veux quelque chose à te mettre ?

— Est-ce que tu as quelque chose ?

— Mason et toi, vous avez à peu près la même taille,

dis-je nonchalamment. Tu peux emprunter ce que tu veux.

Il ne bouge pas, pendant un moment, et je commence à craindre d'être allée trop loin. Puis il hoche la tête et sourit.

— Laisse-moi emprunter la douche aussi, et c'est parti.

CHAPITRE QUATORZE

— Tu n'as pas oublié comment faire du vélo, dis-je quand nous nous arrêtons.

Nous pédalons depuis une heure, au début sur la piste cyclable de Venice Beach, puis dans les beaux quartiers de la côte de Los Angeles.

— Marchons un peu, dit-il. J'ai vu un endroit qui m'intéresse.

— Quelque part dont tu te souviennes ?

— Peut-être.

J'étais sur le point de suggérer d'aller chercher à manger, mais puisque son idée a l'air prometteuse, je décide d'apaiser mon estomac qui crie famine avec une grande gorgée d'eau au goulot de ma bouteille. Les vélos sont les nôtres, bien que Mason ne se rende pas compte qu'il roule sur son propre vélo. Nous les avons apportés depuis Silver Lake grâce aux fixations semi-permanentes à l'arrière de mon Highlander.

Nous les rattachons à la voiture et je suis Mason qui

nous ramène vers Windward, l'une des rues principales perpendiculaires à l'océan.

Il vire et tourne, sachant de toute évidence là où il veut aller. Je ne prête pas vraiment attention. Je suis perdue dans mes pensées, me demandant ce qu'il peut bien se rappeler dans ce coin de la ville sans pour autant se souvenir de sa femme.

C'est pourquoi j'ai le souffle coupé quand il s'arrête à un angle de rue et désigne quelque chose, un peu plus loin.

— Là. Nous sommes passés devant tout à l'heure et j'aimerais entrer.

Il montre *Totally Tattoo*.

— Tu te souviens de cet endroit ?

Ma bouche est sèche et j'ai du mal à prononcer la question.

— Honnêtement ? Je ne suis pas sûr. Je pense. Je me disais qu'on pourrait entrer et leur demander si c'est là que je me suis fait tatouer ça.

Il effleure le bandeau tribal, sous la manche de son t-shirt *Grateful Dead* « emprunté » à Mason.

Je le suis jusqu'au salon en me retenant de croiser les doigts. Je veux tellement que ça lui revienne. C'est peut-être idiot, mais je ne peux m'empêcher de penser que s'il trouve la bonne clé, tous ses souvenirs reprendront leur place dans son esprit.

Est-ce que le tatouage de notre mariage pourrait être cette clé ?

Toutes les chaises de la salle d'attente sont pleines, mais Cass ne travaille sur aucun client. Elle est assise au comptoir, son ordinateur portable ouvert, la mine maussade.

— Quel accueil chaleureux pour ceux qui entrent dans la boutique, lui dis-je en riant.

— Salut vous deux, fait-elle en levant les yeux.

Ses cheveux ont des mèches magenta aujourd'hui, et elle les porte en queue de cheval, probablement pour éviter qu'ils tombent devant ses yeux pendant qu'elle travaille.

— Comptabilité ? demandé-je.

— C'est l'œuvre du diable, répond-elle. J'en suis certaine.

Elle sourit à Mason et j'espère qu'elle se souvient que, pour l'instant, il est Jack.

— Tu as passé un bon moment à *Westerfield* ?

— Oui, répond-il en me jetant un coup d'œil.

Cass, de son côté, nous regarde l'un après l'autre. Elle est dans la combine et ça se voit un peu trop. Honnêtement, j'adore Cass, mais c'est une bonne chose qu'elle ne travaille pas dans ma branche.

— Je n'avais pas réalisé que c'était ta boutique, dit Jack. Denny t'a parlé de ma mémoire ?

Les yeux de Cass s'agrandissent. Elle ne semble pas certaine d'avoir le droit de savoir. J'acquiesce et elle expire.

— Oui. Ne le prends pas mal, mais on dirait une histoire tirée d'un film.

— Je suppose que je suis dans la bonne ville pour ça, réplique-t-il. Je me demandais ce que tu sais à propos de ça.

Il tapote son tatouage, et encore une fois, Cass me regarde.

Jack éclate de rire.

— Laisse tomber. J'ai ma réponse.

— Oh, merde. Je suis désolée, me dit-elle. Je n'étais pas censée dire quelque chose…

— Tu n'as rien dit, fait remarquer Jack.

— Ça va, dis-je. Jack s'est rappelé la devanture, et il a pensé que c'était peut-être ici qu'il avait eu ce tatouage. Tu as confirmé, mais tu ne peux rien lui dire de plus.

Je la regarde sévèrement en espérant qu'elle va comprendre.

— C'est important que les souvenirs viennent de lui. Pas d'indice.

— Bien sûr. D'accord. J'ai bien compris.

— Je veux seulement savoir quand tu… commence Jack, mais je l'interromps en secouant la tête.

— Non. Assieds-toi, imprègne-toi de l'ambiance, médite si tu veux. Mais personne ne va te donner les faits tout cuits dans le bec. D'accord ?

Il ne répond pas, mais il se dirige vers le mur de présentation et commence à regarder les photos de certains des tatouages réalisés par le salon.

— Est-ce que je peux te parler une minute ? me demande Cass.

— Je peux te laisser une minute, Jack ?

— Je serai là, répond-il avec ironie. Perdu dans mes souvenirs.

Je lève les yeux au ciel et je la suis dans la réserve.

— Qu'y a-t-il ? demandé-je, m'attendant à entendre

tous les détails de sa soirée avec la jolie blonde avec qui elle parlait au *Westerfield*.

Mais elle me dit :

— Est-ce que tu prévois de m'en parler un jour ? Que tu ne veuilles pas en parler avant, quand il était parti, je comprends. Mais maintenant qu'il est de retour et qu'il n'a aucun moyen de le savoir… Je me disais que tu aurais besoin de quelqu'un à qui te confier.

Mon estomac fait des nœuds, mais je ne sais pas s'il s'agit de la nausée ou de la peur.

— De quoi tu parles ?

Je lui pose cette question, mais je connais très bien la réponse. Cass se penche en avant.

— Sérieusement ?

— Ce n'est pas possible, dis-je en secouant la tête. Je ne peux pas être enceinte.

— Attends. Waouh. Reviens en arrière. Tu n'y as vraiment pas pensé avant ? Bien sûr que c'est possible. Il y a quatre mois, tu te souviens ? Il était ici. Avec toi. Le jour de la Saint-Valentin.

Elle fronce les sourcils.

— Es-tu en train de me dire que tu as eu tes règles depuis ? Parce que si c'est le cas, alors peut-être que oui, tu es malade et…

— Je ne les ai pas eues, dis-je avec le sentiment d'être la pire des idiotes. Je ne les ai jamais eues de manière régulière et je suis sous pilule, alors je n'y pense jamais.

— Et je suppose que tu ne fais pas très attention à la pilule depuis que Mason est parti.

J'acquiesce.

— Je ne garde pas de traces sur le calendrier. Après

tout, pourquoi s'en faire ? Ce n'est pas comme si nous avions des relations sexuelles.

— Sauf le jour de la Saint-Valentin.

Elle prend ma main.

— C'est une bonne ou une mauvaise chose ?

Je lève les yeux, et en voyant son visage flou, je me rends compte que je pleure. Je retire l'une de mes mains et j'essuie mes larmes en inspirant.

— Une bonne chose.

Bien sûr que c'est bien. L'enfant de Mason. En revanche…

— Tu ne peux pas le lui dire.

Je secoue la tête.

— Je ne peux pas le dire à Mason, parce qu'il ne sait pas qu'il est Mason. Et je ne peux pas le dire à Jack, parce qu'il sait depuis combien de temps Mason est parti.

Je m'étouffe avec un rire ironique.

— Je ne veux pas qu'il pense que j'ai trompé mon mari.

— Je suis désolée.

— C'est du grand n'importe quoi.

— Mais dans le bon sens, dit-elle en m'attirant à elle pour m'étreindre quand j'acquiesce. Tu devrais faire un test, seulement pour être certaine.

— Je le ferai. Mais je crois que j'en suis certaine.

Maintenant que je l'ai dit à haute voix, je ne sais pas comment j'ai pu être aveugle aussi longtemps. Je peux seulement supposer que mon subconscient ne voulait pas que je pense être enceinte sans que Mason soit dans les parages avec moi. Le déni. Un grand moment.

Maintenant qu'il est ici… Une partie de moi veut continuer à l'ignorer tandis qu'une autre rayonne de joie.

— Prête à y retourner ? demande-t-elle. Ou est-ce que tu préfères prendre la porte de derrière et que je lui dise que tu as été kidnappée par des fées.

— Bonne idée, mais je vais choisir la première option.

J'inspire, je redresse les épaules et j'y retourne.

— Qu'en penses-tu ? demande-t-il en montrant la photo d'un type au crâne rasé avec un tatouage d'arbre le long du cou, dont le feuillage s'épanouit sur son cuir chevelu. Est-ce que ça me ressemble ?

C'est sympa en théorie. Mais ce n'est pas Mason.

— Allez, viens, dis-je en lui prenant la main alors qu'il sourit. J'ai envie de manger une glace et de marcher dans les vagues.

Il jette un coup d'œil à Cass.

— Comment dire non à ça ?

— Impossible, répond-elle.

Elle agite le doigt en signe d'au revoir et ajoute :

— Si tu te souviens de quelque chose sur le bandeau et que tu veux me poser des questions, tu sais où me trouver. Ne t'inquiète pas, ajoute-t-elle à mon intention. Je ne lui dirai rien de plus que je ne suis supposée le faire.

J'acquiesce. Cependant, je ne sais pas si elle parle du tatouage, du bébé ou des deux.

— Est-ce quelque chose que nous avions l'habitude de faire ? demande Jack, plus tard, quand nous marchons dans les vagues.

J'ai mes chaussures dans une main. L'autre se balance à côté de moi, et plus d'une fois, elle effleure la main libre de Jack. Je me sens d'humeur dragueuse, comme si nous étions en rendez-vous galant. Je me sens bien. Plus que je ne le devrais au vu des circonstances.

Ce qui est complètement injuste, bien sûr. C'est mon mari. Je suis censée pouvoir lui tenir la main en me promenant dans les vagues. Je suis censée pouvoir lui parler du bébé. Je suis censée pouvoir m'arrêter et l'embrasser. Je suis censée pouvoir lui dire « je t'aime ».

Pourtant, je ne peux pas. Pas encore.

Aujourd'hui en particulier, ça me brise le cœur.

— Tout va bien ?

Je me rends compte que j'ai ralenti et que je suis derrière lui.

— Oui, ça va. Désolée. J'étais en train de réfléchir.

— Moi aussi.

Il penche la tête en direction des terres.

— Est-ce que je peux t'inviter pour le dîner ?

— Bien sûr.

Il me vient à l'esprit que le colonel Seagrave a dû créer toute une identité pour Jack Sawyer, ce qui inclut une carte de crédit et un compte bancaire. Je n'y avais pas pensé auparavant et ce n'est pas le genre de détails qui m'échappe habituellement.

Comment appelle-t-on ça, déjà ? Le cerveau de grossesse ?

Nous marchons en silence jusqu'à *Blacklist*, un restaurant que Mason et moi fréquentons quand nous sommes dans le coin. Habituellement, nous nous assoyons en terrasse, mais aujourd'hui, il nous emmène à l'intérieur, dans un soin sombre.

Nous commandons, puis nous restons assis dans un silence étrange jusqu'au retour du serveur avec nos plats.

Des frites au fromage à partager, de l'eau de source pour moi et une bière pour Jack. Il prend une gorgée, comme pour se donner du courage, puis il pose son verre.

— Qu'est-ce qui se passe ? demandé-je, percevant l'anxiété dans ma propre voix.

— Il faut qu'on parle.

Je me demande s'il nous a entendues, Cass et moi, parler du bébé. Et de sa véritable identité.

Pendant un moment, j'ai la tête qui tourne. Parce que si c'est le cas, alors le docteur Tam avait tort. La vérité est à ses pieds et son cerveau va très bien.

Mais il dit :

— Je sais que tu aimais ton mari.

Mon fantasme part en fumée, remplacé par une réalité dure et brutale.

— En effet. Oui.

— Bien sûr. Je ne voulais pas suggérer…

Il s'interrompt.

— Ce que je veux dire, c'est que je le sais. Je n'essaierai jamais de sous-entendre que tu n'aimais pas Mason ou que tu devrais passer à autre chose.

Je fronce les sourcils sans comprendre où il veut en venir avec tout ça.

— Je devrais certainement me taire, mais nous savons que je dois retrouver la mémoire, non ?

J'acquiesce.

— Cela veut dire que je dois examiner chacun de mes souvenirs.

— Jack, je ne te suis vraiment pas.

Il soupire.

— Je ne veux pas que tu sois mal à l'aise. Je ne veux

pas ruiner notre amitié. Je te demande ça parce que nous sommes amis. Parce que, même si c'est quelque chose que tu veux garder derrière nous, je te fais confiance pour me donner une réponse honnête, d'accord ?

— Tu me fais peur.

— D'accord ? répète-t-il.

Je lui donne mon assentiment :

— Oui. Bien sûr. D'accord.

Il inspire, puis il regarde ses mains qui déchiquettent en petits morceaux sa serviette en papier. Je ne sais toujours pas ce qu'il va me dire, mais je sais parfaitement qu'il est nerveux.

— Avant, quand on travaillait ensemble… même quand Mason était là… Est-ce qu'il… je veux dire, est-ce que nous… Merde. Est-ce que nous étions amants ?

J'étais sur le point de prendre une gorgée d'eau, mais je reste figée, le verre suspendu en cours de route. Lentement, je le repose sur la table.

— Pourquoi me demandes-tu ça ?

Il soupire.

— De vagues souvenirs. La manière dont Cass nous regardait, comme si nous avions une relation qui dépassait celle des coéquipiers. La façon dont tu me regardes, parfois. Les vêtements dans ton armoire qui me vont et qui ne semblent pas être ceux d'un autre homme. Le Vitamix, qui m'a amené à me demander si je l'avais laissé chez toi pour me faciliter la vie, le matin. Sans compter que j'ai su où tu allais t'asseoir à la table du petit-déjeuner. Et aussi…

— D'accord. J'ai compris.

— … Ce que j'ai ressenti avec ton baiser, ce matin…

— Comment t'es-tu senti ? je murmure quand il s'interrompt, laissant le silence s'installer entre nous.

Il hésite, concentré sur les morceaux de la serviette en papier. Puis, il lève les yeux vers les miens.

— Comme si je rentrais à la maison.

— Jack, je…

Je prends une gorgée d'eau, puis je me lève, mes pensées tournant à plein régime.

— Excuse-moi, dis-je avant de détaler vers les toilettes des femmes de peur qu'il ne m'arrête.

Dans l'espace exigu, je m'accroche au lavabo et je me penche en avant, fixant mon reflet dans la glace tandis que ses questions tourbillonnent dans mon esprit. En théorie, la réponse est *non*, parce que je n'ai jamais trompé mon mari, et Jack… Mason, peu importe qui il est, ne trahirait jamais un ami. Je ne veux pas qu'il pense être ce genre d'homme.

À la question centrale, à savoir est-ce que nous sommes ensemble, la réponse est *oui*.

Bien sûr, je ne peux pas le lui dire sans risquer de le détruire. Au premier sens du terme, puisque « mais non, chéri, nous ne sommes pas amants parce que nous sommes mariés » est exactement le type de souvenir déclencheur d'une horrible réaction en chaîne, d'après le docteur Tam.

Résultat, je dois mentir. Je dois dire à l'homme que j'aime, par qui je suis désespérément attirée, que je ne veux pas de lui. Que je n'ai jamais voulu de lui. Parce qu'il est Jack, que je suis mariée à Mason, et qu'aucun des deux hommes ne serait du genre à tromper quelqu'un avec son coéquipier ni avec la femme d'un ami.

Dans un soupir, je place mes mains sur mon ventre.

— Ta maman ne sait pas où elle en est. Et papa ne va pas très bien non plus.

J'inspire pour reprendre courage, j'ouvre la porte et je sors dans le couloir sombre séparant les toilettes des cuisines du restaurant.

Je ne le vois que lorsqu'il prononce :

— Denny.

Puis je me retourne et je le découvre dans le coin le plus éloigné. Et comme je suis une idiote, je vais vers lui.

J'ouvre la bouche, mais avant que je puisse dire un mot, il me prend par le poignet et m'attire à lui. J'ai seulement le temps de haleter avant qu'il ne referme ses bras autour de ma taille et que sa bouche ne se pose sur la mienne. Tant pis, c'est plus fort que moi. Je fonds dans son étreinte. Mes lèvres s'ouvrent et notre baiser devient plus profond, plus intense et fougueux.

C'est tout ce que je veux, tout ce dont j'ai besoin, et je le sens déferler à travers moi. Je le désire tellement. Je veux sentir ses mains sur ma poitrine, entre mes jambes. Je veux le sentir en moi, qu'il me rende folle et humide. Je veux tout oublier sauf la réalité de son contact, et quand j'exploserai, je veux revenir à un monde ou mon mari sait qui je suis et qui il est.

Cela n'arrivera pas, et c'est le souvenir de cette vérité qui me fait reculer.

— Jack, s'il te plaît, nous…

— Je me souviens d'autre chose aussi, dit-il en repoussant les cheveux de mon visage. Je me rappelle t'avoir fait l'amour.

Une boule de larmes se forme dans ma gorge, et tout

ce que je peux faire, c'est secouer la tête, impuissante. Je ne sais pas quoi dire. Je ne sais pas quoi faire…

Alors, je prends la voie de la lâcheté et je file.

Je m'arrête à l'entrée du couloir et regarde en arrière.

— Je ne peux pas, dis-je, un sanglot bloqué dans ma gorge. Je suis désolée, mais tu vas devoir trouver un moyen pour rentrer chez toi.

CHAPITRE QUINZE

Je suis une épave. Une pleurnicheuse, une loque aux yeux larmoyants qui ne sait pas ce qu'elle veut, incapable de se tirer de cette crise personnelle.

Je n'aurais jamais dû prendre le volant et c'est seulement un miracle que je sois arrivée saine et sauve à la maison, parce que Dieu sait que mon esprit n'était pas concentré sur la route, que je pouvais à peine voir à travers mes larmes.

J'ai pourtant réussi. J'entre en trombe dans la maison, je cours vers ma chambre, retire mes vêtements, et je me glisse sous les couvertures. J'ai le projet de dormir pendant le restant de l'été et jusqu'à Noël. Puis, comme une marmotte, je pointerai le bout de mon nez et je déciderai si je peux sortir en toute sécurité.

Bien sûr, je n'ai pas pris en compte les détails, comme manger et accoucher, par exemple. Tout ce que j'ai envie de faire, c'est dormir pour oublier mon malheur comme si c'était une horrible gueule de bois.

Il me désire. Je le désire.

Et je ne peux pas l'avoir.

Pourquoi ?

Pourquoi, pourquoi, pourquoi ?

La question continue de me tarauder, et plus elle rebondit dans ma tête, plus je perds de vue la réponse. Je sais que j'avais des raisons de partir, mais lesquelles ?

Que je ne veuille pas tromper mon mari ? C'est risible. Mason *est* mon mari, peu importe son nom.

Que je ne veuille pas qu'il voie en moi une femme capable de tromper son homme ? Peut-être, mais dans quel but ? Je n'ai jamais été infidèle, et dans ces circonstances, Jack pourrait difficilement penser du mal de moi.

Que je ne veuille pas qu'il se considère lui-même comme le genre d'homme capable de séduire une femme mariée, une coéquipière, une amie ? Peut-être, mais encore une fois, pourquoi ? Si sa mémoire lui revient, il comprendra. S'il ne se souvient jamais de son passé ? Alors, dans ce cas, il n'y aura pas de danger que le mari trompé fasse une apparition.

Toutes les raisons que je prends en considération et que je mets en avant me paraissent bêtes et ne méritent pas que je me détourne de lui. Elles sont bêtes et creuses, à la fois, parce que je le désire tellement que je me sens vide à l'intérieur.

Et pourtant...

Je ferme les yeux et je laisse la vérité me submerger. Je le veux, et je suis partie. Je ne comprends pas ce qui m'effraie.

Je tourne et me retourne dans mon lit, mais je ne peux pas dormir, ne serait-ce qu'une heure, encore moins jusqu'à Noël. Ennuyée, je sors du lit, je prends mon peignoir et, pieds nus, je me rends dans la cuisine.

Café, vin et whisky sont hors de question, alors je prends un chocolat chaud. Je ne m'en suis pas fait depuis une éternité, mais j'ai du lait et une conserve de vrai cacao que j'ai achetée l'hiver dernier. J'ai même de la chantilly dans le réfrigérateur, des restes d'une récente envie de glace avec des bananes et du caramel. Une envie qui m'a semblé inexplicable, sur le moment, mais maintenant elle tombe sous le sens.

Je mélange le chocolat avec le lait, puis j'attends qu'il commence à bouillir. Ensuite, je le verse dans un grand mug Disneyland que Mason a acheté lors de notre première et unique visite au parc. J'ajoute un peu de chantilly, je pose la tasse sur la table et je vais vers le garde-manger dans l'espoir de trouver un paquet d'Oreo. Honnêtement, j'aurais dû mieux préparer ma session d'apitoiement sur mon sort.

Il s'avère que ma quête est fructueuse. C'est surprenant, vraiment, parce que sans Mason à la maison, ma liste de courses n'inclut pas de sucreries, en temps normal. J'ai fait les courses en mode radar dernièrement, et apparemment, le petit mec ou la petite meuf qui grandit en moi a fait ses propres choix.

— Bien joué, dis-je en tapotant mon ventre d'une main, emportant les Oreo de l'autre. Qu'est-ce qu'on va dire à ton papa, et quand allons-nous le lui dire ?

Excellente question, et je n'ai pas envie d'y réfléchir tout de suite. Parce que, sauf si Mason retrouve la mémoire par miracle, je sais que la première chose que je vais devoir faire, c'est une réunion avec le colonel

Seagrave et le docteur Tam. Je veux que Mason – ou Jack – connaisse son enfant. Par contre, je ne veux pas griller son esprit en lui assenant la vérité. L'idée qu'il soit *oncle Jack* plutôt que *papa* ne me semble pas juste.

Frustrée, j'ouvre un sachet d'Oreo et je grignote le côté sans glaçage en attendant que le cacao refroidisse. Je suis sur le point de prendre la tasse pour boire une gorgée test quand un petit coup à la porte de la cuisine me fait sursauter.

Je me précipite vers l'interrupteur sur le mur pour allumer la véranda et je découvre Mason, debout devant la cuisine, qui me regarde à travers l'un des six carreaux de la porte qu'il a installée lui-même.

Je devrais lui dire de partir, car je suis trop à fleur de peau ce soir.

Je devrais, mais je ne le fais pas.

Au lieu de ça, je lui ouvre et je l'accueille en disant :

— Mais c'est quoi cette manie de te faufiler dans la véranda de derrière ?

— Je ne me suis pas faufilé, je le jure.

— La plupart des gens passent par la porte d'entrée.

— Tes lumières étaient éteintes. Je voulais savoir si tu étais toujours debout et je me suis dit que si la lumière était éteinte ici aussi, je te laisserais un mot sur le porche. C'était allumé, tu es là, alors je suis entré.

— Tu n'aurais pas dû, dis-je, soudainement consciente que je n'ai rien sous mon peignoir. Et je n'aurais pas dû te laisser entrer.

— Peut-être pas, mais puisque tu l'as fait…

Il s'interrompt, la tête penchée sur le côté, un sourire malicieux aux lèvres.

Je ne devrais pas mordre à l'hameçon, mais je le fais.

— Quoi ? demandé-je tout en resserrant ma ceinture.

— Puisque tu l'as fait, le moins que tu puisses faire, c'est partager tes Oreo.

Mason... Je suis à la fois heureuse et émue, les jambes flageolantes.

Je me redresse, la mine toujours sévère.

— Ça me semble extrême. Enfin, on parle des Oreo, là. Il y a certains sacrifices qu'on ne devrait jamais demander à une femme.

Je me permets un petit sourire et il me sourit en retour.

— Je te promets que je compenserai par le plaisir de ma compagnie.

— Assieds-toi, dis-je. Je vais te faire un chocolat. Sauf si tu préfères un bourbon ?

Du bourbon et des Oreo, c'est le goûter nocturne préféré de Mason. J'ai toujours trouvé que c'était une combinaison étrange, mais il ne jure que par ça.

Je regarde son visage et je ne vois rien d'autre qu'un *oui* aventureux.

— Je suis partant. Tu te joins à moi ?

Je secoue la tête.

— C'est soirée chocolat pour moi. Mais toi…

Je laisse ma phrase en suspens en prenant une bouteille de Knob Creef dans l'un des placards du bas. Je la pose sur la table, lui apporte un verre et je le regarde alors qu'il frappe son shooter sur la table.

Je lève les sourcils.

— C'est censé être savouré avec les biscuits.

— Je vais le faire aussi. J'ai besoin d'un peu de courage pour ce que je vais te dire.

— Oh.

Je tire ma chaise et je m'installe.

— Alors, nous en sommes déjà là.

Il prend une autre gorgée, et cette fois, il teste avec un Oreo.

— C'est vraiment délicieux, dit-il avant de se relever. Et complètement hors sujet, aussi.

Il inspire.

— Je n'aurais jamais dû te suivre au restaurant. Je n'aurais vraiment pas dû t'embrasser. Je n'aurais probablement pas dû te demander s'il y avait quelque chose entre nous. J'ai franchi les limites. Je t'ai mise mal à l'aise. Et je suis désolé. Vraiment désolé. Ça n'arrivera plus.

— Oh.

Ce n'est pas ce à quoi je m'attendais et je veux dire autre chose, mais honnêtement, je ne sais pas quoi, et un étrange silence s'installe entre nous. Je ne me suis jamais sentie aussi bizarre en présence de Mason.

— Bon, reprend-il en se raclant la gorge. Je devrais rentrer à Malibu. Liam va commencer à se demander si j'ai oublié son adresse en même temps que tout le reste.

Il se lève pour partir, et alors que je le regarde, ça me frappe. Je sais de quoi j'ai peur. Qu'il disparaisse tout comme l'a fait mon père. Comme l'a fait ma mère. Et aussi, comme il l'a fait, lui.

Mon père est parti, mais ma mère n'a jamais voulu m'abandonner. Elle n'a pas eu le choix. Tout comme Mason. Un jour, il était là, et le jour d'après, il était parti. Il est de retour maintenant, pas en entier, mais il est là.

Ma peur la plus profonde, la plus sombre, c'est qu'il disparaisse encore une fois. Le perdre m'a presque tuée. Si ça recommence, j'en mourrais.

La voilà, la raison pour laquelle je ne veux pas me rapprocher maintenant. Ce n'est pas à cause des règles du docteur Tam sur sa mémoire ni des notions de fidélité mal placée, comme c'est le cas chez les personnes atteintes d'amnésie. C'est parce que je veux protéger mon cœur.

À ce moment précis, je réalise combien je pourrais perdre si je ne le fais pas. Même si c'est seulement un mois, une semaine ou un jour, ce sera autant que notre bébé pourra garder. Même s'il oublie tout. Même s'il disparaît pour encore deux ans, j'aurai un peu plus de lui que j'en avais avant.

Oh, mon Dieu, j'espère qu'il ne va pas disparaître.

Il s'arrête près de la porte de la cuisine et il se retourne avec un sourire penaud.

— Merci pour le goûter. On se voit demain au travail. Je vais bien me comporter à partir de maintenant.

Je le regarde, bouche bée, tiraillée entre ce que je veux et ce que je redoute. Lorsqu'il ouvre la porte et quitte la cuisine illuminée pour la pénombre de la véranda, je n'y tiens plus.

Je lui cours après et lui attrape la main avant qu'il ne pousse la porte-moustiquaire menant au jardin.

— Attends !

Il s'arrête.

— Denny ?

— Je ne peux pas, dis-je. Je ne peux pas te laisser

partir. Pas en sachant que tu pourrais garder tes distances à jamais.

Il a l'air hébété.

— Je ne sais pas ce que tu…

— Merde, Jack, dis-je en dénouant la ceinture de mon peignoir, le faisant tomber de mes épaules.

Je suis debout, toute nue, le cœur battant la chamade, et je regarde son visage seulement éclairé par la lumière de la cuisine qui filtre à travers la fenêtre.

— Touche-moi.

— Denny.

Sa voix est chargée d'un désir si familier que je ne sais pas si j'ai envie de pleurer ou de me réjouir.

— Mon Dieu, tu es magnifique.

— Regarde tant que tu veux, insisté-je en prenant sa main à nouveau pour la poser sur mon sein. Tu dois me toucher aussi.

— J'aime tes conditions, répond-il, ses yeux dans les miens, pendant que son pouce caresse mon téton dressé, propageant des éclairs de désir dans tout mon corps.

J'émets un gémissement et je me mords la lèvre inférieure, réprimant l'envie de le supplier de m'embrasser. Je veux ce baiser, bien sûr, mais surtout, je veux le plaisir de me perdre pendant que Mason explore mon corps pour la millième, et en même temps, la première fois.

Il ne me déçoit pas.

— Ferme les yeux, murmure-t-il.

Je fais ce qu'il me demande.

Il continue de jouer avec mon mamelon sous son pouce, ajoutant sa seconde main pour que mes deux seins profitent de ses attentions. Ensuite, ses lèvres caressent ma tempe, et le murmure de son souffle effleure mon oreille avant que sa langue n'en suive la courbe. Je frissonne en me mordant la lèvre.

Il part d'un petit rire, un son doux et grave, puis il m'embrasse le long de la mâchoire avant de se poser sur mes lèvres.

— C'est à moi de faire ça, murmure-t-il en m'embrassant tendrement.

La pression devient plus exigeante quand il recule, ses dents pinçant ma lèvre inférieure, envoyant des spirales de chaleur à travers tout mon corps, de ma bouche avide jusqu'à mon sexe.

Je gémis, puis je change de position, écartant un peu les jambes pour sentir l'air entre mes cuisses. Je suis moite d'envie et je veux sentir ses doigts, sa bouche. Il prend son temps, même si jusqu'à maintenant, il ne s'est pas aventuré plus bas que ma poitrine.

— Jack… s'il te plaît.

— S'il te plaît quoi ?

— Touche-moi, supplié-je.

— C'est ce que je fais.

Ses lèvres chatouillent le lobe de mon oreille quand il parle.

— Dis-moi ce que tu veux.

Pendant qu'il parle, une main glisse vers le bas, vers mon ventre.

— Dis-moi comment te toucher, Denny. Dis-moi ce que tu aimes.

— Ça.

C'est la plus vraie des vérités.

Je m'ouvre après une longue hibernation. Je suis de

retour dans les bras de mon mari et je me fiche qu'il ne le sache pas. Il me ramène à la vie, comme une princesse dans les contes de fées.

— Ça, répété-je. Je veux tout ça. Et plus.

— Moi aussi.

Sa voix est un grognement. Rauque. Nerveux. Je sais qu'il est aussi désespéré que moi.

— Denny, dit-il en tombant à genoux. Je dois te goûter.

Je tremble, submergée par le désir. Ses mains remontent le long de mes cuisses jusqu'à ce que ses pouces jouent avec la peau sensible entre mon sexe et ma jambe. Il incline la tête vers le haut et croise mon regard assez longtemps pour que je puisse voir la convoitise dans son regard. Ensuite, il caresse doucement mon clitoris avec sa langue et des vagues de plaisir me parcourent, si intenses que c'est étonnant que mes jambes ne me lâchent pas.

Je titube quand il s'arrête, et il inspire rapidement avant de lancer :

— Joue avec tes tétons.

Mon corps se tend. Mason n'est pas aussi exigeant, habituellement, mais j'aime ça. Je veux l'exciter autant qu'il m'excite. Je veux entendre ce qu'il désire, partager ses fantasmes. Merde, je veux *être* son fantasme.

Je veux m'abandonner à ses caprices, et c'est pourquoi je joue et pince allègrement mes seins tandis qu'il lèche mon clitoris, les mains sur mes fesses pour me maintenir fermement en place.

Je pourrais rester ainsi pour toujours, mais Mason change le jeu. Sa main glisse entre mes fesses, puis encore plus loin, jusqu'à ce que le bout de ses doigts trouve mon entrejambe. Je suis incroyablement moite et il s'insère en moi pendant que je m'accroche à ses épaules, impatiente de sentir tout le plaisir qu'il me procure.

Trop tôt à mon goût, il retire sa main, puis avec son doigt humide il revient en arrière, jusqu'aux muscles serrés de mon anus. J'ai le souffle coupé à cette sensation peu familière, mais je ne peux nier que c'est incroyable.

— Tu aimes ça.

C'est une déclaration, pas une question.

— Oui. Oh, oui.

Comme si cet aveu était une inculpation, il s'arrête. Je gémis, mais il se relève, l'air joueur et sournois.

— J'aime l'expression de ton visage, me dit-il. Comme si tu voulais supplier, mais que quelque chose te retient.

— Je vais supplier. Je ferai tout ce que tu voudras.

— J'aime cette idée, répond-il en m'embrassant passionnément.

C'est un baiser sauvage, tout en langues, dents et désir.

Quand il s'écarte enfin, nous sommes pantelants.

— Tu devrais supplier. Tu devrais me dire tout ce que tu veux, toutes tes vilaines pensées et chacun de tes fantasmes les plus fous. Parce que tout ce que je veux, moi, c'est te satisfaire. Te soumettre. T'entendre crier. Je veux te faire exploser, Denny. Et je veux recommencer ensuite.

Je caresse son visage, son début de barbe rugueux contre ma paume.

— Qui es-tu ? murmuré-je.

Mason n'est pas timide au lit, pas du tout même.

Cependant, cette intensité est beaucoup plus importante. Je ne sais pas si c'est parce que nous avons passé beaucoup de temps séparés ou s'il s'agit d'une nouvelle hardiesse, mais je n'ai jamais été aussi excitée de toute ma vie. Chaque fois qu'il me touche, il me fait frissonner.

Il sourit pour répondre à ma question.

— Je suis l'homme qui va te faire l'amour.

— Oui, dis-je. Oh, oui, c'est toi.

Il prend ma main et m'attire vers le petit canapé sous la fenêtre, tourné vers la cuisine. Il s'assoit, puis il lève une main pour m'arrêter quand je commence à aller vers lui.

— Attends. Je veux te voir.

— Tu ne peux que me voir. Je suis en face de toi et vraiment toute nue.

Sa bouche frémit.

— Touche-toi.

Mon pouls s'accélère et une douce sensation de chaleur se propage résolument entre mes jambes.

— Quoi ?

— Tu m'as entendu.

Il pose sa main sur son sexe, le caressant à travers son jean. Même de là où je suis, je peux voir à quel point il est dur. Et je peux sentir combien je suis humide.

— Denny, dit-il. Je veux te regarder.

C'est une phrase tellement simple, en comparaison avec l'intensité de son regard, mais je ne peux ni protester ni résister. Il veut regarder et je vais lui montrer ce que je peux faire. Je veux sentir ses yeux sur moi pendant que je joue avec mon clitoris. Je veux voir les déplacements de sa main s'accélérer sur son sexe tandis que je glisse les doigts dans le mien, puis que je les lèche, juste après.

Je veux de la bestialité, des fantasmes. Du désir.

Je ne sais pas. Peut-être que je veux rattraper le temps perdu.

Principalement, j'ai surtout envie de Mason. Sous son regard, je ferme les yeux et je glisse lentement la main vers le bas pour jouer avec mon clitoris dur et humide.

— Bébé, murmure-t-il.

Le désir dans sa voix est si vibrant qu'il semble proche de la douleur.

Je suis détrempée, rien que pour lui. J'enfonce mes doigts et pendant ce temps, il me demande d'ouvrir les yeux. J'obéis. La passion dans son regard me percute alors de plein fouet, annonciatrice d'une explosion sauvage.

Il s'en aperçoit et je vois sa main se resserrer sur son membre rigide.

— Retire tes vêtements, lui dis-je.

— Pourquoi ?

— Parce que c'est mon tour. Parce que je te veux.

Il ne fait pas le moindre mouvement et je monte sur ses genoux pour le chevaucher, me frottant contre la bosse de son jean.

Je gémis et il ne peut se retenir de rire.

— J'aime te regarder.

— Ah oui ? Et aimerais-tu me prendre, aussi ?

Il ne répond pas à voix haute, mais il déboutonne sa braguette, puis en sort lentement son sexe. Il est énorme et dur. Je me frotte sur sa longueur, lui arrachant un gémissement, puis il ferme les yeux et penche la tête en arrière tout en me tenant par les fesses pour guider mes mouvements.

Il est plus dur que jamais, et ce soir, nous sommes plus bestiaux que nous ne l'avons été auparavant.

— Qu'est-ce qu'on fait ? demandé-je alors que je continue de rouler des hanches et qu'il joue avec son index sur mes fesses. Nous n'avons jamais…

— Quoi ?

J'ai le souffle coupé lorsque ses doigts m'explorent plus intimement. Tout mon corps le désire, souhaite qu'il soit en moi.

— Ça, dis-je, m'efforçant de prononcer les mots à voix haute. Tout.

— Alors, j'avais raison ? Toi. Moi. Le passé. Nous avions quelque chose. Ce n'est pas notre première fois.

Je déglutis, piégée dans mon aveuglement.

— Tu sais que ce n'est pas le cas. S'il te plaît, je veux seulement que…

— Dis-moi.

— Je te veux en moi. S'il te plaît, Jack. S'il te plaît, prends-moi.

— Je n'ai pas de préservatifs, répond-il, le souffle court.

— Ça va. Ça ira. Ne t'arrête surtout pas.

Je change de position, me soulevant pour ne plus me contenter de me frotter contre sa verge. Je veux son gland en moi. Je le veux tout entier.

— Denny, je ne pense pas…

— Je prends la pilule, dis-je.

Techniquement, ce n'est plus d'actualité, mais il ne

pourrait pas me rendre plus enceinte que je ne le suis déjà.

— Denny… répète-t-il en me regardant dans les yeux.

Les siens sont doux et tristes.

— Nous ne pouvons pas prendre le risque. Je ne suis pas inquiet pour un bébé…

— Alors, quoi ?

— Je ne sais pas ce qu'ils m'ont fait. Je ne sais pas ce que j'ai fait. Je ne veux pas prendre le risque…

Je l'embrasse et lui souris quand je me retire. Il a l'air troublé.

— Ça va, lui assuré-je. Le colonel Seagrave et ton équipe ont fait tous les tests imaginables. Tu n'as rien, je te le promets.

Je pense le rassurer, mais il semble encore plus confus.

— Pourquoi t'auraient-ils dit ça ?

Parce que je suis ta femme et qu'ils ont pensé que j'aimerais le savoir.

— Nous sommes coéquipiers.

— Oui, mais ça ne…

— Jack, dis-je résolument. Est-ce que tu veux débattre de la politique du centre sur la vie privée ou as-tu envie de me prendre ?

Je décèle un choc dans son regard, qui se change rapidement en amusement.

— Crois-moi, chérie, les débats, c'est bien la dernière chose que j'ai à l'esprit.

— Je suis très heureuse de l'entendre.

Il me prend par le cou, puis il me penche en avant pour un baiser passionné avec la langue, les dents et toute sa chaleur, si bestial et profond que j'ai l'impression qu'il me fait déjà l'amour. Ce n'est pas suffisant, parce que je désire Mason. Mon corps est en feu, exigeant un soulagement. J'en ai trop besoin.

Je ne peux plus attendre et je le lui annonce.

— Moi non plus.

Je mords ma lèvre inférieure, puis je décolle le bassin jusqu'à sentir son sexe entre mes jambes. Ses mains sont sur mes hanches et je le laisse me manœuvrer, m'empaler lentement, jouer avec nos corps. Il glisse à peine en moi avant de ressortir, puis il répète le rituel à en devenir fou, à me faire perdre la tête.

Lui aussi perd la tête. Je peux le voir à son visage. À l'extase gravée sur ses traits.

— Continue, me demande-t-il en relâchant mes hanches, me donnant les pleins pouvoirs.

Je les prends avidement, allant et venant sans relâche sur son sexe alors que mon corps se tend et que chaque atome en moi se rassemble, prêt à l'explosion.

La friction est de plus en plus intense, de plus en plus effrénée.

En moi, Mason est tout près de l'orgasme, lui aussi. Il est aussi contracté qu'un ressort et je veux jouir en même temps que lui. Je veux que nous jouissions ensemble. Je veux…

Le monde vole en éclats autour de moi.

Je continue, le corps en ébullition, le prénom de mon mari sur les lèvres.

— Mason ! Oh, mon Dieu, Mason !

Soudain, je prends conscience de ce que je viens de faire.

Son corps se crispe et mes yeux s'ouvrent, sous le choc et l'embarras.

— Jack. Je n'ai pas voulu…

Il se lève, puis il remonte son jean pendant que je grimace. Je me sens tellement mal.

— Je suis désolée, dis-je en secouant la tête.

Il ramasse mon peignoir sur le sol et le jette vers moi.

— Non, c'est moi qui dois être désolé.

Il passe la main dans ses cheveux pendant que j'enfile le peignoir et le noue.

— Je ne peux pas être ce dont tu as besoin. Je ne peux pas être le remplacement de ton mari.

Je suis aux abois.

— Tu n'es pas un remplaçant. Je te jure que tu ne l'es pas. Je me suis seulement embrouillée. Ça ne veut rien dire.

— Merde, Denny, ça veut *tout* dire.

De chaudes larmes coulent sur mes joues, parce que ce que je craignais est arrivé. Je le perds à nouveau.

— S'il te plaît, murmuré-je, mais il secoue simplement la tête.

— Je ne veux pas être le genre d'homme qui trompe un ami. Tu n'es pas le genre de femme à tromper son mari. Je ne sais pas quelle folie s'est emparée de nous, mais…

Il s'interrompt, les sourcils froncés alors qu'il lève son visage vers le mien, le regard fougueux et enflammé.

— Tu n'es pas le genre de femme à tromper son mari, répète-t-il avant de prendre ma main gauche, si vite que je lâche un cri de surprise. Pas toi, dit-il en caressant de son pouce l'alliance de platine comme je le fais moi-même quand je suis perdue dans mes pensées.

Il inspire, puis il redresse les épaules et me regarde droit dans les yeux.

— Tu n'as pas trompé quelqu'un ce soir, je me trompe ?

La peur et la joie sont au coude à coude en moi. Est-il en train de me dire ce que je pense qu'il dit ?

— Jack, je ne…

Il pose un doigt sur mes lèvres et secoue la tête.

— Je ne suis pas Jack, affirme-t-il. Je suis ton mari. Je suis Mason.

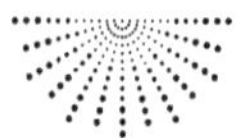

CHAPITRE SEIZE

I*l est Mason.*

Mason Walker, pas Jack Sawyer.

Mason Walker, ancien soldat des Forces Spéciales reconverti en agent sous couverture pour le commandement des Opérations sensibles. Il ne se souvient de rien, mais il sait que c'est vrai. Tout comme il sait qu'il est marié à Denise Marshall. Denny. La femme pour qui son cœur bat plus vite depuis le moment où il a posé les yeux sur elle, à l'intérieur de cette maudite cellule au centre.

La même femme qui le regarde maintenant comme s'il était une mèche allumée et qu'il allait exploser d'un moment à l'autre. Il fait grise mine. En songeant à certaines des victimes d'amnésie que le docteur Tam lui a montrées, il se dit que ce n'est pas une peur déraisonnable. Pour le moment, il se sent bien. Tout ce qu'il veut, c'est récupérer sa vie.

Il inspire.

— C'est notre maison ? Nous l'avons achetée ensemble.

Ses yeux s'agrandissent un peu, mais elle hoche la tête.

— Quand l'avons-nous achetée ?

— Je ne pense pas que je devrais te le dire…

— Si, dit-il en faisant un pas vers elle. Tu devrais.

— Docteur Tam a dit…

— Non, la coupe-t-il en secouant la tête. Je connais les risques. Je sais que tu es inquiète. Ma tête va bien.

Elle baisse les yeux. Une larme coule le long de sa joue, lui brisant le cœur.

— Je ne peux pas, dit-elle, la voix chargée de sanglots. Je comprends que tu sois en colère contre moi, mais je suis vraiment heureuse que tu sois de retour. *Toi.* Je ne veux pas prendre le risque. Je ne peux tout simplement pas.

Oh, mon Dieu, elle est en train de le tuer.

— Je ne suis pas en colère contre toi, dit-il en utilisant son index pour lui incliner la tête. Je suis soulagé, confus. Excité. Émerveillé.

— Émerveillé ?

— Que tu sois mienne. Que la femme sur qui je fantasme depuis le premier instant où je l'ai vue soit en réalité la mienne.

— C'était affreux quand tu n'étais pas là, murmure-t-elle. Je suis habituée aux missions, mais celle-là était longue et je n'avais pas de nouvelles…

Elle s'arrête en frissonnant.

— C'était l'enfer. Quand tu es revenu, et… Enfin, c'était l'enfer aussi. J'étais si excitée de savoir que tu étais en vie. Excitée à l'idée de t'avoir avec moi à nouveau. Ça, par contre, c'était une souffrance tout aussi insurmontable, Mason. Vraiment.

Elle renifle, puis elle sèche ses larmes du bout des doigts avant d'utiliser la manche de son peignoir pour s'essuyer le nez.

— Désolée. Je suis dans un tel état. Je suis fatiguée et, enfin, disons seulement que ce n'était pas une journée habituelle.

— Nous sommes d'accord.

Il lui prend la main.

— Viens avec moi.

Il la guide à l'intérieur, en proie à une envie palpitante. Pas sexuelle, pas entièrement, du moins. Exigeante, cependant, et pressante.

— C'est notre cuisine ?

— Oui. Nous avons pris de nouveaux appareils électroménagers, parce que tu aimes – *aimais* – cuisiner. Mais le plan de travail, le nouveau sol, tout ça...

Elle laisse sa phrase en suspens.

— Tu attendais que je revienne.

— On voulait le faire ensemble, comme on avait fait le porche à l'arrière. Pièce par pièce, pendant un an, au cours des week-ends. Et nous aurions une nouvelle maison pour notre anniversaire.

Sa voix se brise.

— Je suis désolé, dit-il.

Elle secoue la tête avec véhémence.

— Non, il ne faut pas. Nous aimons tous les deux notre travail. Je l'aime toujours, malgré tout ce qui est arrivé. Bien que j'aie quitté le centre pour rejoindre la société Stark. Ce que nous faisons tous les deux, c'est important. Tu ne te souviens peut-être pas de ce que tu faisais, mais je te promets que c'était quelque chose de vital. Nous avons acheté cette maison en sachant que tout pouvait arriver. Nous pouvions être transférés dans un autre pays. Nous pouvions atterrir dans une mission à long terme sous couverture. L'un de nous deux pouvait être frappé à la tête et devenir amnésique.

Elle a dit la dernière partie avec un petit rire désabusé, mais il ne peut se résoudre à sourire en retour.

Elle s'éclaircit la voix.

— Dans tous les cas, nous savions quels étaient les risques. Nous savions que nous ne pourrions peut-être jamais nous poser comme des civils. Et ça ? poursuit-elle en faisant un grand geste pour englober la pièce et la maison. La partie que je n'ai pas pu gérer ? Ça vient de moi.

Ses lèvres se pincent dans un frémissement d'humour.

— Je suppose que je t'aimais plus que je ne le pensais.

Il s'approche, prend son menton entre ses mains et lève sa tête. Puis il l'embrasse. Juste un doux baiser, bouche contre bouche, mais elle s'enflamme et quand il se dégage, il doit reprendre son souffle. Il sait exactement ce qu'il veut. Elle. Sa vie. Tout.

— Nous allons terminer la maison, dit-il. Nous allons la terminer ensemble. Nous commençons demain.

Quelque chose brille dans ses yeux.

— Vraiment ?

— Elle m'appartient aussi.

— Oui. Bien sûr. C'est le cas.

La voix de Denise est douce. Voilée.

— Tout comme toi.

— Oui.

Les mots, un souhait, le traversent, chauds et exigeants.

— Retire ton peignoir, dit-il, entendant à peine sa propre voix par-dessus son pouls qui bat à ses oreilles.

— Quoi ?

— Tu m'as entendu.

Il s'approche d'elle, conscient qu'il pousse les limites, mais il sait aussi qu'il le doit. Que c'est le moment ou jamais pour que sa vie passée lui revienne ou qu'il reste éternellement derrière une fenêtre, à la contempler.

Elle respire difficilement, les lèvres légèrement entrouvertes pendant qu'elle le dévisage, comme si elle essayait de lire dans ses pensées.

— Tu es ma femme, non ? Tu m'appartiens autant que cette maison ? Ce mobilier ?

Il tend lui-même la main vers la ceinture de son peignoir.

— Amour, honneur, obéissance.

Elle croise son regard, les yeux étincelants de malice.

— En fait, nous avons laissé de côté le vœu d'obéissance lors de notre mariage.

— Et si je voulais qu'on le reprenne ?

Elle hausse les sourcils.

— Vraiment ?

— Si je veux savoir si c'est toujours réel pour toi ? Pour moi ? Ce mariage ? Ai-je envie de savoir, de *vraiment* savoir, que tu m'appartiens entièrement et complètement ? Est-ce que je veux savoir si tu ferais tout pour moi, tout comme je le ferais pour toi ? Oui, ma femme. Je le veux.

Elle ne lui répond pas, pas avec autant de mots, mais la couleur lui monte aux joues et elle a du mal à respirer quand elle pose sa main sur la sienne et défait la ceinture de son peignoir. Elle roule des épaules et le vêtement glisse au sol. Il reste avec la ceinture à la main, qui pend vers le reste du tissu-éponge blanc sur le sol.

Il la laisse tomber.

Pendant un moment, il se tient debout, admirant chaque centimètre carré de son corps. Avant, elle était la femme qu'il désirait. Ce désir était mêlé à de la culpabilité. Non seulement il convoitait la femme d'un autre homme, mais il l'avait prise.

Pourtant, ce n'était pas le cas.

La femme qu'il désirait était la sienne. *Sa* femme. Sa coéquipière, son amie.

Son épouse.

Sa vie.

N'est-ce pas ainsi que les choses doivent se passer ? Dans ce cas, c'est encore plus vrai que d'habitude, puisque la somme de toute sa vie est réduite à quelques éléments. Denny est au cœur de tout cela. Il a le sentiment que ça a toujours été le cas, même quand sa vie était aussi vaste que le monde.

— Je t'aime, dit-elle.

Elle est debout, nue devant lui, nullement intimidée.

— Mon Dieu, Mason, je t'aime tellement.

Ces mots le réchauffent. Le recentrent.

Il imagine que pour un autre homme, cette position aurait pu être terrifiante. Pas pour lui. Pas avec elle.

Denise Marshall lui parle, et même si son esprit est effacé, il se sent le plus chanceux du monde.

— Monte, dit-il. Je te veux dans notre chambre.

Pendant une fraction de seconde, elle ne bouge pas. Puis un sourire illumine son visage.

— Oui, monsieur, dit-elle tout en quittant la pièce devant lui.

Il la suit, profitant de contempler ses fesses en forme de cœur et le balancement de ses hanches.

Sa femme, à lui, pense-t-il. Il n'en revient toujours pas.

Quand il arrive dans la chambre, il la trouve sur le lit, les chevilles croisées et les bras grands ouverts.

— Un festin pour moi ?

— Oh, je pense que je vais en profiter aussi.

— Ma femme, dit-il avant d'inspirer. Ma belle femme.

Sous son regard, ses joues rosissent de plaisir.

— Mon mari, rétorque-t-elle en lui tendant les mains. Me feras-tu l'amour ?

— Oh, oui, promet-il en montant sur le lit.

Mais avant, il veut explorer chaque parcelle de son corps. Il veut entendre sa respiration accélérer pendant que le bout de ses doigts lui effleure la peau. Pendant que ses lèvres en goûtent chaque centimètre. Il découvre quelques taches de rousseur sur son épaule et une tache de naissance en forme de diamant, qui semble flotter sur le renfoncement entre sa cuisse et son buste.

Elle a un creux adorable à la base de son cou et c'est aussi le point où elle est le plus chatouilleuse. Quand il passe son index sous la voûte de son pied, elle saute presque hors du lit.

— Tu es extraordinaire, dit-il enfin, même s'il n'a pas terminé de l'explorer.

Il ne finira peut-être jamais. Pour le moment, il en veut plus. Il a envie de l'embrasser. De se perdre en elle. Puis, quand ils auront explosé dans les bras l'un de l'autre, ils sombreront ensemble dans le sommeil.

C'est ce qu'il souhaite, songe-t-il alors que son sexe glisse profondément en elle. Ce qu'il désire, se dit-il en allant et venant. Leurs corps unis. Un cœur, une âme. Une mémoire.

Elle. Eux.

À ce moment précis, rien d'autre n'existe.

Le véritable miracle de ce moment, c'est qu'il sait, sans l'ombre d'un doute, qu'elle éprouve la même chose.

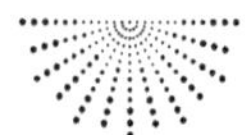

CHAPITRE DIX-SEPT

Je me réveille pour découvrir Mason à côté de moi, redressé sur son coude, en train de me regarder si tendrement que cela me fait presque mal.

— Bonjour, ma femme, dit-il alors que je souris et me blottis contre lui pour lui répondre.

— On peut rester comme ça une semaine ou deux ? L'univers nous doit bien ça.

— Ça me va, répond-il en caressant mon bras nu du bout des doigts. Je n'ai pas honte de dire que je suis épuisé. Ça demande beaucoup d'énergie de se faire dépuceler par sa femme.

J'éclate de rire.

— Dépuceler. Toi ? Pas vraiment.

Il s'assoit et me serre contre lui.

— Ha, ha. Je ne vais pas discuter. Surtout quand j'ai raison. C'était la première fois pour moi, après tout. Du moins que je me souvienne.

Je souris, parce qu'il a raison. Puis, inexplicablement, je commence à pleurer.

À moins que ce ne soit pas inexplicable, au contraire. Il y a les hormones de grossesse, après tout.

Elles me font perdre mon sang-froid. L'inquiétude et la peur sont réelles. Tout comme mes larmes.

— Eh, dit-il en me serrant contre lui. Tout va bien se passer.

J'inspire en hoquetant.

— Vraiment ?

Je me frappe mentalement, parce que je ne veux pas avoir cette conversation maintenant. Pourtant, on dirait que nous nous y dirigeons tout droit. Et tout de suite.

— Qu'est-ce que tu veux dire ?

— Je... C'est seulement... Oh, Mason. Tu es ici, et je t'aime, je suis ta femme et de mon point de vue, tout est fantastique.

Je pense chaque mot, mais je vais devoir prendre mon courage et lui révéler une plus grande partie de mon cœur si je ne veux pas que Mason pense que je suis folle.

Il se décale pour s'adosser à la tête de lit. Je me déplace aussi et je m'assieds, les jambes croisées, face à lui, les couvertures relevées pour me couvrir parce que je me sens vraiment trop exposée.

— Denny, dit-il d'une voix tendue. Qu'est-ce qui se passe ?

— J'ai seulement peur.

— Que je ne retrouve pas la mémoire ?

J'acquiesce.

— Et que tu ne puisses pas... enfin, Mason. Tu ne te souviens pas de moi. Tu ne te souviens pas de qui tu es. Tu es ici, dans ce lit, parce que tu es mon mari, mais... Et si tu n'étais plus la même personne, maintenant ? Si tu ne voulais pas être ici ?

Et si tu ne veux pas d'un bébé alors que tu ne te souviens pas de sa mère ?

Je repousse cette pensée.

— Je suis désolée, dis-je. Tu as assez de choses à gérer, et moi, je te balance tout ça, mais…

— Tu as peur, répond-il simplement en venant chercher ma main. Bien sûr que tu as peur. Ton mari est revenu et il ne te connaît même pas.

Je lâche un grognement spontané.

— Oui, ça résume assez bien.

Il se rapproche de moi et me serre contre lui. Nos hanches se touchent et je peux me coucher dans ses bras tendus.

— Je suis désolée, dis-je à nouveau. Je ne devrais pas ramener ça à moi. Pas après tout ce que tu…

— Laisse tomber, me dit-il en déposant un baiser sur mon front. Voici un fait, par contre. Nous nous sommes promis des choses, non ? Pour le meilleur et pour le pire ? Es-tu en train de me dire que nous devrions abandonner parce que nous frôlons le pire ?

— Je ne sais pas, dis-je honnêtement. Les gens se séparent. Ça arrive en permanence.

— Je ne partirai pas.

Sa voix est résolue. Intense. C'est une déclaration et une promesse.

— Même avec l'amnésie, je suis revenu. Il y a autre chose : je t'aime. Je m'attends à ce que cet amour devienne plus profond avec le temps.

— Tu ne me connais même pas.

— Je connais ton cœur. Ton âme. Je sais que j'aime ce que j'ai vu. Je sais que je fais confiance à mon intuition et il semblerait que ce Mason Walker soit un homme pas trop mal.

Je souris.

— C'est vrai.

— Et il t'aime. Ce qui me rend presque certaine que je t'aime aussi. Ou que je t'aimerai. Pour l'instant, ce n'est peut-être que pour le sexe.

Là, il joue avec moi.

— Et le sexe vaut vraiment la peine que tu t'attardes un peu, dis-je en lui souriant à mon tour.

— Vraiment.

Il me tapote le bout du nez, ce que faisait l'ancien Mason, et des papillons de joie dansent en moi.

— Tu sais que je me souviens de certains films ? demande-t-il. De beaucoup de films.

— Hmm…

Je ne sais pas d'où lui est venue cette idée.

— Je savais pour les séries. C'est vrai, tu t'es souvenu de *Lost*.

— Il y a *Quand Harry rencontre Sally* aussi. Tous ces entretiens sur la vraie vie. L'un d'entre eux était un mariage arrangé, et il s'en était bien sorti. Alors, pour-quoi pas nous ? Je veux dire, si tu en as envie.

Et voilà. Il vient de dire à voix haute ce qui me terrifie le plus.

— Est-ce que tu le veux ?

— Oh, oui, dit-il.

La passion est indéniable dans sa voix. Puis dans son baiser, quand il se penche et m'embrasse tendrement.

— Ne doute jamais que je t'aime. Pas maintenant. Ni jamais.

Je me mords la lèvre inférieure en acquiesçant.

— D'accord. Ne me fais jamais douter.

— Marché conclu.

Il tire ma couverture vers le bas et prend mes seins à deux mains.

— En fait, je vais faire mieux, ajoute-t-il pendant qu'une de ses mains glisse sur mon ventre. Et si je te montrais ?

— Tu te sens mieux ? me demande-t-il, deux orgasmes plus tard.

Je hoche la tête, puis je roule sur le ventre. Je me hisse sur les coudes et je le contemple, tout simplement, cet homme qui m'a tant manqué. Qui m'est miraculeusement revenu et qui a l'intention de rester.

Je dois toujours lui dire pour le bébé, évidemment, mais je ne ressens aucune culpabilité à l'idée d'attendre. On lui a lancé beaucoup de vérités, ces derniers jours, et ce n'est pas comme si j'allais avoir des contractions dans l'après-midi.

En plus, je dois parler au colonel Seagrave et au docteur Tam. Je suis tombée enceinte quand Mason est venu me voir en douce, pendant sa mission. Ce sont des souvenirs assez intenses. Si je le lui dis, risquons-nous de court-circuiter son esprit ?

Je ne sais pas, mais je ne veux pas risquer de le mettre

en danger. Ce qui signifie que le bébé et moi, nous allons patienter pour le moment.

En attendant, j'ai un travail, et il est toujours censé me suivre comme mon ombre. Si ça donne un coup de fouet à sa mémoire, alors c'est encore mieux.

— On doit se lever. On a du boulot. Traquer les méchants. Remplir des rapports. Trouver des détails sur le concert de la star de Liam.

— Et pourtant, tu constates je ne cours pas sous la douche.

Il laisse courir ses doigts sur son bras nu.

— Est-ce que j'ai toujours été du genre à enfreindre les règles ?

— Tu es un soldat, alors non, par définition.

Il affiche un sourire suffisant.

— L'amnésie me va bien.

Je pars d'un petit rire qui se transforme en gémissement quand il me retourne et me chevauche, sa bouche sur la mienne.

— Encore ?

Je me mords la lèvre.

— Tu es un hors la loi insatiable.

— Ça te pose un problème ?

— Vraiment pas.

J'entoure son cou de mes bras quand son téléphone sonne.

Il se renfrogne en roulant vers la table de nuit.

— Peu de gens ont ce numéro, je ne devrais pas ignorer un appel.

— Sawyer, dit-il en appuyant sur le bouton pour répondre.

— Tu veux bien me dire pourquoi ma moto est garée devant chez Denise ?

C'est la voix de Liam et je m'assieds tout de suite, bien droite. Je me sens coupable comme une lycéenne surprise en train d'embrasser un garçon dans le placard du concierge.

— Parce que nous sommes toujours au lit. Et nus.

Il y a une pause, puis Liam dit :

— C'est certainement plus d'informations que ce qu'il me fallait savoir.

J'essaie de ne pas rire.

— Il s'avère que c'est ma femme.

J'entends Liam prendre une brève inspiration.

— Tu te souviens ?

— En fait, non. Pas la moindre petite chose. Apparemment, c'est vrai. Pour le moment, je profite de mon ignorance voluptueuse. Ou du moins, je le faisais, jusqu'à ce que tu nous interrompes.

Liam soupire.

— Clairement trop d'informations.

— Tu es dehors ? demande Mason. Parce que tu aurais pu tout simplement frapper à la porte.

— Je me suis inquiété. Au cas où tu aurais tout oublié à nouveau. Ce serait dommage de perdre une aussi belle moto.

— Au contraire, je me sens remarquablement conscient de moi-même.

— Hmm, hmm. Ryan demande que vous rameniez vos culs au bureau.

Il me fait un clin d'œil.

— Nous avons des soucis avec le professeur, il faut croire.

— On arrive ! lancé-je avant de lui donner une tape sur l'épaule.

Il rit et, bientôt, il raccroche.

— Je crois qu'on l'a choqué, dis-je.

— J'en doute.

Je hausse les épaules.

— Je ne sais pas. J'adore Liam, mais je ne suis pas certaine qu'il sorte avec beaucoup de femmes. Je ne l'ai jamais entendu en parler, en tout cas. D'un autre côté, son meilleur ami est Dallas Sykes, alors je doute que Liam puisse être choqué par quoi que ce soit.

— Il a peut-être un amour secret, caché quelque part, ajoute-t-il en me tirant hors du lit. Mais je ne veux pas parler de Liam alors je suis nu avec toi sous la douche.

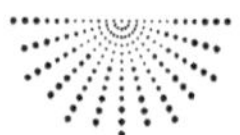

CHAPITRE DIX-HUIT

— Tu as retrouvé la mémoire, dit Ryan en gratifiant Mason d'une tape dans le dos alors qu'il s'assoit à côté de Denny. C'est incroyable. Comment est-ce arrivé ?

— Les rumeurs vont vite, répond Mason, le regard posé sur Liam. J'ai seulement dit que je connaissais mon prénom. C'est tout.

Liam s'installe confortablement, clairement imperturbable.

— C'est un début.

— Comment t'en es-tu souvenu ? demande Quincy.

Mason réprime un sourire en se souvenant de son prénom dans la bouche de sa femme, au moment de l'orgasme. À côté de lui, Denny fait défiler ses messages de la main gauche pendant que la droite est posée sur sa cuisse. Elle resserre les doigts en un avertissement peu subtil.

— C'est une chose que Denny a dite.

Il sourit à l'équipe.

— Ça a fait *tilt*.

Il pose sa main sur la sienne avant qu'elle puisse la retirer, afin de garder le contact.

— Il espère trouver d'autres pièces du puzzle, dit Ryan. Pour ce qui est de la réunion d'aujourd'hui, nous avons besoin…

— Excusez-moi, dit Denny en glissant sa chaise vers l'arrière, libérant sa main.

Il est debout, lui aussi, poussé à l'action par l'inquiétude sur son visage.

— Je viens de recevoir un appel du système de Cerise. Quelqu'un est sur sa propriété maintenant.

— Allez-y, dit Ryan. Vous nous ferez un rapport plus tard.

Ils acquiescent tous les deux et se précipitent vers le garage. Ils sont venus sur la moto de Liam, ce qui s'avère un heureux hasard compte tenu de la circulation matinale.

— Il faudra que je m'en achète une, dit Mason en descendant de la moto chez Cerise, où la police de Los Angeles est déjà garée.

Cette fois, Cerise ne sort pas pour les accueillir, et quand ils frappent à la porte, une ombre passe derrière le judas avant que le verrou ne s'ouvre. Au même moment, une voiture dérape pour s'arrêter devant la maison et Denny se retourne d'un bloc. Mason remarque que la main de sa femme s'est posée sur son arme.

— J'espérais que vous seriez là avant moi, dit Peter en accourant. Dites-moi que le système vous a notifiés directement et que vous n'êtes pas là parce que Cerise vous a appelés, terrifiée, comme elle l'a fait avec moi.

— C'est le système, le rassure Denise. Il a aussi prévenu la police.

— La police est dans le jardin, dit Cerise en mordant sa lèvre inférieure, s'avançant devant la maison. Deux policiers. Mais le mec est déjà parti.

— Tu as la vidéo ? demande Peter à Denny.

Elle acquiesce.

— Je peux la télécharger sur mon téléphone, mais ce sera plus clair sur l'écran de Cerise. On peut entrer ?

— Hein ? Oh, oui, bien sûr.

Cerise recule, puis leur fait signe de la suivre.

Le système est programmé pour être diffusé par le centre hi-fi de la maison de Cerise. Sous les yeux de Mason, Denise allume la télévision, sélectionne le bon canal, puis rembobine la vidéo.

— Je la mets quarante secondes avant le temps de l'alerte que j'ai reçue, explique-t-elle. Voyons ce qui se passe ensuite.

— Il y a clairement une amélioration sur l'angle de vue, dit Mason quand l'image apparaît à l'écran. Il n'y a plus d'angles morts. Vous voyez ? Là. Il y a un mouvement dans les buissons.

— Je le vois, répond Denny en allant se tenir près de lui.

— Regardez ! s'écrie Cerise en pointant la silhouette d'un homme qui grimpe la pente inclinée sur la propriété derrière sa maison.

Le soleil est bas à l'horizon et la végétation rend les environs encore plus sombres. Alors qu'il gravit la colline, la lumière devient plus nette et les traits de l'homme plus clairs.

Denny se tient près de Mason. Leurs bras se frôlent pendant qu'ils étudient l'enregistrement. Soudain, quand l'homme lève les yeux et que la caméra le capte, il sent sa réaction à côté de lui. C'est le *visage*.

L'intrus de Cerise n'est autre que l'homme de la boîte de nuit. Pire encore, c'est l'homme qui a agressé Denny, lui laissant une longue entaille sur laquelle elle presse la main.

Derrière lui, Peter parle à Cerise.

— Tu le connais ? Est-ce que c'est l'homme que tu avais déjà vu ?

Mason écoute seulement à moitié. Comment pourrait-il entendre quoi que ce soit par-dessus la rage qui bouillonne en lui ?

Il se tourne pour rencontrer le regard de Denny. Elle ne semble pas apeurée. Au contraire, elle a l'air furieuse.

À ce moment précis, il comprend qu'ils pensent la même chose. Ils vont trouver le *visage* et ils feront le nécessaire pour tirer cela au clair.

Il faut du temps pour calmer Cerise. Elle ne veut pas quitter sa maison, mais elle ne souhaite pas rester seule, et Peter lui assure qu'il passera la nuit avec elle. Ou aussi longtemps qu'elle en aura besoin.

— Nous allons mettre une équipe à l'extérieur de la propriété aussi, ajoute Denny. Ils dissuaderont les intrus et seront les premiers à intervenir en cas de besoin.

Cerise hoche la tête.

— Merci. Je pense que je me sentirai mieux. Au moins quelques jours.

— Je vais ouvrir une bouteille de vin, suggère Peter en lui faisant une accolade. Je raccompagne Jack et Denise.

Sur le trottoir, en revanche, son attitude change du tout au tout pour se transformer en une fureur folle.

— À la minute où je saurai qui joue avec elle…

Il s'interrompt, puis inspire et les regarde.

— Qui est ce connard et qu'est-ce qui se passe ?

— C'est une bonne question, dit Denny, le visage marqué par une détermination sombre et sévère.

Elle rencontre le regard de Mason.

— Nous allons le découvrir.

— Le découvrir ?

Peter arque un sourcil.

— Merde, Denise, j'ai vu ton visage. Vous savez quelque chose, tous les deux. Vous l'avez déjà vu. Qui est-ce ?

Elle allait répondre, mais Mason intervient.

— Quand nous le saurons, nous te le dirons.

Peter dévisage Mason, puis il capitule.

— Bien, d'accord, fait-il dans un soupir. Je veux qu'elle se sente en sécurité, ajoute-t-il en les pointant du doigt, tous les deux. Appelez-moi.

Dès qu'il disparaît dans la maison, Denny hausse un sourcil.

— J'ai travaillé avec lui. C'est un agent solide.

— Ça ne veut pas dire que nous devons le mettre dans la confidence. Ce n'est pas sa mission, ajoute-t-il devant son air étonné. En plus, je ne crois pas que Monsieur Visage ait un quelconque rapport avec Cerise.

Elle approuve.

— Je pensais la même chose. Heureusement que tu l'as remarqué dans la boîte de nuit. Peut-être que son visage t'a paru familier parce que tu l'as vu sur la route, quand nous sommes montés ici, et que ça n'a rien à voir avec ton amnésie.

— Mais…

Il effleure sa propre gorge.

— Oui, c'est vrai. Mon agression.

— Alors, cet homme traque Cerise pour avoir un œil sur toi ou pour attirer ton attention, avance Mason en passant en revue toutes les possibilités dans sa tête.

— Pas forcément. Il veut peut-être attirer *ton* attention. Le message qu'il m'a transmis était pour toi.

Il ressasse cette pensée un moment et secoue la tête.

— Sauf que le premier incident chez Cerise était avant que je fasse partie de l'équipe. Ça n'a aucun sens.

Elle expire.

— Alors, nous allons continuer de fouiner jusqu'à comprendre.

— Je suis d'accord. Au moins, nous avons une photo maintenant.

— J'ai déjà envoyé une copie à Ryan par message. Il a mis les techniciens sur le coup. Avec un peu de chance, nous aurons une touche avant ce soir. Sinon, nous pourrons appeler pour demander une faveur au colonel Seagrave.

— Bien, répond-il, pas étonné qu'elle ait déjà transmis l'image.

Il ne se souvient peut-être pas de son passé avec sa

femme, mais il la connaît maintenant. Il sait que c'est un agent solide comme le roc.

— On retourne au bureau ?

Il secoue la tête.

— Allons travailler de la maison. Je veux prendre mes marques.

Il ne la quitte pas des yeux tout en parlant, à la fois soulagé et ravi lorsque sa perplexité initiale se change en assentiment et – Dieu merci – en joie.

— Tu emménages, lance-t-elle avec un sourire si éclatant qu'il rivalise avec le soleil de Californie.

— C'est la tradition de vivre avec sa femme.

Il hésite, espérant ne pas s'être trop avancé.

— Est-ce que ça te va ?

— Ne sois pas idiot, répond-elle, les yeux rieurs. Je t'embrasserais bien maintenant, mais ce ne serait pas professionnel.

Il jette un œil par-dessous son épaule et remarque que les deux officiers en uniformes retournent à leur voiture.

— Je reporte volontiers à plus tard. Je te dépose à la maison, puis je vais laisser la moto chez Liam, prendre mon sac avec mes affaires personnelles et je rentrerai en taxi.

— Meilleure idée. Je rentre avec les policiers et tu me rejoins à la maison avec tes affaires. On gagnera du temps. Chez Liam, c'est de ce côté, dit-elle en tendant le doigt avant de se tourner pour indiquer la direction opposée. Là, c'est chez nous.

— Je comprends.

Il caresse la ligne de sa mâchoire.

— Je sais que tu vas vouloir travailler quand j'arriverai, alors je vais te le dire maintenant… Je veux une heure. Libres comme l'air. Une heure entière à ma complète discrétion.

— Est-ce bien raisonnable ? Que va-t-il arriver au cours de cette heure, Monsieur Walker ?

— La nuit dernière, j'ai appris ton corps par cœur et j'ai mémorisé de nombreuses manières de le satisfaire. Puisque j'ai des problèmes de mémoire, je pensais que nous pourrions voir si je me souviens de ce que tu aimes…

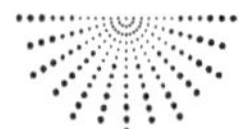

CHAPITRE DIX-NEUF

Alors que mes deux chauffeurs débattent sur les thématiques similaires entre les films *Marvel* et *Star Wars*, je me perds en inquiétudes plus immédiates. En particulier Cerise, le *visage* et le mystère dont Mason est censé se souvenir. C'est assez important pour m'agresser en pleine rue, mais même une action aussi audacieuse ne peut produire de résultats. Pas quand l'information est bien enfermée, sans aucun moyen de l'atteindre.

Aucun moyen sécuritaire, en tout cas.

Je fronce les sourcils en pensant à ce que le colonel Seagrave m'a dit. Essayer d'amorcer la pompe en disant à Mason ce qu'il a pu faire par le passé pourrait le blesser de manière permanente. Puis mes sourcils se froncent davantage quand je me demande comment lui expliquer pourquoi je suis tombée enceinte.

La voiture de patrouille s'arrête devant la maison et je saute à l'extérieur en les remerciant de m'avoir raccompagnée, mentionnant au passage leur discussion passionnante sur les films. Le chauffeur rit et je leur fais signe quand ils s'éloignent.

Plutôt que de rentrer à la maison, je me dirige vers le garage indépendant, au bout de notre longue allée. Puisque je vis seule depuis un moment, j'ai pris l'habitude de manger à l'extérieur ou de commander. Mason est le cuisinier officiel du couple. Moi, je peux me contenter de fromage et de biscottes si c'est plus rapide.

Ce soir, j'ai envie qu'on fasse le dîner ensemble. C'est la raison pour laquelle je vais dans la voiture. Je recule prudemment pour m'assurer que la petite fille des voisins n'a pas laissé son tricycle dans notre allée et je me dirige au coin de la rue, vers l'épicerie la plus proche.

Puisque je ne suis pas magicienne en cuisine, il me faut un moment pour naviguer entre les rayons. C'est frustrant, parce que je veux être rentrée avant Mason. Pourtant, je réussis assez vite à sortir avec deux sacs en toile remplis de steaks, de pommes de terre, de brocolis et d'une bouteille de vin assez chère. J'ai ajouté de la crème glacée à la vanille et des cookies, un plaisir coupable du début de notre relation.

Je pose mes sacs sur le sol de la voiture et je me surprends à chantonner. Je ne pense pas avoir chantonné sans raison depuis le départ de Mason. Cette nouvelle sensation de paix et de bonheur me permet de réaliser à quel point il m'a manqué. En même temps, ça me rappelle tout le chemin que nous devons toujours parcourir.

Les sourcils froncés, je cesse de fredonner. Et s'il ne s'en souvenait jamais ? Et si c'était un nouveau départ et que nous recommencions tout depuis le début, avec aucun souvenir parce qu'il ne s'en souvient pas et que je ne suis pas autorisée à lui en parler ?

J'ai des boîtes pleines de souvenirs et des milliers de photos numériques. Je déteste l'idée de ne pas pouvoir les partager avec lui, ou notre enfant à naître.

Je laisse échapper un souffle tremblotant, et quand j'arrive à la maison, je suis d'humeur plus maussade. J'ignore le garage et je me gare dans l'allée avant de traverser la pelouse avec mes deux sacs dans les mains.

Mon esprit est tourné vers Mason, et la première chose à laquelle je pense quand je vois quelqu'un sous le porche, c'est que Mason est arrivé le premier à la maison.

Cette pensée dure moins d'une seconde, car l'instant d'après, je laisse tomber mes sacs et je tends la main vers mon arme, rangée dans son étui sous ma veste. Parce que ce n'est pas Mason, c'est le *visage*.

Les courses m'ont coûté du temps de réaction, malheureusement, et il a dégainé son arme avant moi. Cette fois, ce n'est pas un couteau, c'est un revolver. J'entends le coup en même temps que je sens la brûlure dans ma poitrine, juste au-dessus de mon sein.

J'en ai le souffle coupé, mon corps chancelle et je baisse les yeux, m'attendant à voir une affreuse blessure par balle. Au lieu de ça, je découvre une fléchette avec des plumes.

Une arme tranquillisante ?

Oh, Seigneur. Le bébé...

Une panique froide s'empare de moi et je me force à la contrôler, déterminée à me fier uniquement à mon entraînement. Je me tourne vers ma voiture avec l'intention de m'enfermer à l'intérieur, prendre mon arme de secours et envoyer un signal à l'Agence. Ensuite, je défendrai l'espace clos jusqu'à ce que Mason ou quelqu'un d'autre arrive et maîtrise cet enfoiré.

Je n'y arrive pas. Mon esprit essaie de mettre mes jambes en mouvement, mais elles refusent de coopérer. En pensée, je pique un sprint. Dans les faits, je m'effondre sur la pelouse épaisse devant ma maison.

Je me trouve face contre terre, incapable de voir quoi que ce soit, incapable de faire quoi que ce soit. Ensuite, on me retourne, une sensation terrifiante et bizarre, comme si je ne pouvais même pas sentir les mains sur moi. En revanche, je peux voir le ciel de l'après-midi, ainsi que les traits affreux du *visage* qui me regarde. Une tête ronde au nez proéminent et aux yeux chassieux. Il y a de la crasse dans les pores de sa peau et je peux sentir son haleine, un mélange de poisson pourri et d'oignons. C'est une image de cauchemar et je ne sais pas ce qu'il me veut. Ou plutôt, ce qu'il veut à Mason.

Dis-lui qu'il doit se souvenir.

Il doit rendre ce qu'il a pris.

C'est ce qu'il m'a dit à la boîte de nuit et c'est ce qu'il me répète maintenant. Je veux lui crier que je ne comprends pas, que je ne sais pas de quoi il parle et que Mason n'en sait pas plus. Je n'arrive pas à crier. Ma gorge ne fonctionne pas, et même ma respiration est lente et laborieuse.

Est-ce que je meurs ?

— Dis-lui, murmure le *visage* avant de se pencher sur ma gauche pour faire quelque chose.

Il me touche ? Je ne sais pas. Je ne le sens pas et je ne peux pas non plus tourner la tête.

— Dis-lui de regarder et de voir, ajoute-t-il avant de se redresser.

C'est à ce moment que j'entends le crissement des pneus, la voix de Mason qui m'appelle et des bruits de pas. Le *visage* est debout à côté de moi, un pied de chaque côté de ma taille.

Je ne vois pas Mason, mais je sais qu'il est là. Le soulagement déferle à travers moi comme du vin. Il va attraper ce connard, puis Quincy opérera des miracles avec son détecteur de mensonges, ses médicaments et autres astuces pour obtenir des réponses. Tout va bien se passer.

Je dois seulement tenir assez longtemps.

Je dois combattre l'obscurité qui s'immisce dans ma vision périphérique.

— Denny !

Mason crie de nouveau, quelque part sur ma gauche. Puis j'entends un hurlement viscéral :

— Non !

Je vois le *visage* se planter une aiguille dans son propre cou. Il me sourit.

Ensuite, je ne vois rien d'autre, parce que les ténèbres se sont emparées de moi. La dernière chose que j'entends, c'est le cri d'angoisse de Mason qui m'appelle, encore et encore.

CHAPITRE VINGT

Un tranquillisant ? C'est ça. Vous êtes sûr ?

Les tests sont toujours en cours, mais pour le moment, les résultats du labo ne montrent qu'un tranquillisant dans son sang. Tu peux aussi voir qu'elle revient à elle.

Vraiment ? Je reconnais les voix de Mason et du colonel Seagrave, mais je suis toujours un peu confuse sur la signification. Quelqu'un m'a droguée. Cette partie me semble assez claire. Et...

Le *visage*. Et les courses. Et...

Mais enfin, pourquoi l'a-t-il endormie ? Pour qu'elle ne puisse pas le voir quand il se tuerait ? Et c'est quoi, le truc avec le téléphone ?

Je cligne des yeux, le monde revient comme si quelqu'un ouvrait et fermait les stores. Que veulent-ils dire par *se tuer* ? Et quel téléphone ?

J'ouvre la bouche et je murmure :

— Mason.

Ou peut-être que je ne dis rien du tout, parce que personne ne semble m'entendre.

Mason, s'il te plaît. Nous y travaillons.

Je veux que l'Agence travaille aussi sur le dossier. C'est son équipe maintenant. Ils méritent d'être informés.

J'ai déjà parlé avec Messieurs Stark et Hunter. Une équipe de l'Agence reçoit toutes les informations.

Le soulagement me réchauffe. Je ne sais pas ce qu'il se passe, mais je suis contente que mes amis travaillent aussi dessus.

Regardez.

C'est la voix de Mason et il n'est pas loin. Si proche.

— Denny ? Denny, c'est moi. Tu peux te réveiller ?

Je veux lui dire que j'en suis capable. Avant, j'avais l'impression de rêver, mais je suis éveillée maintenant. Je me sens si lourde. Même mes paupières me semblent peser une tonne.

— Laissez-lui un moment, dit le colonel Seagrave. Il va lui falloir un moment avant d'arriver à surnager.

Il a raison et la métaphore est bonne. On dirait que je bats des pieds vers la surface, je halète en revenant à la réalité. Mes yeux s'ouvrent et je vois Mason qui me fixe, inquiet, puis soulagé.

— Merci, mon Dieu, s'exclame-t-il en me prenant la main.

— Le *visage*. Il m'a injecté un tranquillisant ?

— Oui.

Seagrave fait rouler son fauteuil à côté de Mason.

— Bienvenue parmi nous.

— Seulement un tranquillisant. C'est dangereux ?

Je pense au bébé. Pitié, pitié, faites que le bébé n'ait rien.

— Seulement un tranquillisant, confirme Seagrave.

J'acquiesce, rassurée. Je connais suffisamment les armes pour ne pas être inquiète pour une fléchette tranquillisante.

— Mais pourquoi ? Est-ce qu'il voulait seulement partir sans encombre après m'avoir donné son message ?

Mason et le colonel échangent un regard.

— Quel message ? demande Mason.

— Le même que le précédent, leur dis-je. Que tu dois te souvenir. Que tu dois leur rendre ce que tu leur as pris.

Une fois de plus, ils se regardent.

— Allez, dites-moi ce que vous savez.

Mes forces me reviennent, la torpeur s'amenuise. Je me soulève jusqu'à me retrouver assise dans le lit d'hôpital. Puis je regarde autour de moi et, pour la première fois, je remarque que je suis dans l'ancienne chambre de Mason.

Le colonel Seagrave hoche la tête. Légèrement, mais ça me suffit. Mason se concentre sur moi.

— Il y a deux choses que tu dois savoir. Premièrement, le *visage* est mort.

— Pardon ? Est-ce qu'il a essayé de s'échapper ? Parce que nous devions parler...

— Suicide, précise Mason. Il s'est injecté du cyanure.

Je reste bouche bée, sans voix pendant un instant.

— Pourquoi a-t-il fait ça ?

— Une question parmi tant d'autres, ajoute le colonel.

Je les regarde tous les deux en attendant qu'ils me disent le reste des questions. Et surtout les réponses.

Au bout d'un moment, Mason hausse une épaule, manifestement impuissant.

— Il t'a laissé un téléphone. Dans ta main. Un smartphone sans rien dessus.

— Oh.

J'essaie de comprendre, mais rien n'a de sens.

— Vous avez essayé de refaire le dernier numéro ? Vous avez vérifié les e-mails ?

Ils me fixent sans sourciller. Évidemment qu'ils l'ont fait.

— Il est ici ? demandé-je.

Mason pointe la table de nuit où se trouve un smartphone jetable en veille, à côté d'une carafe en plastique rose remplie d'eau glacée.

— Je peux regarder ?

Il lève un sourcil, mais il ne proteste pas. Je comprends que je suis ridicule, je ne verrai rien qu'ils n'ont pas déjà vu. Mais ça ne m'enlève pas cette envie irrépressible et dès qu'il pose le téléphone dans ma main, je soupire.

Aussitôt, je pousse un cri, parce que l'appareil vibre dans ma main.

— Qu'est-ce que tu as fait ? me demande Mason, mais je secoue la tête.

— Rien. Je… regarde. C'est un message.

Ils se rapprochent et nous lisons ensemble le message.

La première partie est un enchaînement de symboles chimiques que mon pauvre niveau de science ne peut déchiffrer. Je n'en ai pas besoin, cela dit. Tout est clair dans les mots qui suivent.

C'est dans son sang.

Une période d'incubation de 72 heures.
Donnez-nous la clé de déchiffrement.
Nous lui donnerons l'antidote.
Répondez quand vous aurez la clé.

Mon sang.

Mon sang, mon bébé. Oh, Seigneur.

Je me dis que ça va. Ce n'est peut-être qu'une menace. Une tactique pour m'effrayer. Après tout, d'après l'équipe du centre, ce n'est qu'un tranquillisant.

Mais au fond, je sais que ce n'est pas vrai. Peu importe quelle est la toxine, elle est là. Les techniciens médicaux ne l'ont tout simplement pas trouvée dans mon sang.

Si nous recevons l'antidote à temps, le bébé et moi irons bien.

C'est ce que je me dis, en tout cas.

Je ne sais pas vraiment si c'est vrai.

Avec la clé de déchiffrement enfouie dans la tête de Mason, il y a un risque que nous ne le sachions jamais.

— Il ne devrait pas faire ça, dis-je en regardant dans la salle de conférence par une vitre sans tain.

La peur me dévore… Pour moi, pour mon bébé, pour Mason.

— Il n'a pas le choix, avance Quincy en posant une main sur mon épaule afin de m'empêcher de faire les cent pas.

— On a toujours le choix.

— Il a fait le sien, dit Liam.

Je me tourne pour regarder mes amis, les yeux remplis de terreur.

— Et si ça le brisait ?

Aucun des deux hommes ne répond. Ce n'est pas nécessaire. Mason m'aime. Si le seul moyen pour retrouver la clé de déchiffrement est de forcer ses souvenirs, alors c'est ce qu'il va faire, même si le risque est élevé. Même s'il risque de tout oublier. Ou pire.

Je pense à ce que Mason m'a dit. À propos des vidéos des autres agents forcés de faire face à leurs souvenirs trop tôt. Des hommes qui ont complètement déraillé.

Pitié, pitié, faites que ça n'arrive pas à Mason.

De l'autre côté de la salle de conférence, il est assis sur une chaise à roulettes. Il porte un t-shirt et différentes bandes autour du torse et de la tête, toutes reliées à différents moniteurs. Un ordinateur est posé devant le docteur Tam.

Les bras de Mason sont attachés et il ressemble à un prisonnier. Quelqu'un qui s'apprête à subir un interrogatoire. Cette illusion est renforcée par les deux intraveineuses plantées dans son bras. L'une des deux contient un sédatif à effet rapide pour que le médecin puisse l'assommer s'il commence à entrer dans une zone dangereuse. L'autre contient un composant semblable à la sérotonine qui doit le maintenir au calme pendant qu'il traverse le processus de stimulation de la mémoire.

— Des pensées heureuses, lui a demandé le docteur Tam avec un demi-sourire ironique. Pensez que nous forçons des pensées heureuses.

Ce n'est pas exactement une explication médicale élaborée, mais je comprends ce qu'elle veut dire. L'amnésie a été produite par une sorte d'horrible traumatisme. Pour faire ressurgir les souvenirs enfouis, Mason doit trouver un moyen de contourner ce traumatisme. Ce qui veut dire ne pas retourner dans l'état mental qui l'entoure et créer, à la place, une porte « heureuse ».

C'est bien joli, en théorie. En pratique, ça semble assez hasardeux.

— Je ne peux pas le perdre à nouveau, dis-je.

Liam vient me rejoindre près de la fenêtre.

— C'est pour ça qu'il le fait. Parce qu'il ne peut pas vivre sans toi non plus. C'est ce qui va arriver s'il n'obtient pas l'antidote.

J'essuie une larme et hoche la tête. Soixante-douze heures. C'est la fenêtre qu'ils ont pour l'obtenir. Après cela, il n'y a aucun remède et je serai morte dans la semaine.

C'est ce que l'équipe médicale me dit, en tout cas. Tout bien considéré, je n'ai pas de raison de douter d'eux.

Il ne s'agit pas que de moi, bien sûr. La toxine dans mon sang est encore inconnue. C'est une menace pour la sécurité nationale. Même si j'étais en parfaite santé, je sais que Mason serait quand même assis sur cette chaise, prêt à se sacrifier pour sauver le monde.

Dans la pièce, le docteur Tam commence à lui parler, sa voix calme et égale. Puisqu'elle ne sait pas exactement ce qu'il a vécu, elle l'a hypnotisé dans l'espoir de faire ressurgir plus facilement ces souvenirs enfouis. J'espère seulement que les souvenirs ne s'avéreront pas dangereux.

Elle a reçu toutes les informations du colonel Seagrave et elle commence à décrire la mission, évoquant certains détails qu'elle ignorait jusqu'alors. Tout comme Quincy, Liam et les autres dans l'équipe Stark. Je suis reconnaissante que le colonel ait donné les autorisations à tout le monde. J'ai besoin du soutien de mes amis. Et de leur aide.

La mission consistait à infiltrer un groupe de mercenaires international connu sous le nom de *La Guerre Rouge* pour relayer des informations sur leurs diverses activités, surtout dans l'armement et le trafic de drogue. L'insertion s'est avérée un succès, et Mason a été capable de gagner la confiance d'un groupe de commandants de haut-rang. Ces derniers ont fini par lui confier un projet secret en plein développement.

Tout cela, le centre le sait d'après les rares rapports de Mason et les dépôts de colis. Pendant que le docteur Tam lui parle, les signes vitaux de Mason restent normaux.

Je regarde Liam et Quincy, essayant de garder mon optimisme. Parce que cela veut certainement dire que tout se passe bien. Cela veut certainement dire que nous aurions pu le faire dès le départ et qu'on a maintenu Mason dans l'ombre par excès de prudence.

Sous mes yeux, docteur Tam le guide sur le sentier de la mémoire et Mason décrit le quotidien de son travail. Les horreurs dont il a été témoin, auxquelles il a même participé pour assurer sa couverture. Je comprends le travail et ce qu'il implique, alors je ne suis pas choquée. Je sais aussi que vivre trop longtemps avec la pègre peut ternir un homme et je ne veux pas que Mason y retourne. Pas après ça.

Je regarde Quincy. J'ai envie de lui demander s'il pense que Ryan pourrait embaucher Mason à l'Agence, mais je me ravise. Pour le moment, je dois seulement arriver au bout de cette journée.

Enfin, le docteur Tam conduit Mason à sa dernière communication. Il a découvert quelque chose d'atroce dans son travail et il signale qu'il va transmettre plus de détails. Les détails ne sont jamais arrivés. Au lieu de ça, Jack Sawyer s'est réveillé à Victorville.

— Commençons par le camion et revenons en sens inverse. Vous vous souvenez d'avoir été jeté d'un camion ?

— Oui.

— Est-ce que vous vous souvenez d'avoir été placé dans ce camion ?

— Non.

Les lignes électroniques sur les moniteurs commencent à décrire des pointes. Je prends la main de Quincy et je la serre.

— Parlons-en. Laissez votre esprit revenir en arrière. Avec qui étiez-vous ?

Les pointes redoublent sur le graphique. Mason blêmit.

— Est-ce qu'ils ont dit quelque chose avant de vous mettre dans le camion ?

Son corps commence à trembler et je retiens ma respiration.

Une autre question, une autre et encore une autre, mais pas de réponses. À chaque question, sa réaction devient plus irrégulière, son corps plus tendu, jusqu'à ce que finalement, le docteur Tam lui demande de se rappeler le visage du responsable de la cellule avec qui il a été proche.

Un cri primal, rauque et sauvage, jaillit de la gorge de Mason et il se lève, la tête entre ses mains, son visage grimaçant de douleur, pendant que les tubes de son intraveineuse s'agitent dans tous les sens. Bientôt, il tombe sur le sol et se recroqueville sur le carrelage, se balançant tout en gémissant.

Son cri continue de faire écho, ou du moins c'est ce que je crois. Au bout d'un moment, je prends conscience que c'est moi.

— Ça ne sert à rien, annonce le docteur Tam dans l'interphone, après lui avoir donné plus de sédatifs et l'avoir aidé à se remettre dans la chaise. Pour le moment. Je ne vois aucun signe de dégâts permanents ni de régression, mais il a besoin de se remettre avant de réessayer.

— Elle ne peut pas réessayer, dis-je au colonel Seagrave qui vient de nous rejoindre dans la zone d'observation. Vous n'obtiendrez rien et ça va le détruire.

— C'est une période charnière, annonce Seagrave, songeur. Juste avant qu'ils le jettent à Victorville, il a appris quelque chose. Quelque chose de dangereux et d'important. Nous devons savoir ce que c'est.

Nos regards se croisent.

— Pas seulement parce que nous devons vous sauver. Il y a plus de choses en jeu qu'une femme, même une femme en qui j'ai confiance et que j'admire. Puisque la toxine dans votre sang est un agent que nous n'avons jamais vu auparavant, nous devons présumer qu'il est au cœur d'une attaque biologique. Nous devons savoir ce qu'ils ont prévu, quand et comment.

Je sais tout cela. Bien sûr que je le sais.

— Nous devons réessayer, déclare froidement le colonel. Nous allons continuer à essayer jusqu'à ce que nous ayons des réponses. Ou jusqu'à ce que nous ne puissions plus essayer.

CHAPITRE VINGT-ET-UN

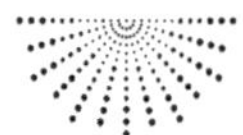

Mason fait les cent pas dans la petite suite que le centre leur a donné pour la nuit, à lui et à Denny, un ensemble de chambres que les agents sur le terrain ont le droit d'utiliser lors des missions locales. Le colonel Seagrave a souri quand il l'a proposé en disant que c'était la moindre des choses. Après tout, l'heure continue d'avancer et Denny et lui ont besoin de repos. Ce n'est pas nécessaire de retourner jusqu'à Silver Lake.

C'est vrai, mais Mason sait aussi que s'ils avaient refusé cette offre, le colonel aurait insisté. L'information logée quelque part dans sa tête est trop importante pour qu'on le laisse vagabonder. Et puis, même s'ils pensent que la toxine dans le corps de Denny est en sommeil, ils veulent faire des tests réguliers et des prélèvements.

Ce qui veut dire que la suite n'est pas seulement *la moindre des choses*.

Quand bien même, elle est privée et ne dispose pas du système de surveillance mis en place dans l'infirmerie et les cellules. Pour cette attention, Mason est reconnaissant. Il veut que Denny soit dans ses bras. Il veut se retrouver en toute intimité avec elle, qu'ils se perdent l'un dans l'autre, au cas où cette nuit serait la dernière qu'ils passeraient ensemble. Ou du moins, la dernière dont il se souviendrait.

— Je dois dire au docteur Tam d'aller plus loin, annonce-t-il en s'arrêtant devant la table où Denny vérifie les rapports du labo et les relevés chimiques.

Elle referme l'ordinateur portable, visiblement frustrée.

— J'arrive à pirater presque tous les systèmes. J'arrive à dénicher des infirmations dans tous les dispositifs électroniques. Mais je n'arrive pas à comprendre la chimie de ce truc qu'ils ont mis dans mon sang.

Avec un soupir, elle passe une main dans ses cheveux, puis elle lui sourit.

— Désolée, je suis distraite. Qu'est-ce que tu as dit ?

— Le docteur Tam. Je dois lui dire d'y aller plus franchement.

— Pardon ? Non. Nous sommes dans cette salle pour prendre un peu de repos. Pour pouvoir reprendre des forces. Mais ça ne veut pas dire qu'elle doit creuser plus loin. Tu as commencé à craquer, Mason. Si on y va plus fort, ce sera le cas.

— Je dois essayer.

Il tire une chaise près d'elle et s'assoit.

— Soixante-douze heures d'incubation et ta vie est en jeu. Est-ce que tu crois que je vais reculer ?

— Tu dois être intelligent. Si tu pousses trop fort, tu pourrais te perdre dans ton propre esprit.

— Si je ne le fais pas, tu mourras. En plus, ils ont des

projets pour cette toxine. Tu ne seras pas la seule victime et nous le savons tous les deux.

Elle secoue la tête, mais elle n'émet aucune objection. Il a raison, et elle le sait.

— Je suis fort, dit-il doucement en se levant, l'attirant dans ses bras.

Elle secoue la tête.

— Pas assez fort.

Il éclate de rire, puis il essuie une larme qui coule sur la joue de Denny.

— Merci pour le vote de confiance.

Ses lèvres frémissent, mais son sourire manque de chaleur.

— Je ne supporte pas l'idée de te perdre. Alors que…

Elle s'interrompt en secouant la tête.

— Que tu viens de me retrouver ?

Elle hésite, puis elle acquiesce et il a envie de lui demander ce qu'elle lui cache. Il se ravise et se contente de l'embrasser.

— C'est ce que je ressens, moi aussi. Et je veux faire tout ce qui est en mon pouvoir pour te garder. Avec un peu de chance, je serai de retour tout entier.

— Mason… commence-t-elle en glissant de ses genoux pour arpenter la chambre avec nervosité. Tu dois savoir…

Des coups retentissants contre la porte l'interrompent et ils se tournent tous les deux dans cette direction.

— Infirmier, lance une voix grave.

Denny fronce les sourcils.

— Entrez.

Mais elle grimace en regardant Mason et elle ajoute :

— Et c'est reparti.

Un infirmier, en jean et blouse d'hôpital verte, fait son entrée. Il jette négligemment le dossier de Denny sur la table avant de préparer ses fioles. Denny a déjà pris place dans un petit canapé, dans la partie salon de la suite, et il se dirige vers elle tandis que Mason reste près de la table.

Il a assisté à des dizaines de prises de sang et on lui en a prélevé suffisamment pour qu'il puisse ouvrir sa propre banque de sang. Malgré tout, il a horreur de ce genre de spectacle et il préfère baisser les yeux, qui se posent sur le dossier de Denny. Il tourne les pages sans grand intérêt, puis il se fige en arrivant aux remarques du médecin.

Analyse de toxines prénatale/amniotique @ 16 semaines : négative.
Toxine sang maternel : Positive.
Tester encore le liquide amniotique après les 72 heures d'incubation.

Il lit la note à nouveau, puis encore une fois, au début avec une ébullition de joie, puis avec un sentiment d'épouvante et de trahison.

Elle est enceinte.

Il va devenir père.

Même si ses pensées lui remontent le moral, la réalité qui les entoure le plombe de plus belle. Pas la réalité de la toxine ni de sa mémoire. L'autre réalité. La réalité plus sombre.

Sa femme, qui prétend l'aimer, a eu des relations sexuelles avec un autre homme il y a six semaines.

Qui ?

La question le ronge, la pensée que sa femme puisse être avec un autre homme bout dans son sang comme un poison.

Il laisse le rapport sur le bureau et commence à faire les cent pas dans la pièce, parcouru par la jalousie et le doute. Il est tombé amoureux de Denny, et pas seulement avant. Il ne se souvient même pas de l'avant. C'est *maintenant*. Ici et maintenant. Pour son intelligence, son humour et son dévouement. Il la croyait loyale, aussi.

Est-il incapable de voir la femme qu'elle est réellement ?

Y a-t-il eu des problèmes dans leur mariage, avant son départ ?

A-t-elle trouvé du réconfort dans les bras d'un autre homme en croyant qu'il était mort ?

Pendant un moment, il s'autorise à y croire, car cette théorie lui apporte un peu de réconfort. Puis il se rappelle ce qu'elle a confirmé avant la première fois où ils ont fait l'amour, quand il était toujours Jack. Elle lui a dit qu'elle savait que Mason était toujours en vie.

Elle savait que lui, ce Mason, se trouvait quelque part sur la planète.

Pourtant, elle a baisé avec un autre.

Bordel de merde !

— Tout va bien ?

Il fait les cent pas si vite que c'est presque du footing.

À présent, il regarde autour de lui dans un état d'hébétude. L'infirmier est parti et Denny est debout, le visage soucieux, comme si elle tenait vraiment à lui. Comme s'il n'était pas le plus grand idiot du monde.

— Quelle importance ?

Elle cligne des yeux.

— Quoi ? Bien sûr que c'est important.

Elle fait un pas vers lui.

— Mason, qu'est-ce qui ne va pas ?

— Je n'ai pas de souvenirs de notre vie commune avant mon retour, dit-il lentement. Je n'ai aucun souvenir de ce que nous avions ou pas. J'ignore si nous nous aimions ou pas.

— Ou pas ? répète-t-elle, les sourcils froncés.

— Tu m'as dit que nous étions amoureux, mais maintenant je ne sais pas. Quelle preuve ai-je vraiment ? Quelle preuve, à part le fait que je suis tombé amoureux de toi maintenant. Ici.

Elle s'humecte les lèvres en le regardant comme s'il était un puzzle commencé depuis longtemps, avec trop de pièces manquantes.

— Je t'aime aussi. À l'époque et maintenant.

— *Arrête.*

Ses mots ont fusé spontanément et il pointe un doigt accusateur vers elle.

— Ne reste pas là, à me dire que tu m'aimes. Ne me mens pas en disant que tu m'as attendu, que je t'ai manqué et que tu étais triste. C'est un mensonge. Alors que tu portes l'enfant d'un autre.

Elle le rejoignait, mais elle s'arrête net, figée sur place, et il comprend qu'il a touché le point sensible. Qu'elle ne s'attendait pas à ce que le secret soit révélé. Bien que ce soit la victoire de la vérité, elle a le goût de la défaite.

— Je suis tombé amoureux de toi, ici et maintenant. Je suppose que c'était seulement Jack. Tu avais déjà écarté Mason du tableau.

Elle secoue la tête.

— Non, tu ne…

— Quoi ? Je ne comprends pas ? Est-ce que tu vas m'expliquer les choses ? Je pense que je comprends bien assez la trahison.

Il ne fait pas les cent pas, mais il fait le tour de la pièce. Il ne veut pas de cette rage, de cette fureur, mais au moins, c'est bien *la sienne*. Il n'a éprouvé de réelles émotions qu'une seule fois depuis qu'il s'est réveillé à Victorville, et c'est quand ils ont fait l'amour. Ce n'était pas de la fureur, à ce moment-là, mais de la plénitude. Des émotions réelles et concrètes. Tout le reste était mêlé à un sentiment de vide, parce qu'il n'était que la moitié d'une personne, son passé abandonné quelque part derrière lui. Dans ses bras, il se sentait entier. Maintenant qu'il est entier à nouveau, c'est pour s'insurger contre sa trahison.

Comme c'est ironique que son amour pour elle puisse à la fois le sauver et le détruire.

— Avec qui ? Quincy ? Avant qu'il soit avec Eliza ? Liam ? C'est pour ça que tu as tant aimé cette douche ?

L'expression impénétrable de Denny se transforme en fureur.

— Ces hommes sont tes amis et tes collègues. Ne t'avise pas de les accuser de cette manière.

Elle a raison, mais il ravale ses excuses, refusant de

céder du terrain. Sa colère le dévore, mais le libère aussi. A-t-il perdu tous ses moyens depuis Victorville ? Est-ce la première fois que la plaie s'ouvre et qu'il laisse la bile sortir ?

C'est peut-être le cas, peut-être que Denny prend plus qu'elle ne le mérite.

Puis il se rappelle qu'elle est enceinte de quatre mois, qu'il a été absent deux ans, et sa rage reprend le dessus.

— Est-ce que c'est Peter ? Tu as couché avec lui ?

— Absolument pas, répond-elle en croisant les bras sur sa poitrine, la tête sur le côté. Est-ce que tu as terminé ? Est-ce que je peux parler ? Dire quelque chose pour ma défense ?

Elle s'exprime calmement, d'un ton égal, ce qui permet à sa fureur de diminuer. Il essaie de s'y accrocher, de s'y cramponner comme à un radeau.

— Est-ce que tu es enceinte ?

— Oui.

— Alors, je ne sais pas ce que tu pourrais dire.

— Je vais commencer par : *tu es un idiot.*

— Je suis… quoi ?

— Un idiot, répète-t-elle. Un idiot qui a certainement besoin de se mettre en colère parce qu'il a le poids du monde sur les épaules en plus de son amnésie, alors je ne vais pas t'en tenir rigueur, commence-t-elle en grimaçant. Peut-être pas sur les commentaires pour Liam et Quincy, par contre. Ça, c'était franchement excessif.

— Je suis désolé ?

Ses excuses prennent une forme interrogative, non parce qu'il n'est pas désolé, mais parce que les mots et le comportement de Denny le rendent perplexe.

— Je suis bien enceinte, idiot. Je suis enceinte de toi.

Il la fixe du regard. Ce qu'elle dit n'a absolument aucun sens.

— Quand tu m'as demandé si Mason était en vie, je t'ai dit qu'il… que *tu* m'avais contactée deux fois. La seconde fois, c'est maintenant. En tant que Jack, je veux dire. La première fois, c'était il y a environ quatre mois. En février. Le jour…

— De notre anniversaire.

Sa voix est presque un murmure. Il se souvient de leur date d'anniversaire.

— Le jour de la Saint-Valentin.

— Tu te rappelles ? Notre mariage ? Cette nuit-là ?

Il essaie de puiser dans sa mémoire, mais non. Tout ce dont il se souvient, c'est la date du quatorze février.

— Je me souviens de la date. Comme je me souviens de Noël.

Avec un soupir, il s'approche d'elle, puis la serre dans ses bras.

— Je suppose que la date est importante pour moi. Je suis désolé, ajoute-t-il en portant la main de Denise à ses lèvres pour lui embrasser les doigts. Je n'aurais pas dû…

— Non, en effet.

Elle sourit, puis elle dépose un baiser au coin de sa bouche.

— Vu les circonstances, je te pardonne.

La culpabilité l'assaille.

— Je le pense. Je suis désolé.

— Je le sais. Maintenant, tais-toi. Que ça ne se reproduise pas. Si tu fais à nouveau quelque chose d'aussi bête, l'issue ne sera pas la même. D'accord ?

— D'accord.

Il inspire. En fin de compte, le soleil brille malgré les horreurs qui les entourent.

— Alors, nous allons vraiment avoir un bébé ?

La joie l'inonde. Père… Va-t-il vraiment devenir père ?

— Oui, lui répond-elle. En supposant que je survive aux prochaines…

Il l'interrompt par un baiser.

— Ce sera le cas, dit-il résolument. Je ne te permets pas d'en douter.

Elle rencontre son regard. La confiance qu'il y voit suffit à le faire fondre.

— Je n'en doute pas, mais parfois, la confiance n'est pas suffisante. Nous avons besoin d'un plan. Nous avons besoin de ces foutues informations.

— C'est la raison pour laquelle je dois aller plus loin. Je dois laisser le docteur Tam me pousser dans mes retranchements. Toutes ces cicatrices dans mon dos. Dans mon cou… Je ne sais pas comment je les ai eues, mais ce doit être lié. Elles sont nouvelles. J'ai été torturé. J'ai volé quelque chose. Tout doit être lié.

— Je suis d'accord.

— Est-ce que je les avais, il y a quatre mois ?

Elle se mord la lèvre inférieure.

— Je ne sais pas.

— Mais je pensais que…

— Tu m'as bandé les yeux.

— Vraiment ?

Elle l'embrasse tout doucement.

— Ne prends pas cet air amusé. C'était… Oh !

— C'était quoi ?

— Je ne peux pas t'en parler. Pas maintenant, ajoute-t-elle, puis elle lui sourit comme un enfant qui garde un secret. Par contre, je pense que ce serait une bonne idée de te le dire en présence du docteur Tam, dans la salle.

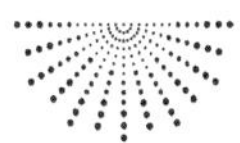

CHAPITRE VINGT-DEUX

Il entend toutes leurs paroles.

Celles de Denny et du docteur Tam.

Elles semblent au-dessus de lui, comme s'il était au fond d'un puits, mais il parvient à les entendre. C'est tout ce qui importe.

Il est sous sédatif, il en est conscient.

Il sait aussi qu'il est hypnotisé.

Plus que tout, il sait que c'est dangereux. C'est en rapport avec le chemin pour y parvenir. Quelque chose qui peut s'effondrer sous ses pieds et qui le mènera dans un endroit où il n'aura aucun moyen de revenir vers lui-même.

Il regarde autour et aperçoit ce chemin. Oui. C'est dangereux. Il y a des mines enfouies partout. Des fils barbelés sur les clôtures. Des tireurs d'élite cachés derrière les rochers.

Il doit avancer lentement et être prudent.

Pourtant, il doit y aller. Parce qu'il va devenir père, et

oh, mon Dieu, n'est-ce pas merveilleux ? Il va être père et il doit protéger son enfant. Il doit le protéger de...

De quoi ?

— Est-ce qu'il y avait une réunion ?

Les voix semblent provenir de l'intérieur de sa tête.

— Vous souvenez-vous d'une réunion où l'on vous disait ce qu'il se passait ? Vous êtes resté avec eux longtemps. Vous deviez avoir leur confiance.

Il regarde par-dessus les rochers où se cachent les tireurs d'élite. A-t-il vraiment gagné leur confiance ? Ou ont-ils toujours eu leurs armes pointées dans sa direction ?

— Une toxine, s'entend-il dire.

Son corps se tend. *Denny.* Elle a reçu la toxine.

— Et la réunion ? Y avait-il une réunion ? Ou êtes-vous tombé sur une information quelconque ?

Sa tête commence à lui faire mal et il sent son corps osciller. Il doit être prudent. Il ne peut pas marcher sur une mine.

— Seulement une réunion.

Il reconnaît la voix maintenant, celle du docteur Tam.

— Il n'y a pas de danger pour vous dans cette réunion. Vous allez bien, très bien. C'était une réunion, n'est-ce pas ?

— Oui. Ils me font confiance. Il n'y a pas de fil barbelé ici. Par contre, il y a un tireur embusqué.

— Prenez de grandes inspirations, dit le médecin. Calmez-vous. Le tireur ne vous fera aucun mal.

— Non.

Il inspire. Encore une fois.

— Je ne sais pas pour lui. Pas encore.

— Qui…

La voix de Denise.

— Chut. Plus tard. Qu'avez-vous appris, Agent Walker ? Que vous ont-ils dit pour la toxine ?

— Ce n'est qu'une question de finances. C'est ce que Jeremy a dit. On croit que c'est un acte terroriste, alors que c'est seulement pour recevoir de l'argent.

— Jeremy ?

— Le tireur.

Son corps se fige.

— Le profiteur. Mon allié, mais il ne l'est pas vraiment. Je ne le sais pas, je ne le savais pas, mais ce n'est pas mon allié.

Il devient aussi froid que de la glace. Il sent le danger.

— Tout tourne mal. Ce n'est pas Jeremy, pas mon coéquipier.

La glace se change en feu qui s'insinue dans son cerveau. La douleur rampe en lui. Des dents acérées assorties de longues serres.

— J'ai besoin de…

— Tout va bien, Agent Walker. Je vous surveille. Prenez de grandes inspirations. Bien. Encore une fois. Nous vous gardons en sécurité. Nous sommes environ un mois avant votre retour, vous vous souvenez. Rien ne vous est encore arrivé. Ne vous inquiétez pas pour Jeremy. Pour le moment, il vous fait confiance.

— Il a un secret.

— Mais vous ne le connaissez pas encore, n'est-ce pas ? Pour le moment, vous êtes sur le chemin, dans le jardin. Où vous conduit le chemin du jardin ?

— À la mort, dit-il froidement. À moins que nous ayons l'antidote, c'est la mort.

Il entend une brève inspiration et, au même moment, le docteur lui dit :

— À moins que ?

— Ils vont contaminer la population. Infiltrer l'industrie du fast-food. Combien paierait le gouvernement pour un antidote ? Le gouvernement, les entreprises, même les individus. Il suffit d'empoisonner la nourriture dans un restaurant de burgers ou au tacos du coin de la rue, et c'est toute la chaîne qui paiera pour que la population soit saine à nouveau.

Il se souvient. On le lui a dit. Ces hommes voulaient qu'il soit à la tête de la cellule américaine. La première cellule, avec le premier lot de toxines. Une démonstration pour le reste du monde. Si le reste du monde se cotisait, ils n'auraient pas à infecter les autres. Le plus gros racket, pour une simple protection.

— Et c'est à ce moment-là que vous avez pris contact avec nous ?

— Non, dit-il d'une voix qui frôle le gémissement.

— Non ? Mason, écoutez-moi. Prenez une grande inspiration. Relâchez votre main, vous allez faire couler le sang si vous enfoncez vos ongles dans votre cuisse aussi fort. Vous êtes toujours en sécurité. Écoutez ma voix. Si vous n'aviez pas encore pris contact, nous avons encore pas mal de temps avant qu'ils ne vous torturent. C'est tout. C'est bien. Vous allez beaucoup mieux. Vous êtes de retour sur le chemin du jardin ?

— Oui.

Cependant, il y a toujours des tireurs d'élite partout.

— Qu'avez-vous fait ?

— Je l'ai contaminée. La formule.

— La toxine ?

— L'antidote. Je n'ai pas eu le temps… Je n'ai pas pu effacer… Je n'ai pas pu détruire… Mais un virus. Un code. Ils ont eu peur… Ils ne faisaient pas confiance à leur propre personnel. Il y a un seul serveur central, une seule sauvegarde. Je faisais le voyage, je venais enquêter sur la ligne d'approvisionnement. Et je savais que je pourrais la voir. Je pourrais m'assurer qu'elle sache. Elle serait mon renfort si les choses tournaient mal.

— Denny ? Ta femme ?

— Ils n'étaient pas au courant. Pas à ce moment-là. Je suis allé la voir. Pour notre anniversaire. Elle ne devait pas savoir que j'étais là. Il fallait pouvoir le nier.

— Vous êtes venu la voir de manière anonyme.

— Je… Oui.

Il s'en souvient. Oh, mon Dieu, il se rappelle comme elle était belle. Combien sa peau était douce.

— Je devais la voir. Je devais lui donner le code.

— Et tu l'as fait.

— Je l'ai fait.

— Ils ne l'ont jamais su.

— Non. Ensuite, j'y suis retourné, je devais y retourner. Il y avait plus à faire pour la mission et je…

Son esprit vire au rouge.

— Mason. Ça va. Prenez de grandes inspirations.

Il aspire l'air goulûment. Il expire. Puis il essaie de relâcher son corps.

— Plus tard, j'ai appris pour Jeremy… que c'était un profiteur… et quand j'ai compris qu'il savait, il…

Il halète, les poumons en feu.

— Il ne m'a pas tué. Ils n'avaient pas la clé de cryptage. Ils ne pouvaient pas me tuer tant qu'ils ne l'avaient pas trouvée.

— Vous l'aviez cachée.

— Oui.

— Avec votre femme.

— Oui.

Un calme glacial s'empare de lui.

— Ils m'ont demandé où je l'avais mise. Ils ont essayé de me torturer pour le savoir. Ils ont failli l'avoir. Ils l'ont presque trouvée.

— Mais ils n'y sont pas parvenus. Qu'avez-vous fait pour les empêcher de découvrir que vous l'aviez donnée à Denny ?

Le froid est paisible, comme de la neige qui tombe sur une plaine.

— Je me suis volontairement brisé.

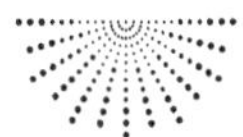

CHAPITRE VINGT-TROIS

— Rien n'a de sens là-dedans, dis-je alors que le docteur Tam éteint l'application de musique sur son téléphone, arrêtant la mélodie harmonieuse de *La Nocturne* de Chopin, qu'elle a utilisée pour rende Mason plus réceptif à l'hypnose.

— Pourquoi cela n'a pas de sens ?

Je tiens la main de mon mari alors que ses paupières frémissent et qu'il revient à lui, ouvrant les yeux comme s'il se réveillait d'une sieste.

— Parce qu'il ne m'a rien donné cette nuit-là. Il a tout juste parlé. En plus, à l'époque, je n'étais même pas certaine que ce soit lui.

Le docteur Tam hausse un sourcil. Tout comme Mason.

Je lève les yeux au ciel.

— Au bout d'un moment, j'ai compris que c'était toi, affirmé-je. Ou je me suis convaincue que c'était le cas. Après tout, je ne pensais pas que Nikki ou Jamie m'enverraient un gigolo. Et j'avais raison… C'était toi.

— Vous venez de le dire.

Le docteur Tam semble toujours sur le point de rire. Je secoue la tête sans trop savoir si je dois être amusée ou frustrée. Cette soirée a été incroyable. Un cadeau surprise de la part de mes amies, un massage soi-disant. Une expérience « d'immersion sensorielle » m'a dit l'employée, ensuite on m'a bandé les yeux. Après… j'ai senti les mains familières sur moi et une voix qui n'était autre que celle de mon mari. Une voix qui devait être la sienne, je le souhaitais éperdument.

Et c'était le cas. *C'était* la sienne.

— Tu te souviens ? demandé-je maintenant. Est-ce que tout t'est revenu ? Tu as dit que tu as caché la clé de cryptage avec moi. Est-ce que tu te souviens d'où exactement ?

Il secoue lamentablement la tête.

— Non, merde, je n'ai pas réussi à le retrouver dans mes souvenirs. Ce n'était pas là. Ce n'était tout simplement pas dans ma tête.

— C'est certainement votre subconscient qui essaie de protéger Denny. Nous avons bien progressé. Nous réessaierons demain. Nous pourrons peut-être aller plus loin.

— Si ce n'est pas le cas ? demandé-je. Il ne me reste pas beaucoup de lendemains.

Le docteur Tam secoue seulement la tête.

— Il a besoin de repos. Je serai de retour à la première heure demain matin.

Nous protestons tous les deux, impatients de continuer, mais en vain. Honnêtement, je suis un peu soulagée. Aussi terrifiée que je sois vis-à-vis de cette toxine qui menace ma vie et celle de mon enfant, il me reste encore des jours pour la vaincre. En revanche, un seul faux pas, une incursion un peu trop poussée, et je pourrais perdre Mason pour toujours.

Ce dernier, cela dit, paraît réellement frustré.

— Nous avons encore le temps de trouver la solution. Nous devons seulement essayer de penser comme toi, lui dis-je.

Il affiche un rictus.

— Pour le moment, tu connais mon ancien moi mieux que quiconque, alors dis-moi. Qu'est-ce que j'aurais pu faire ?

J'expire, puis je vais dans la chambre de la suite. Je monte sur le lit et je serre un oreiller dans mes bras. C'est ma position préférée pour réfléchir.

— Nous savons que c'est une clé de cryptage, dont tu t'es servi pour donner un bon rhume de cerveau à leur système informatique.

Mason roule les yeux.

— Je me souviens de ce film, dit-il.

Sa remarque me rend folle de joie. Parce que *Independance Day* était l'un de nos préférés lors de nos soirées « pop-corn, vin et film » les vendredis soir. Le genre de fiction que nous aimions tous les deux, mais que nous pouvions tout aussi bien rater si nous étions distraits.

Mais ce n'est pas le moment de plonger dans cet aspect de sa mémoire, alors je reste concentrée sur notre énigme.

— Cela devait être une clé physique, pas quelque chose que tu as mémorisé.

Il acquiesce.

— Oui. Je n'aurais pas pris le risque que ce soit quelque chose de trop court. Et je ne l'aurais pas écrit.

Je réfléchis, puis soudain, je fronce les sourcils.

— Je suppose que tu aurais pu l'écrire. Attends.

Je sors mon téléphone où je conserve une photo de la lettre qu'il m'a laissée après cette nuit-là.

— Tu m'as laissé ça. Désolée, mais si j'étais censée comprendre *salut Denny, je suis un code,* c'est un échec.

Il prend le téléphone et je lis par-dessus son épaule :

Ma chère Denny,

Merci pour cette nuit. Merci d'avoir rempli mon cœur de nouveaux souvenirs, de m'avoir rappelé que certaines choses méritaient que je vive et que je me batte pour elles. Des choses plus brûlantes qu'une étoile filante, et qui durent pour l'éternité.

Je crois que nous nous reverrons, même si je ne peux pas dire quand ni où. Mais je chérirai cette soirée et le plaisir que nous avons partagé.

Ne me cherche pas. N'essaie pas de me trouver. Ne pose pas de questions dont tu ne veuilles pas connaître les réponses.

Pour le moment, hier soir doit nous suffire.

Tendrement,

Le Maître

Il part d'un ricanement moqueur.

— Le Maître ?

— Ne me regarde pas comme ça. C'est toi qui l'as écrit.

— En tout cas, tu as raison. Il n'y a pas de code. Nous cherchons quelque chose qui génère un chiffrement aléatoire sur un disque ou une clé USB, quelque chose de ce genre. Facile à extraire, facile à cacher.

— Je suis d'accord. Quel type de technologies est-ce que tu maîtrises ?

Il penche la tête sur le côté et me lance un regard jusqu'à ce que je comprenne.

— D'accord. Tu ne te souviens pas. Attends. Nous pouvons le retrouver.

J'envoie un message au colonel Seagrave et je m'attends à recevoir sa réponse par le même moyen. Au bout de deux minutes, des coups retentissent à notre porte. Mason sort de la chambre pour aller ouvrir et je reste blottie avec mon oreiller.

— Il y avait un lecteur dans les oreillettes de vos lunettes de lecture.

Je peux entendre le colonel parler à Mason.

— Il y avait aussi une carte Visa avec lecteur intégré, avec votre fausse identité bien sûr.

Il entre plus avant, jusque dans la chambre, et s'arrête au pied du lit. Mason le suit, puis il s'assoit à côté de moi sur le matelas.

— Le docteur Tam vient de me tenir au courant, nous informe le colonel. J'en déduis que vous essayez de mettre à profit le temps que vous avez jusqu'à la prochaine session ?

— Exactement.

— Bien. Je ne peux pas en vouloir au docteur de chercher à protéger son patient, mais…

— Exactement, intervient Mason en le regardant avec tant d'inquiétude et d'amour que mon cœur palpite.

— N'importe lequel de ces objets aurait pu être laissé à l'hôtel, remarqué-je. C'était le loft, au dernier étage du Stark Century. C'est peut-être aux objets trouvés ?

— Il y a peu de chances, mais ça vaut la peine d'essayer, dit Mason pendant que le colonel compose un numéro sur son téléphone.

Alors que le colonel Seagrave demande à Damien de vérifier avec l'hôtel, Mason soulève un point important.

— Je ne l'aurais pas laissé traîner comme ça. Nous savons que je te l'ai donné. C'est ce que j'ai dit, non ?

— Que tu l'avais caché avec moi. Oui.

— Tu ne vis pas dans ce loft. Cela n'a aucun sens que je laisse le code comme ça dans un tiroir. Est-ce que tu avais des bagages ?

— Non. C'était un jour de semaine. L'Agence utilise un sous-sol pour les recrutements et les formations. Je regardais ce que les agents en formation étaient capables de faire.

— Et ?

— J'avais passé une mauvaise journée, dis-je. C'était notre anniversaire. Tu n'étais pas là. J'étais seule. Ensuite, Ryan m'a parlé du massage que Nikki et Jamie avaient prévu pour moi et il m'a demandé de monter au loft.

— Alors, tu avais un sac à dos, un sac à main ou quelque chose ?

— Un sac à main. Je m'en souviens, parce que j'étais allée faire du shopping avec les filles le samedi précédent et nous avions admiré les vitrines de la Saint-Valentin.

Je serre l'oreiller plus fort.

— Je suppose que tout le monde voyait combien j'étais triste.

— D'accord. Alors, j'aurais mis la clé dans ton sac à main.

— Sauf que je n'ai pas trouvé de carte de crédit perdue, de lunettes de lecture ni aucun autre lecteur.

— Pas de nouvelle clé à votre trousseau ? demande le colonel en rejoignant la conversation. C'étaient ses outils d'agent, mais Mason a très bien pu utiliser autre chose.

Je sors du lit et je vais vers mon sac à dos, où je vérifie mes clés. Elles me sont toutes familières.

Je retourne vers les hommes en haussant les épaules.

— Combien de temps as-tu utilisé le sac à main ?

— Seulement quelques jours, avoué-je. C'était un beau sac, mais j'aime mieux mon sac à dos.

— Le code est peut-être toujours dans la poche inté-rieure. Ou caché dans les coutures.

Je hoche la tête lentement. C'est cohérent. De son côté, le colonel fronce les sourcils.

— On y va, n'est-ce pas ? Nous allons vérifier dans mon armoire tout de suite ?

— Je peux envoyer un agent récupérer vos sacs à main.

Mason commence à protester, mais je l'interromps quand quelque chose me vient à l'esprit.

— Pourquoi tu ne l'as pas envoyé directement au colonel ?

Il se frotte les tempes.

— Je ne sais pas. Je ne m'en souviens pas. Je ne m'en souviendrai peut-être jamais.

Il fait les cent pas au pied du lit.

— Peut-être que j'ai pensé que le code ne serait pas en sécurité ? Qu'il serait intercepté ? Je ne sais pas. Il faut aller voir.

Le colonel Seagrave acquiesce.

— Dites-moi où et j'envoie une équipe.

— Non. Denny et moi. Ensemble.

Le colonel se racle la gorge.

— Ce n'est pas une bonne idée. Je dois vous garder en sécurité, le docteur Tam veut retourner dans votre tête demain matin.

— Ma tête sera sur mes épaules à ce moment-là.

— Et pour Denise, la toxine…

— Elle est en sécurité pour le moment, affirme Mason.

Il nous fusille d'un regard autoritaire.

— Je peux vous garder ici, vous savez.

— Mais vous ne le ferez pas, dis-je. Vous savez que nous devons aller vérifier. Et que nous sommes à court de temps.

Pendant un instant, je pense qu'il ne sera pas d'accord. Puis il dit :

— Allez-y. Je vais demander à un agent de vous y conduire. Par contre, revenez avec les réponses.

Nous n'hésitons pas et pendant que notre voiture file

vers Silver Lake, j'appelle Damien pour avoir des nouvelles de l'hôtel.

— Désolé. Rien dans les objets trouvés pour ce mois-là. J'ai regardé dans le coffre-fort et dans l'entrepôt longue durée, au cas où Mason l'aurait laissé à quelqu'un de l'accueil. Rien.

Je ravale un juron, mais je le remercie et j'en informe Mason.

— Cela veut dire, tout simplement, que la réponse se trouve à la maison.

Nous effectuons le reste du trajet en silence. Une idée semble rebondir dans ma tête, mais je n'arrive pas à mettre le doigt dessus. Je ne peux qu'espérer que la clé de cryptage ait été glissée au fond de mon sac à main. La pensée qui m'échappe ne doit pas avoir grande importance, me dis-je quand nous entrons.

Le problème, c'est qu'il n'y a pas de clé dans mon sac à main. Ni dans mon sac à dos.

Pas plus que dans mon armoire.

— Il y a quelque chose, pensé-je tout haut. Une chose que tu as dite ou que Damien a dite, je ne sais pas. Mais un détail me perturbe et je n'arrive pas à savoir quoi.

— Alors, tu es plus douée que moi. Je n'ai pas la moindre idée, qu'elle soit claire ou floue.

Il sort de mon dressing et retourne dans la salle de bain principale. Elle est en désordre, car nous avions commencé à retirer le vieux carrelage avant que Mason ne parte et je n'ai pas souhaité le terminer.

Il me tend la main, je la prends et il me serre contre lui.

— Nous allons nous en sortir, dit-il. Et le reste de la

maison ? Nous le ferons ensemble. Quand nous aurons trop chaud et que nous serons tout poussiéreux à force de travailler, nous prendrons une longue douche savonneuse, nous regarderons de vieux films et nous ferons l'amour.

— Promis ?

Il me pose un baiser sur le front.

— Au moins jusqu'à l'arrivée du bébé. Ensuite, nous allons le nourrir et changer ses couches toutes les quatre heures.

Je ris, puis je relève la tête, en proie à une peur soudaine.

— Est-ce que ça te dérange ?

Il semble perplexe.

— Ça me dérange ?

— Tu te souviens à peine de nous. Maintenant, nous allons avoir un bébé, et…

Il m'embrasse. C'est un baiser intense, puissant et si délicieusement passionné que j'en ai le souffle coupé quand il se retire.

— Non, dit-il avec une telle ferveur que je ne pourrais oser en douter. Ça ne me dérange pas.

Il me caresse les cheveux.

— Mais assurons-nous d'y parvenir.

Je hoche la tête. J'ai beau faire comme si de rien n'était, j'ai une bombe à retardement dans le sang.

Le problème bien sûr, c'est que nous ne savons pas où poursuivre les recherches. Alors, nous atterrissons dans la cuisine. Mason opte pour un jus d'orange, et moi un verre de lait avec du chocolat – boisson que je ne prends jamais, mais qui me semble tout indiquée en ce moment.

— Tout cela n'a aucun sens, dit-il. Je t'aurais dit quelque chose. Donné quelque chose.

Je réussis à ébaucher un faible sourire.

— Tu m'as donné une maison. Un bébé. Ce message.

— Je suis presque certain de ne pas t'avoir implanté la clé de cryptage dans l'utérus, dit-il. Pour la maison, je n'ai pas réussi à t'aider à la rénover avant de disparaître. Et le message…

Il hausse les épaules.

— On dirait seulement une lettre sentimentale.

Je joue avec ma paille.

— J'aime toujours la conserver. La garder. Ça me donne quelque chose à quoi me raccrocher.

Il acquiesce.

— Je devais savoir que tu t'y accrocherais. Ce serait cohérent que je l'utilise pour communiquer. Alors, pourquoi ne l'ai-je pas fait ?

Il avale la dernière gorgée de son jus d'orange.

— La moindre des choses, ça aurait été de te dire de quelle couleur je voulais peindre chaque pièce de la maison.

J'éclate de rire. Bien sûr, c'était son intention. Puis je me fige, parce que ce sentiment persistant vient de revenir.

— Denny ?

— Je pense que j'ai compris. Pas exactement, mais en partie.

Il se renfrogne.

— J'écoute.

— Plus tôt, tu as dit que la réponse était à la maison.

— C'est pour ça que nous sommes ici, mais il n'y a pas

de réponse.

Je recule ma chaise.

— Je pense qu'il y en a une. Viens.

La maison a quatre chambres et nous en utilisons une comme centre des opérations pour les rénovations. C'est là où je l'emmène maintenant.

— Tu ne pouvais pas savoir que j'arrêterais les travaux, lui dis-je. Que je ne pourrais pas supporter de les poursuivre seule. Alors, tu as laissé la clé ici. Tu es venu ici pendant que j'étais au travail et tu l'as cachée. Puis tu m'as laissé l'indice à l'hôtel.

Il regarde les pots de peinture et les nuanciers. Le catalogue des échantillons de moquettes que nous examinions avant son départ. Les planches de parquet que nous devons toujours installer. Les tuiles de carrelage et toutes les autres choses que nous avons collectées, mais que nous n'avons pas encore choisies ni débarrassées.

Il secoue la tête, visiblement dépassé.

— Je ne sais pas, bébé. Les chances que nous la retrouvions ici sont très minces, tu sais. Si tant est qu'elle soit ici.

— Elle est ici, déclaré-je, soudain ivre de bonheur. Tu me l'as dit.

CHAPITRE VINGT-QUATRE

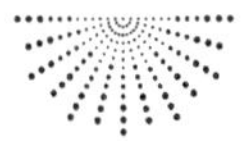

— Je te l'ai dit ?

Mason fixe sa femme du regard. Il a envie de lui dire qu'elle est trop optimiste.

Cependant, il la connaît trop bien. Primo, il ne se serait pas marié avec une femme folle qui s'accroche à un optimisme sans fondement. Secundo, depuis qu'il réapprend à connaître Denny, il s'est à nouveau rendu compte combien elle est intelligente et douée.

Si elle affirme qu'il le lui a dit, alors il a dû le faire. En ces circonstances, le fait qu'il ne s'en souvienne pas ne veut pas dire grand-chose.

— Alors, quand te l'ai-je dit exactement ? Et qu'est-ce que je t'ai dit ?

Elle lui prend la main, puis elle se faufile vers lui pour l'embrasser.

— Tu me l'as dit dans ton message brillant.

Son rire exalté le surprend et fait fondre son inquiétude grandissante. Ils arriveront peut-être à obtenir l'antidote à temps, tout compte fait.

— Veux-tu que je t'explique à quel point tu as été brillant ?

— Oui, dit-il. Vraiment.

— Premièrement, tu t'es surnommé le Maître. Inoffensif, pas vrai ? Mais c'est un indice. Seulement le genre que l'on voit seulement une fois que l'on a compris le second indice. Ils vont ensemble.

Il plisse les yeux.

— Maintenant, tu joues avec moi.

Elle secoue la tête et sort son téléphone, puis elle le lui tend, lui montrant la photo du message.

— *Des choses plus brûlantes qu'une étoile filante*, lit-elle en regardant l'écran avec lui. Voilà un autre indice. *Et qui durent pour l'éternité.* Pris ensemble, ils nous mènent ici.

Elle désigne une étagère, dans un coin, avec au moins deux douzaines de pots de peinture.

Il s'en approche et entreprend de lire les noms sur les pots.

— *Clair de lune. Crépuscule. Étoile filante.*

Il secoue la tête, toujours perplexe.

— Ils ont tous un lien avec la nuit ?

— Bien essayé, mais non. *Qui durent pour l'éternité,* c'est l'indice qui m'a fait penser à la peinture.

Elle sourit.

— Tu ne te rappelles pas, mais avant que tu partes pour ta mission, j'ai râlé en disant qu'on aurait dû attendre ton retour pour acheter la peinture. On ne s'attendait pas à ce que tu sois absent aussi longtemps.

— Et je t'ai dit que la peinture, ce n'était pas comme les œufs.

Il s'en souvient. C'est flou, mais il s'en souvient.

Les yeux de Denny s'agrandissent et elle hoche lentement la tête.

— Oui. Tu as dit…

— … Il y a tellement de produits chimiques dans la peinture qu'un pot bien fermé peut certainement durer pour l'éternité.

Il appuie le bout des doigts sur ses tempes et commence à les frotter.

— Denny, oh mon Dieu.

— Je sais, waouh ! Tu as fait ça. Tu m'as envoyé un message et j'étais trop bornée pour même penser à en chercher un.

— Et quand tu as dit que *Le Maître* était un indice, c'est parce qu'on plaisantait là-dessus, n'est-ce pas ? On se disputait pour les couleurs, pour savoir qui était le maître d'œuvre et à qui reviendrait le choix définitif ?

C'est une question, parce qu'il ne s'en souvient pas vraiment, mais ça lui semble cohérent.

Elle acquiesce.

— Quant à *l'étoile filante*…

Elle tend le doigt vers l'étagère, où trois pots de peinture blanc cassé trônent côte à côte.

— Les murs seront d'un bleu très clair. Tu as dit que ce serait un complément parfait.

— Je n'en reviens pas.

Ses mots sont presque un murmure.

— Peu importe ce que nous cherchons, ça se trouve dans l'un de ces pots.

— Est-ce un souvenir ou une supposition ?

Il lui serre la main.

— Une supposition. Mais je pense qu'elle est bonne.

— Moi aussi.

Ils regardent les pots pendant un moment, puis elle hausse les épaules et attrape un tournevis à tête plate dans la boîte à outils.

— Alors, on ouvre et on vide ?

— Celle-là, dit-il en pointant la plus proche de lui. Tu vois ? On dirait que l'un de nous l'a déjà ouverte.

Elle prend le pot sur l'étagère, puis elle utilise le tournevis pour faire sauter le couvercle.

— C'est seulement de la peinture, dit-elle en jetant un œil à l'intérieur.

— Gaspillons un peu de peinture, répond-il, un seau à la main.

— Avec plaisir.

Elle retourne le pot et la peinture se déverse. Là, dans le flot, un petit sac en plastique émerge, glissant au fond du seau.

À deux doigts, il l'extrait et le dépose sur une feuille en plastique placée sous un chevalet.

— Il y a un autre sac à l'intérieur du sac, dit-elle après être revenue avec une éponge humide pour essuyer la pâte visqueuse.

Prêtant attention à ne pas mettre de la peinture à l'intérieur, ils sortent ainsi cinq sachets dissimulés les uns dans les autres.

— Dis donc, tu n'as pris aucun risque, commente-t-elle.

Il acquiesce en silence. Enfin, ils atteignent l'ultime contenu. C'est un petit appareil.

— Une clé USB.

— Il faut la vérifier ?

Mais il secoue la tête avant de grimacer, sous l'effet d'une légère migraine qui commence à marteler son crâne.

— C'est la clé de décryptage. Je m'en souviens.

***

Mason observe la carte de la région sur le téléphone que le *visage* a laissé à Denny. Une marque indique un point, dans l'est de Los Angeles. Puis il lit le texte qui lui vrille les entrailles. Denny et lui ont discuté du message pendant cinq bonnes minutes avant d'appeler le centre pour leur donner les fameuses informations.

Envoyez la femme et la clé à cette destination.
Seuls.
Si vous la surveillez, elle meurt.
Si vous la suivez, elle meurt.
Si vous désobéissez, elle meurt.
Si vous coopérez, elle sera soignée et elle vous sera renvoyée
saine et sauve.

Quand il a fini de lire, le silence s'installe dans la pièce. Puis une voix sort du téléphone de Mason, sur haut-parleur.

— Et il n'y a pas moyen de travailler en sens inverse et d'obtenir l'antidote à partir de la clé ?

Cette question est posée par le général Montero, un

membre du comité qui supervise le centre. Mason n'a pas apprécié que le colonel Seagrave fasse appel à lui. D'après son expérience, faire intervenir des officiers à la retraite pour superviser des missions spéciales, c'est toujours une mauvaise idée.

— Non, monsieur, répond Mason.

Il a horreur de perdre son temps en revenant sur les mêmes informations.

— J'ai saboté leur ordinateur central. Je n'ai pas volé la formule. Une fois qu'ils auront la clé, ils pourront décrypter la formule, fabriquer l'antidote et le vaccin, et les vendre au gouvernement et aux consommateurs.

— Pourquoi n'ont-ils pas déjà injecté la toxine dans les réserves de nourriture ?

— Ils ont besoin de l'antidote pour que leur plan fonctionne.

Comme il est le seul agent du centre, c'est lui qui parle. Pour le général, Denny n'est qu'une simple civile.

— Ils ne se prennent pas pour des terroristes, poursuit-il. Ce sont des entrepreneurs. Ils veulent créer une menace et faire des profits en offrant une solution. Monsieur, je me rappelle maintenant ce que fait la toxine.

Il inspire, écœuré à la pensée que la toxine attende patiemment son heure dans le sang de Denny, une menace sinistre sur elle et leur enfant.

— Elle détruit les tissus, dit-il en essayant de rester impassible. Elle les détruit complètement. En gros, à côté, Ebola ressemblerait à une mauvaise grippe.

— Grand Dieu.

Ces mots ont été prononcés par le colonel Seagrave.

Près de Mason, Denny devient livide. Il prend sa main, la regarde prendre une grande inspiration et redresser ses épaules. Elle aimerait s'effondrer, il en est certain. Il est tout aussi certain qu'elle ne le fera pas. Cette femme est étonnante. Plus que ça, elle est à lui.

Il ne compte pas la perdre à nouveau.

— Cette organisation ne peut pas céder face à des tactiques terroristes, frappe la voix profonde de Montero à l'autre bout de la ligne, ferme et autoritaire. D'après ce que j'ai compris, l'agent Marshall n'est pas encore entrée dans les vingt-quatre heures critiques avant l'infection. Ce qui veut dire que nous avons le temps.

— Je vous demande pardon, monsieur, mais c'est uniquement dans le cas où nous aurions de la chance. Je vous supplie de ne pas écarter cette opportunité.

— Nous ne le ferons pas, ajoute-t-il. Répondez que vous acceptez leur offre. Ensuite, donnez-nous les coordonnées. Nous enverrons une équipe intercepter leur convoi. Je vous assure que nous obtiendrons l'antidote.

— Et si ce n'est pas le cas ? Ils vont commencer à diffuser leur toxine empoisonnée. La substance se retrouvera dans le commerce. Ils vont proposer l'antidote tout de suite, mais les personnes infectées en premier ne le croiront pas. Ils recevront l'antidote trop tard ou pas du tout. Ces enfoirés comptent là-dessus. Ils veulent faire la une. Ils veulent semer la terreur, provoquer des morts atroces. Parce qu'ils vont augmenter le prix de l'antidote et du vaccin.

— Je crois que vous connaissez le niveau de compétence de cette organisation. Face à des menaces telles que celle-là, nous prendrons des mesures exceptionnelles pour empêcher cette toxine de quitter leurs locaux.

— En laissant mourir Denise Marshall en cours de route ?

La rage vibrait dans la voix de Mason.

— L'agent Marshall comprend que ce bureau doit se concentrer sur la vue d'ensemble. Si nous utilisons cette opportunité pour envoyer une équipe efficace, nous pouvons les arrêter. Nous ne pouvons pas permettre que cette toxine entre dans le commerce. Avec ou sans antidote. C'est inenvisageable.

— Denise Marshall ne travaille plus pour le centre. Vous anéantissez ses chances d'avoir l'antidote dans les temps. Vous mettez la vie d'une civile en danger et…

— Vous avez reçu vos ordres, Agent Walker. Maintenant, transmettez les coordonnées.

Il se tourne vers Denny, qui lui renvoie un regard inexpressif. Elle ne trahit rien. C'est une véritable professionnelle, qui fait appel à sa formation pour ne pas donner le moindre indice.

Ils en ont discuté. Des risques. Des différentes possibilités.

Ils en ont parlé et ils savent ce qu'il doit dire maintenant. Même s'il a horreur de ça, il sait ce qu'il doit faire.

— Je suis désolé, général, annonce Mason. Nous allons gérer ça à ma manière.

CHAPITRE VINGT-CINQ

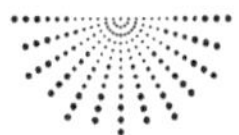

*V*oilà *un bon exemple*, me dis-je, *de la raison pour laquelle je préfère le travail technique aux missions de terrain.*

Parce que je préférerais largement être enfermée dans une pièce sans fenêtres, avec un ordinateur et des énigmes informatiques à résoudre. Ou traquer l'identité de quelqu'un. Ou même encoder un jeu débile sur mon temps libre.

Mais non, en cet instant, je fais le pied de grue à un coin de rue, dans l'est de Los Angeles, à attendre d'être récupérée et conduite dans une installation secrète. À moins que je reçoive une balle entre les deux yeux, après quoi on volera la clé de décryptage dans mes mains froides et inertes.

Mason n'aime pas plus que moi ce plan, mais je n'ai plus beaucoup de temps et le général est un idiot. Ce n'est pas le cas du colonel Seagrave, malheureusement il a les mains liées. Ce qui veut dire que nous sommes seuls.

Alors, je suis les directives.

Je suis une cible facile.

— Nous n'avons pas le choix, m'a dit Mason. Nous devons t'obtenir l'antidote et nous devons trouver l'emplacement de leurs installations. Crois-moi, ça m'inquiète de t'envoyer seule comme ça.

Il m'a caressé les cheveux, puis il a posé les mains sur mes joues. Enfin, il s'est ravisé en secouant la tête.

— Non, nous devons réfléchir à un nouvel angle. Il doit y avoir un autre moyen. Nous ne pouvons pas prendre le risque…

J'ai posé ma main par-dessus la sienne.

— Si nous ne le faisons pas, je suis déjà morte. Ainsi que notre enfant.

J'ai pris une grande inspiration, rassemblé mon courage, et je lui ai dit tout ce dont j'étais certaine.

— Ils ne me tueront pas dans la rue. Nous le savons tous les deux. Ils doivent utiliser la clé dans leurs installations pour s'assurer que c'est la vraie. S'ils me tuent trop tôt, ils savent que tu ne leur donneras rien d'autre.

— Et une fois qu'ils sauront qu'elle est vraie ?

Il a haussé les épaules en croisant mon regard.

— Je parie qu'ils veulent m'utiliser comme cobaye. M'injecter l'antidote, puis tester mon sang, mais il est possible qu'ils me tuent tout simplement. Voilà pourquoi tu…

— Je vais te suivre, a-t-il complété. Je vais te suivre et m'assurer qu'ils te le donnent, puis nous détruirons leurs ordinateurs, la toxine, les dossiers et tout ce qui pourrait leur permettre de recréer cette menace. Ensuite, nous nous enfuirons.

Mason s'est remémoré suffisamment d'éléments pour savoir que la toxine se trouve uniquement dans la structure principale, parce que les différentes cellules de l'organisation ne se font pas confiance. Ainsi, les ordinateurs qui contiennent les formules de la toxine et du vaccin ne sont pas reliés à internet. Génial pour garder la menace sous contrôle, mais malheureusement, cela signifie aussi que nous ne pouvons pas les pirater et les effacer.

— Je n'ai pas peur, lui ai-je dit en montant dans mon Highlander, avec la carte sur le téléphone jetable pour me guider. Je sais que tu surveilles mes arrières.

— Oui, a-t-il promis avant de m'embrasser.

Je sens toujours son baiser sur mes lèvres, tout comme le mensonge. Parce que, bien sûr, j'ai peur.

Il est tard, presque minuit, et je ne suis pas vraiment à Beverly Hills. Il n'y a pas beaucoup de circulation, mais on me remarque. De nombreuses voitures ont ralenti et on m'a demandé plusieurs fois quels sont mes tarifs pour une fellation. De toute évidence, je suis située dans un coin très lucratif pour cette branche d'activité.

Dix autres minutes s'écoulent, puis un fourgon passe. Je l'ai déjà vu passer trois fois, mais à présent, il s'arrête. La vitre du côté passager descend et je lève les yeux. J'ai le souffle coupé quand je découvre Peter, qui me regarde.

— Oh, très bien, dit-il en percevant l'expression de mon visage. J'avais peur que tu t'attendes à me voir, ce qui aurait signifié que je n'avais pas réussi à garder mon secret aussi bien que je l'aurais cru.

— Je ne... toi. Pourquoi ?

— Nous bloquons la circulation. Monte. Nous avons

un antidote à préparer. Tu ne voudrais pas tomber dans le coma, n'est-ce pas ?

Je monte, parce que je n'ai pas vraiment le choix, et aussitôt, il s'engage dans la circulation.

— Tiens, dit-il en me donnant un bandeau. Mets ça sur tes yeux. Je ne pourrai pas te libérer si tu sais où se trouve le complexe, pas vrai ?

J'hésite, mais je m'exécute.

J'essaie de porter attention aux virages de la voiture. J'essaie de tracer une carte dans ma tête. Malheureusement, c'est une compétence qui fonctionne mieux dans les films que dans la vie, surtout quand votre ravisseur vous parle et vous empêche de vous concentrer.

— Donne-moi le téléphone prépayé, dit-il. Et le tien.

J'hésite. Mason peut me suivre avec mon téléphone, mais je sais aussi que je n'ai pas le choix. Dès que je les lui ai remis, j'entends qu'il baisse la vitre, puis la remonte. Les téléphones, je le sais, sont maintenant écrasés quelque part sur le bord de la route.

Je joue avec mon alliance nerveusement, en pensant à Mason. J'imagine qu'il va venir me sauver.

— Jolie bague, commente Peter. Simple, par contre. Je dois dire que les goûts de Mason laissent à désirer.

— Elle me plaît, à moi.

— Vraiment ? C'est de la merde. Donne-la-moi et je vais la jeter. Comme elle le mérite.

Je serre mon autre main autour de ma main gauche.

— Vraiment ? Tu veux risquer ta vie pour de l'or blanc ?

— Du platine.

— Encore mieux. Donne-la-moi.

— Je viens tout juste de le retrouver, lui dis-je. Ne me prends pas mon alliance.

Un silence s'ensuit, puis ma tête vole sous l'impact violent d'une paume contre ma joue.

— Petite salope. Nous avons travaillé ensemble et je n'avais jamais compris à quel point tu étais une petite salope. Donne. Moi. Cette. Bague.

J'essaie de la retirer, mais bien sûr, je n'y arrive pas. Alors, je porte mon doigt à ma bouche, j'aspire et j'avale la bague. *Qu'il aille se faire foutre.*

— Oups.

Je sens presque son regard furibond. Je sais qu'il ne peut pas me tuer. Pas avant d'avoir testé la clé de décryptage.

En revanche, ça ne veut pas dire qu'il ne peut pas me frapper. J'attends le coup, mais il ne vient pas. Peter se contente de ricaner.

— Ça, c'est ma Denise, dit-il. Plus gonflée que jamais.

— Je ne suis pas *ta* Denise.

— Non, tu es celle de Mason.

Je croise les bras sur ma poitrine.

— Oui.

— Je lui ai dit que je t'avais baisée, tu sais. Je lui ai dit à quel point tu as aimé ça. Combien tu m'as suppliée.

— Nous n'avons *jamais*…

— Je lui ai dit que je t'avais tuée, aussi. C'était un mensonge, un de plus. Mais nous pourrons faire en sorte que ça devienne une réalité, très bientôt.

Un frisson me parcourt.

— Tu sais ce qui lui est arrivé.

Je me souviens de son mal de tête au *Westerfield*. Je

pensais que c'étaient les lumières. Maintenant, je crois que c'est un souvenir. Un souvenir de Peter.

— Tu sais pourquoi il a perdu la mémoire.

Peter éclate de rire.

— Pauvre petite naïve. Bien sûr que je le sais. Il l'a perdue à cause de moi.

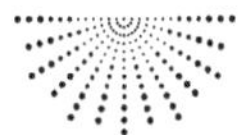

CHAPITRE VINGT-SIX

Mason fait les cent pas dans la cuisine, le téléphone à la main. Il a la tête comme une pastèque, sur le point d'exploser. Non parce que les souvenirs menacent de le déchirer. Mais parce qu'il l'a perdue.

Ils se doutaient que les ravisseurs jetteraient son téléphone. C'est malheureux, mais inévitable. Ce qui est parfait, en réalité, parce qu'au moins, ils ne chercheront pas d'autre puce GPS.

Il s'avère qu'elle en porte une. C'est aussi brillant que merveilleux. Un dispositif si ingénieux qu'il n'a fait que renforcer sa certitude qu'elle est bel et bien l'informaticienne la plus spectaculaire du milieu.

Parce qu'elle a installé un traceur dans son alliance.

— C'est ma protection à l'agence depuis un moment maintenant, lui a-t-elle dit. J'ai regardé plein de films de James Bond et j'ai voulu avoir mon propre gadget.

— Et tu l'as fait ?

Elle a hoché la tête, manifestement fière d'elle.

— J'ai dû creuser un peu en dessous, mais la bague est assez large et profonde. J'ai travaillé avec de la microtechnologie. C'est l'énergie, le problème, voilà pourquoi je l'allume rarement. Il faut constamment la recharger en mission. Elle ne dure que douze heures. Mais elle se recharge rapidement, alors…

Elle a laissé la phrase en suspens avec un sourire et il l'a embrassée à nouveau. C'était une impulsion.

Ils croyaient que la plage de douze heures serait suffisante, mais il faut croire qu'elle s'est trompée sur la durée de vie de la batterie. Parce que le téléphone est éteint et la bague aussi… Ce qui signifie qu'il ne peut plus la voir.

Et merde.

Il doit la retrouver. Ils ont accepté qu'elle parte dans la fosse aux lions parce qu'elle n'avait pas le choix. Les conséquences pourraient être dramatiques.

Mais si elle ne partait pas, les conséquences seraient à coup sûr désastreuses.

Le plan, depuis le début, c'est qu'il la retrouverait. Il la suivrait. Il la sauverait.

Maintenant, il faut trouver autre chose.

C'est la femme qu'il aime. Il est tombé amoureux d'elle non pas une, mais deux fois dans sa vie. Il ne peut pas la perdre. S'il la perd, alors autant qu'il se replie dans son propre esprit et dans son magma de souvenirs sans queue ni tête.

S'il la perd, son esprit sera le seul endroit où il pourra la retrouver.

D'un geste brusque, il saisit sa bouteille de Perrier posée sur le plan de travail et la jette à travers la pièce.

Elle heurte une fenêtre de la véranda et la brise sur le coup, faisant voler des éclats de verre partout alentour.

Le bruit et la destruction auraient dû être satisfaisants. Mais ce n'est pas le cas. Il s'effondre sur le sol, son dos glissant contre les placards, les bras autour de ses genoux. Il pose la tête contre ses jambes et attend les larmes. Il attend les ténèbres, l'inspiration soudaine, mais il sait qu'elle ne viendra pas.

Il ignore combien de temps il reste assis là, priant pour un plan ou pour sombrer sans l'oubli. Tout ce qu'il sait, c'est qu'en entendant crisser des morceaux de verre sous des semelles, il se lève d'un bond, un couteau de cuisine à la main.

— Mais qu'est-ce qui s'est passé ici ?

Liam.

— C'est le bazar, voilà ce que c'est, ajoute Quincy derrière lui. La situation comme la cuisine.

Mason repose le couteau sur le plan de travail et son pouls redevient normal.

— Qu'est-ce que…

— Nous l'avons suivie jusqu'à Ontario, dit Liam. L'hélicoptère l'a perdue ensuite.

Mason regarde les deux hommes, essayant de donner du sens à leurs paroles.

— Le colonel Seagrave a appelé Ryan, explique alors Quincy. De manière non officielle, bien sûr.

Mason ne peut s'empêcher de sourire. Il savait que son ami ne pouvait pas les laisser dans la galère. Pas même sous la surveillance d'un général.

— Denise a mis un traceur dans son alliance, continue Quincy. Une idée très brillante en fait et…

— Je sais.

— Tu t'en es souvenu ?

— Elle me l'a dit. Je le suivais, ainsi que son téléphone. Ils sont tous les deux hors ligne.

— De notre côté aussi. Heureusement, nous avons pu mettre un hélico en route avant que la bague ne s'éteigne, mais il les a perdus dans la circulation. Il suivait le mauvais fourgon.

— Alors, elle est vraiment perdue, dit Mason dont l'espoir qui commençait à renaître en lui retombe comme un soufflé.

— Tout ce que nous savons, c'est qu'elle est quelque part dans l'Inland Empire, ou qu'elle l'était. Qui sait où elle va atterrir ?

— Avec un peu de chance, on le saura, dit Quincy. Ce n'est pas gagné, surtout avec ta mémoire à trous, mais nous pourrions avoir de la chance.

L'espoir pointe à nouveau le bout de son nez.

— Comment ça ?

Quincy prend une chaise et s'assoit à la table.

— Selon Seagrave, l'un des gadgets qu'elle essayait de faire fonctionner quand elle était toujours au centre était une clé USB qui lançait un signal une fois branchée à une source d'énergie.

— Comme un ordinateur, ajoute Liam.

— Tu as dit *essayait*.

— Elle n'a jamais réussi à la faire fonctionner. La technologie est restée au centre quand elle est venue travailler chez Stark. C'est certainement la raison pour laquelle elle a bidouillé sa propre bague, reprend Quincy.

Mais le colonel nous a dit qu'elle était enfin fonction-
nelle, après un an d'essais et d'erreurs.

— Je devais déjà être parti en mission, à ce
moment-là.

— Oui, confirme Liam. C'est à ça que servent les
cachettes secrètes. Le centre t'a transmis une clé quand
tu leur as annoncé qu'il se passait quelque chose de grave,
du côté de ton organisation.

— Ce qui nous laisse une question, renchérit Quincy.

— Quel est le code ? intervient Mason. La réponse,
c'est que je n'en ai pas la moindre idée. Ma mémoire a
quelques ratés, au cas où vous l'auriez oublié. Et même si
je le savais, comment pourrions-nous nous connecter au
système de traçage ?

— Nous savons comment faire, répond Liam en
ouvrant le réfrigérateur. Le colonel Seagrave nous a
donné l'application.

Près de la table, Quincy effleure l'écran de son
téléphone.

— C'est alphanumérique. Trois lettres, les trois
mêmes. Ensuite, huit chiffres.

— Vous pensez que j'ai créé un code qui correspond à
ces paramètres ?

— Nous l'espérons, dit Quincy.

— Je n'ai pas fait ça.

Il affiche la photo de la lettre sur son téléphone et le
tend de l'autre côté de la table pour Quincy.

— Voilà ce qui nous a menés à la clé. Le premier paragraphe nous conduit à un pot de peinture, je suis sérieux.
Mais rien ne colle avec le code que vous me décrivez. S'il

y a un autre canal de communication, je ne le connais pas…

Soudain, il se fige, puis il prend à nouveau le téléphone et, du bout du doigt, il entreprend de compter les lettres.

Huit chiffres plus tard, il sourit de toutes ses dents aux deux hommes devant lui.

— Pour un type sans mémoire, je suis un vrai génie. Messieurs, allons sauver ma femme.

27

Toute ma vie, j'ai essayé de garder confiance. Cet optimisme candide qui m'affirme que tout va s'arranger, même si rien ne va. Mon père. Ma mère.

Malgré tout, j'ai toujours gardé un esprit positif. La première fois que j'ai craqué, c'était quand la mission de Mason a commencé à se compter en mois, puis en années. Pourtant, même à ce moment-là…

Même là, il y avait un peu d'espoir en moi. Une petite étincelle de confiance qui brillait dans les ténèbres de mon âme.

J'ai alimenté cette lueur, je l'ai entretenue. Puis il est revenu, et j'ai su que j'étais récompensée pour avoir gardé espoir.

Maintenant, en revanche…

Maintenant, je regarde le monde avec des yeux plus pragmatiques.

Je suis enfermée dans une pièce, dans un immeuble en ville. Mais je ne sais pas quelle ville, et même si je le savais, ce n'est pas comme si je pouvais faire quoi que ce soit, puisque je suis menottée à une chaise en métal.

Mon mari est sans aucun doute en train d'essayer de me retrouver, mais le traceur sur mon téléphone est inutilisable et je commence à croire que celui de ma bague n'est pas aussi efficace que je l'espérais. Même si je parvenais à la faire sortir de mon organisme, elle n'est pas assez puissante pour continuer à émettre derrière des murs en béton.

À en juger par cette pièce, le reste de l'immeuble n'est qu'un bloc de béton.

En d'autres termes, il n'y a vraiment aucune chance que Mason me retrouve. Ce qui signifie que personne ne viendra à mon secours.

S'il avait tout le temps du monde pour inspecter les caméras de circulation, contacter le gouvernement pour voir les images satellites aux heures où je suis passée, à la rigueur…

Mais je n'ai pas ce temps. Je suis une bombe à retardement, en route vers l'anéantissement.

J'ai espéré, envers et contre tout, que Peter me donnerait l'antidote, mais il a été très clair sur ce point. C'est hors de question.

Alors, oui, ma confiance est ébranlée.

D'un autre côté, je n'ai plus rien à perdre. C'est une philosophie libératrice qui ne me fait aucun bien.

La porte de la pièce s'ouvre au même moment et Peter entre. Il fait froid et il n'y a pas de fenêtres, seulement un ordinateur, ma chaise et sa jumelle. Quand je le vois, j'ai encore plus froid.

— Salut, mon chou, dit-il joyeusement. Tu seras

contente de savoir que la première fournée d'antidotes a été synthétisée et qu'elle passe maintenant la procédure de qualité. Bientôt, nous saurons si nous pouvons commencer la fête.

— Tu veux dire empoisonner les réserves de nourriture, précisé-je.

— Mais pour tout remettre en ordre ensuite. À un certain prix.

— Et moi ? Quand vais-je recevoir l'antidote ? À moins que tu ne sois pas un homme de parole ?

Ses yeux s'écarquillent.

— Tu rêves en couleurs ! Évidemment, je ne suis pas un homme de parole. Tu penses que j'ai envie de te laisser retourner à l'air libre ? Crois-moi, tout le monde se portera mieux si tu es morte.

J'ai envie de gémir en guise de réponse. De me recroqueviller. Je ne le fais pas, cependant. Je suis trop bien formée pour ça. Mon entraînement est tout ce que j'ai pour tenir, maintenant que la confiance a disparu.

— Qu'est-ce qui t'est arrivé ? demandé-je alors que j'essaie de tirer subrepticement sur mes poignets, menottés à la chaise derrière moi.

Je n'obtiens rien. Peut-être qu'avec un saut d'art martial, si je cassais la chaise, mais ce n'est pas près d'arriver.

— Nous étions amis à une époque, non ? Tu étais sain d'esprit.

— Je le suis encore. Plus que toi, en tout cas. Essayer d'économiser sur un salaire gouvernemental, avec les compétences que tu as ? Comment veux-tu que je te trouve saine d'esprit ?

Je garde le silence.

— Mais tu as des qualités, reprend-il. Bien sûr, si tu avais couché avec moi, je serais peut-être enclin à mieux te traiter.

— Non, tu ne le serais pas.

Il m'adresse un large sourire.

— Tu as raison, ça ne changerait rien.

— Et Cerise ? Tu l'as entraînée là-dedans. Pourquoi ?

— Même sans sa mémoire, je pariais que ton mari allait trouver un moyen de revenir vers toi. J'avais besoin d'être proche. Alors je me suis renseigné et j'ai appris qu'elle avait de nouveaux amis. J'ai vu qu'elle pourrait avoir besoin d'un système de sécurité. C'est une fille sympa. Je doute qu'elle tombe malade, ne t'inquiète pas. Elle n'est pas du genre à manger dans les fast-foods. Quant à toi…

Il s'approche et je recule pour tenter de garder mes distances. Il s'accroupit juste devant moi, un sourire aux lèvres.

— Tu as bien joué ton rôle. Après tout, vous avez réussi à trouver la clé, non ?

— Qui était l'homme dans la boîte de nuit ? Celui qui m'a agressée et qui s'est suicidé ?

— Oh, seulement un employé.

— Mason l'a reconnu.

— Oui, il travaillait pour le groupe. Il était chargé du transport, de petites commissions. Ce genre de choses. C'était un sans-abri jusqu'à ce qu'on lui donne une meilleure vie.

Je fronce les sourcils, confuse.

— Il s'est injecté du cyanure. Pourquoi ?

— C'est moi qui le lui ai fourni, bien sûr. Je lui ai dit qu'il pouvait mourir de la même manière que toi, ou qu'il pouvait abréger ses propres souffrances avant qu'elles ne commencent. Je lui ai dit aussi que je m'occuperais de son ex-femme et de ses enfants s'il faisait ce que je lui ordonnais avant de plonger cette seringue dans son cou.

Il hausse les épaules.

— Tout le monde a son utilité.

Je le dévisage, horrifiée.

— Oh, ne me regarde pas comme ça. Il était reconnaissant pour cette seringue. Il a vu l'effet de la toxine. Une fois qu'on a dépassé la période d'incubation, il n'y a pas d'antidote.

Il jette un œil à son poignet nu, comme s'il avait une montre.

— Tu as encore un peu de temps. Mais tic, tac. Tic, tac.

— Tu es méprisable.

— Moi ? Tu sais ce que ton mari a fait ? Il a utilisé un virus à retardement sur notre ordinateur. Quand il est allé faire des folies avec toi, il avait déjà implanté ce virus. Nous ne le savions pas. Alors, quand il est revenu, il nous a fallu du temps pour comprendre ce qu'il avait fait. Nous étions tous très énervés. *J'étais* très énervé.

— Bien joué, Mason.

Il pose les mains sur les accoudoirs de ma chaise et se campe devant moi.

— Tu as un choix à faire, ma belle. Tu peux rester polie et je te mettrai une balle dans la tête. Ou tu peux faire la garce et je vous laisserai, toi et ton précieux fœtus, vous réduire à des amas de chair sanglante. D'un côté, je préférerais cette dernière option. Je t'aime bien, crois-moi, mais tu n'aurais jamais dû finir avec un mec comme lui.

Mon corps devient froid, transi de peur et d'épouvante.

— J'étais ta coéquipière.

Il hausse les épaules.

— Et moi, j'étais Jeremy, un bon ami de ton mari. Un autre agent sous couverture, son pseudo était déjà Jack à l'époque. Jack Sloane. Il aime bien les références aux séries télé.

Alias. Une série que Mason et moi aimons revoir en boucle.

— Il a découvert que tu étais un agent double, dis-je. Puis il a grillé ton ordinateur. Il t'a battu et tu ne l'as pas supporté.

— Je ne suis pas sûr que nous puissions dire qu'il m'a *battu* puisque j'ai gagné. C'est un cas désespéré au niveau mental, et sa femme va bientôt se liquéfier. C'est un cas de victoire à la Pyrrhus, tu ne trouves pas ?

— Tu es un monstre.

— Peut-être. Je lui ai raconté quelques mensonges. Je l'ai tabassé aussi. Tu te souviens de cette mission à Aruba ? Tu portais un petit bikini. Alors, j'ai pu lui parler de ta petite tache de naissance assez intime pendant que je le frappais. Son dos était déchiqueté, et moi, je lui racontais que j'avais baisé sa femme. Puis que je lui avais collé une balle dans la tête. C'était un mensonge, mais il ne le savait pas. Tout ce qu'il savait, c'était qu'il recevait une punition pour ce qu'il avait fait. Parce qu'il était retourné auprès de toi. Parce qu'il t'avait révélé notre secret. Et tu sais ce qu'il a fait ?

Ma gorge est sèche. Mon corps vide. Je ne veux pas entendre tout ça.

— Il a craqué. C'est un faible et un minable, alors il a craqué.

Il me sourit.

— Ce n'était pas moi. C'était toi. C'est toi qui as brisé l'esprit de cet homme. Comment te sens-tu maintenant ?

J'ai du mal à retrouver de la salive, mais je parviens quand même à lui cracher au visage.

Il s'essuie, impassible.

— Sur ce, je vais voir où en est l'antidote. Peut-être que nous pourrons trouver un arrangement si tu le mérites. Je me demande si avec le temps, tu finiras par te mettre à genoux pour sauver ta vie. Pas pour prier, bien sûr, mais pour me sucer.

— Connard.

— Eh bien, merci !

Il s'éloigne et mes épaules s'affaissent en même temps que les larmes commencent à couler. Je n'arrive pas à les arrêter et je ne peux pas les essuyer, mais je ne veux pas lui donner la satisfaction de me voir dans cet état.

Je ferme les paupières, je respire et j'essaie de retenir mes sanglots.

Il est trop tard. J'entends des pas et je comprends qu'il est déjà de retour. Il a certainement oublié une insulte cinglante à me lancer au visage avant de s'en aller.

Mais ses pas s'arrêtent et quelque chose change dans l'atmosphère. J'ouvre les yeux et j'étouffe un cri de joie en voyant Mason se précipiter vers moi. Il tombe à genoux et m'embrasse tout en maudissant les menottes.

— Merde, je n'ai pas les clés. Quincy est juste derrière moi.

— C'est vrai ?

— Avec Liam et toute une équipe du centre.

— Oh, merci mon Dieu. Le traceur de ma bague a fonctionné.

— En fait, non, mais celui de la clé USB, oui. Le colonel Seagrave a réussi un tour de passe-passe pour faire céder le général. Ils sécurisent le labo et…

— Tiens donc, voyons ce que le chat nous a ramené.

Les mots font écho dans la pièce, en même temps qu'un coup de feu. Je vois le corps de Mason trembler, une balle logée juste sous la clavicule. Il titube, puis il tombe. Sa main cherche son arme. Il n'y arrive pas.

Peter se tient dans l'encadrement de la porte, l'air content de lui. Et moi ? Je suis complètement inutile. Je dois rassembler tous mes efforts pour ne pas crier à pleins poumons.

— Elle va mourir, tu sais, mais elle a encore du temps avant de se liquéfier. J'ai prévu de bien profiter d'elle avant. Je te laisserai regarder si tu es sage. Et après, je te garderai en tant qu'animal de compagnie. Ces marques sur ton dos ? Ce n'était que le début. Nous allons nous amuser tous les deux. Tu te souviens de ce que je t'ai fait ? Les brûlures ? Le fouet ? Évidemment, tu t'en souviens. Ça se voit à ton visage, tu te rappelles chaque coup. Chaque brûlure. Je vais te maltraiter, et encore mieux, cette fois.

Il fait un autre pas en avant. Les yeux de Mason

deviennent flous. Il se prend la tête à deux mains et marmonne quelque chose d'inintelligible. Je crie, je l'appelle, mais son visage se contorsionne de douleur et je songe aux horribles vidéos du docteur Tam, à ces agents aussi forts que Mason, qui se sont perdus en eux-mêmes.

— Non ! m'exclamé-je. Concentre-toi. Mason, s'il te plaît, s'il te plaît, concentre-toi.

Mais il se balance en gémissant tandis que Peter s'approche. Une fois assez près, il donne un coup de pied dans la jambe de Mason. Je vois Peter sourire. C'est un sourire malveillant, malsain. J'aimerais pouvoir tendre la jambe et lui décocher un coup de pied dans les couilles.

Soudain, pendant un moment à la fois sinistre et merveilleux, j'ai l'impression de l'avoir fait. Parce qu'il y a une explosion, un cri, et son entrejambe se couvre de sang. Il hurle et tombe sur le sol en tenant ses bourses sanglantes.

C'est à ce moment que je comprends. Mason faisait semblant. Et maintenant, il est sur le dos, le buste dressé et son arme, qui vient de faire feu, dirigée vers Peter.

En grimaçant, Mason réussit à se remettre sur pied.

— Je devrais te tuer maintenant, dit-il, mais je préfère te voir te tordre de douleur. Je ne peux pas t'injecter la toxine, alors je vais me contenter de ça.

— Enfoiré !

La voix de Peter est caverneuse, mais emplie de haine.

— C'est moi qui t'ai battu, connard, annonce Mason en se balançant légèrement. Je n'ai même pas de mémoire, mais je sais que je t'ai battu.

— C'est ce qu'on verra.

Toujours étendu, il lâche un cri de douleur en faisant

un geste vers son arme, qui lui a échappé des mains. Il l'attrape, la soulève et j'entends un tir, deux tirs. Puis un cri.

Je comprends que le cri, c'est le mien, et que Mason est à terre. Je pense qu'il a été touché, mais je prends conscience que c'est le recul de son arme qui l'a reversé, affaibli par ses propres blessures.

Cette fois, la balle a atteint Peter dans la poitrine.

Le second coup ne venait pas non plus de Peter. Il venait de Liam, qui se tient dans l'encadrement de la porte, l'arme au poing.

Le tir de Liam a traversé la gorge de Peter, et maintenant, il est affalé sur le sol, dans une position qui me rappelle celle du *visage*, le pauvre homme à qui il a laissé un choix qui n'en était pas un.

Alors que Peter halète, je ne peux m'empêcher de penser qu'il avait le choix, lui aussi. Il a fait le mauvais, et maintenant, il s'étouffe comme un poisson hors de l'eau et meurt dans une flaque de son propre sang.

Honnêtement, je trouve que Peter s'en tire bien.

Je tourne la tête et mes yeux trouvent ceux de Mason. Il sourit faiblement, puis ses yeux se révulsent et il s'effondre. Je crie pour qu'on lui vienne en aide.

Une seconde plus tard, Quincy entre en courant dans la pièce. Il s'accroupit à côté de Mason et exerce une pression sur sa blessure. Il examine mon mari et croise mon regard avant de hocher la tête.

— Ça va aller.

Je m'affaisse de soulagement.

— Tu es en retard, dis-je.

— J'ai l'antidote.

— Dans ce cas, tu es pardonné.

Il sourit, mais il ne laisse pas Mason tant que Liam ne m'a pas libérée. Aussitôt, je m'agenouille à côté de mon mari, dont les yeux s'ouvrent lentement.

— C'est fini, lui dis-je.

Un doux sourire apparaît sur son visage.

— Non, ce n'est que le début.

CHAPITRE VINGT-SEPT

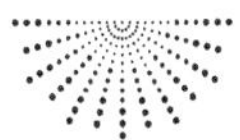

— Comment va Mason ? me demande Cerise lorsque je traverse la terrasse de Damien avec deux verres à vin remplis de Coca Light.

Un pour moi, parce que je dois m'abstenir d'alcool pendant neuf mois. L'autre pour Mason, parce qu'il est toujours sous antibiotiques après sa blessure par balle. Heureusement, il guérit très bien. Du moins, c'est ce que le chirurgien a confirmé quand il a retiré les points de suture aujourd'hui.

— Il se porte comme un charme.

C'est vrai. Je n'ajoute pas qu'il m'a presque convaincue de ne pas venir à cette fête, pourtant organisée en notre honneur. Je lui ai rappelé qu'ensuite, nous pourrions passer tout le reste du mois au lit, si nous le voulions.

Mais aujourd'hui, nous faisons la fête avec nos amis.

— Tant que je t'ai pour moi tout seul plus tard dans la soirée, a-t-il dit. Ainsi que tous les autres soirs qui suivront.

C'est un bon arrangement, je trouve.

Cerise resserre ses bras autour de son buste.

— Je n'arrive pas à croire que Peter soit en réalité…

— Un affreux ? suggéré-je en constatant qu'elle ne trouve pas les mots.

Elle hausse une épaule.

— En quelque sorte.

— Ça m'a surprise aussi, lui dis-je. Au moins, le prochain mec avec qui tu sortiras ne pourra être que mieux.

Elle rit.

— J'aime ton approche, dit-elle avant de faire signe à Jamie et Ryan, m'abandonnant pour aller leur parler.

Quincy et Eliza discutent avec Emma, déjà de retour d'Europe. Cass est avec eux et je ne peux m'empêcher de remarquer son regard sur Emma. Ce que j'ignore encore, c'est si Emma est intéressée. J'espère que Cass ne va pas s'engager dans un autre amour impossible qui lui brisera le cœur.

Lorsque je reviens vers Mason, il est en compagnie de Liam, du colonel Seagrave, du docteur Tam et de Damien.

— C'est ce que vous aviez en tête quand vous parliez de pensées heureuses ? demande Mason au docteur Tam. Je ne sais plus trop comment vous avez présenté les choses. Toujours est-il que quand Peter a essayé de me faire sombrer dans les souvenirs de ma torture, je suis resté ancré en pensant à Denny. Et au bébé.

— J'en suis très heureuse, répond le docteur Tam en souriant dans ma direction.

— Ce qui explique pourquoi tu n'as pas régressé, dit

Damien. Par contre, je ne sais toujours pas comment tu as retrouvé le code du traceur de la clé USB.

Mason semble trop fier de lui, mais avant qu'il puisse répondre, Liam intervient :

— C'est foutrement brillant, comme dirait Quincy. Un paragraphe avec toutes les phrases commençant par *N*, et nous avions les trois lettres du code. Ensuite, il y a une phrase avec huit mots. Le nombre de lettres dans chacun de ces mots nous donnait les huit chiffres.

— J'ai été très inspiré, il faut croire, dit Mason en me souriant.

— Un boulot incroyable, répond Damien. Un très bon timing, aussi.

— C'est vrai que vous avez confisqué la toxine ? demandé-je à Seagrave.

— Eh bien, Denise, puisque vous ne faites plus partie du centre, vous savez que je ne peux pas vous confirmer ce que je viens de dire à votre mari, à savoir que nous avons démantelé toute la cellule, fermé les laboratoires où était fabriquée la toxine et emmené les chefs sous les verrous.

— Suis-je bête. J'avais oublié que je n'étais plus dans la confidence.

Nous échangeons un sourire, tous les deux, et je m'installe dans la chaise longue près de Mason, du côté où il n'est pas blessé.

— Avec un peu de chance, Mason quittera la confidence bientôt, lui aussi, dit Damien. Quand je vois un atout, je sais aller le chercher.

— Vraiment ? fait le colonel Seagrave en se tournant vers Mason.

Ce dernier les regarde tous les deux.

— Pendant les quatre prochaines semaines, je ne suis disponible pour personne sauf ma femme. Alors, vous devrez patienter, messieurs.

— Ça me va, dit Damien avant de reporter son attention sur le colonel. Mason n'est pas la seule nouvelle recrue qui m'intéresse.

À voir le visage du colonel, il semble se poser des questions. Il y a quelques semaines, j'aurais dit qu'il ne quitterait jamais le centre. Maintenant, après l'intervention malvenue du général et du comité superviseur…

Qui sait ?

Je croise le regard de Mason et nous partageons un regard de connivence, interrompu par le téléphone de Liam.

Ce dernier fronce les sourcils, puis s'éloigne pour répondre. Il revient quelques minutes plus tard, sous le choc.

— C'était Ellie Love, dit-il, faisant référence à la pop star qu'il est chargé de protéger ces derniers temps. Je dois y aller.

— Qu'est-ce qui ne va pas ?

Mais il ne me répond pas, et Damien se lève.

— Je vais voir avec Ryan, dit-il. Il a peut-être parlé avec le personnel de Love. En attendant, Mason, je suis ravi que ton épaule guérisse si bien. Qu'en est-il de ta mémoire ?

Mon mari secoue la tête.

— C'est toujours un gruyère. Honnêtement, nous ne savons pas combien je vais pouvoir récupérer.

— J'en suis désolé, dit Damien. Ce doit être très frustrant.

— En effet, admet Mason. Mais il y a quelques avantages.

Il me prend la main et me sourit avec tellement d'amour que je fonds presque sur place.

— Le plus beau, c'est que je suis tombé amoureux de ma femme une seconde fois. Combien d'hommes ont une telle chance ?

ÉPILOGUE

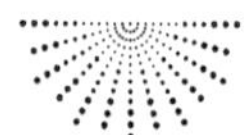

C*inq mois plus tard.*

— Oh, mon Dieu ! Oh, mon Dieu ! Oh, mon Dieu !

Mason fait la grimace. Denny lui serre la main si fort que c'est un miracle que tous ses os ne soient pas pulvérisés. D'après ce qu'il sait, l'accouchement est un cycle infini de douleurs qui reviennent par intervalles réguliers, tourmentant sa femme sans relâche avant qu'un bébé finisse par pointer son nez.

Il déteste la voir comme ça. Il déteste savoir qu'il ne peut rien faire, sauf être là pour qu'elle puisse lui broyer la main ou se plaindre sur son épaule.

— C'est ta faute, dit-elle une fois que la contraction est passée. Tu es responsable.

— Je porterais bien le fardeau, répond-il en essuyant son front quand une infirmière vient vérifier ses signes vitaux et son col de l'utérus.

Il ne mentionne pas qu'elle aurait pu opter pour la péridurale, atténuant ainsi la douleur dont il endosse maintenant la responsabilité. Ce n'est vraiment pas le moment. En plus, il comprend son raisonnement. Après avoir reçu une toxine mortelle et un antidote non testé, elle ne voulait pas plus de produits pharmaceutiques près de son bébé à naître.

Il comprend. Sincèrement.

Mais il n'aime pas plus la voir souffrir.

— Oh, ça recommence.

— Le docteur sera là dans une seconde, avertit l'infirmière. C'est le moment.

Le cœur de Mason bat la chamade, jusque dans sa tête. L'heure est enfin venue.

La demi-heure qui suit s'écoule dans un flou. Il tient la main de Denny, lui rappelle de respirer. Il retient son propre émerveillement quand il voit la tête de son enfant apparaître.

— C'est un petit garçon, annonce l'infirmière quelques instants plus tard.

Mason sent les larmes lui monter aux yeux quand il regarde le petit bébé tout neuf et sa Denny, belle, épuisée et transportée de joie.

— Voulez-vous couper le cordon ?

Il refuse presque, de peur que ses mains tremblent trop, mais il le fait néanmoins, ébloui d'être là, dans cette petite chambre avec cette nouvelle vie qu'il a contribué à créer.

— Tu es incroyable, dit-il à Denny en caressant ses cheveux trempés.

— Les hommes pensent toujours ça. Mais les femmes

s'en sortent depuis la nuit des temps.

— Incroyable, répète-t-il avant de fondre en larmes à nouveau quand l'infirmière ramène son fils, maintenant propre et emmailloté.

— Voulez-vous le tenir ?

Il hoche la tête, comme un homme des cavernes un peu empoté. Son petit garçon est contre lui, son minuscule visage tout chiffonné et ses doigts attrapant les siens. Avec Denny à côté de lui et son fils dans ses bras, Mason comprend alors que ses souvenirs perdus ne comptent plus. Qu'il les récupère un jour ou jamais, il s'en fiche éperdument.

Il a ce nouveau souvenir maintenant.

Et il est absolument parfait.

FIN

Envie de savoir ce qui arrive à Liam ? N'oubliez pas de pré-commander *En demi-teinte* !

DANS TON OMBRE

PRÉQUELLE DE LA SÉRIE STARK SÉCURITÉ (NOUVELLE)

Cette histoire figurait d'abord dans un recueil auquel j'ai participé avec plusieurs autres auteurs. L'anthologie *Be Mine* était uniquement destinée aux abonnés de nos newsletters et son contenu était entièrement inédit.

À l'époque, je n'avais pas d'autres projets pour Mason et Denny (qui avaient un rôle de figuration dans *Protège-moi*, et plus tard dans *Damien*), mais je suis tombée amoureuse des personnages et leur histoire m'a parlé. J'ai su qu'ils devaient occuper un rôle important chez Stark Sécurité.

Vous pouvez découvrir leur histoire, *En mémoire de nous*, sans lire cette préquelle… mais pourquoi vous en priver ?

Foncez, profitez-en, et dites-moi ce que vous en pensez ! Vous pouvez laisser un avis (toujours un excellent réflexe) sur les sites de vente en ligne et/ou m'envoyer un petit mot à jkennerinfo@gmail.com — j'aimerais beaucoup avoir de vos nouvelles !

BOUCHE BÉE, je regarde la séquence de vidéosurveillance sur mon terminal, abasourdie par l'idiotie monumentale du candidat au poste d'agent que l'on m'a assigné.

— À gauche ! J'ai dit à *gauche*.

Je fixe l'écran du regard, puis je lève les mains au plafond en signe de capitulation tandis que l'abruti de service tourne à droite.

— À gauche, répété-je dans le micro. Ton *autre* gauche.

Aussitôt, il rectifie le tir, et ce n'est déjà pas si mal en comparaison avec certains postulants que j'ai testés. Il continue son parcours. Quand il arrive dans la zone du matériel militaire, je retire mon casque et me laisse aller dans mon fauteuil, ravie de refiler la patate chaude à un autre malheureux responsable des opérations.

— Un peu frustrée ?

La voix d'homme est douce et chaude. Je pivote dans mon fauteuil pour découvrir mon supérieur direct, Ryan Hunter, chef de la sécurité chez Stark International. Il est grand et athlétique, avec des cheveux châtains et des yeux bleus d'une patience infinie. Plus patients que mes yeux verts, en tout cas, j'en ai bien peur. Surtout aujourd'hui.

— Par moments, je me demande où vous dénichez ces candidats.

— Ce n'est pas pour rien que ça s'appelle une évaluation.

Je perçois l'humour dans sa voix et je pousse un profond soupir tandis qu'il tire le fauteuil d'un poste de travail libre à côté du mien. Il s'assied, les coudes sur les genoux, et me dévisage avec sérieux.

— Qu'est-ce que tu fais, Denise ?

Je travaille pour Ryan depuis des années et nous sommes devenus de bons amis. J'adore sa femme et je sais que tous les deux sont sincères, attentionnés et bourrés de talent. Honnêtement, je n'aurais pas pu trouver un meilleur cadre de travail.

Mais ça ne veut pas dire que j'aime être couvée. Surtout pas aujourd'hui, alors que j'ai les nerfs à vif.

— Je fais mon boulot, Monsieur Hunter.

Il hausse un sourcil, presque imperceptiblement. Il n'est pas dupe. Il sait qu'il s'aventure sur un terrain dangereux. Mais Ryan ne retient pas ses coups avec ses amis. J'ai beau mourir d'envie de rentrer chez moi et de passer le reste de cette affreuse nuit au fond de mon lit, je sais qu'il ne me laissera pas m'en aller avant d'avoir dit ce qu'il a sur le cœur.

— Tu devrais être sur le terrain. Pas assise derrière un bureau, à faire passer des épreuves à des candidats.

Stark International a une force de sécurité privée, dont le plus haut niveau est l'équipe Stark Sécurité, constituée tout récemment, où j'ai été affectée. Cela dit, à tous les niveaux de l'organisation, les vigiles sont de véritables agents. Et avec Ryan à la tête des opérations et Damien Stark comme superviseur général, l'équipe est au moins aussi bien entraînée que n'importe quel agent du gouvernement.

Je suis bien placée pour le savoir. J'étais l'un de ces agents du gouvernement avant de signer pour travailler sur le terrain chez Stark International. Mais j'ai l'impression que c'était il y a des siècles.

— J'aime ce que je fais, dis-je, incapable de masquer mon intonation défensive. Nous savons tous les deux que le travail de terrain m'a conduite au surmenage. Au moins, comme ça, je peux…

— Quoi ?

Je secoue la tête.

— Rien. Avoir une vie. Un emploi du temps normal.

— Avoir accès aux dossiers confidentiels ? Utiliser les ressources internationales ? Surveiller les canaux de communication ?

Je déglutis, mais je ne dis rien. Je reste immobile, le corps raide. J'ignorais qu'il savait à quel point j'usais et abusais des ressources de la société.

Il me regarde fixement avant de soupirer.

— Bon sang, Denny, fait-il en employant le même surnom que Mason, autrefois. Pourquoi tu n'es pas venue m'en parler ?

Je hausse une épaule. Comment lui dire que je suis en train de me noyer ? Ça fait deux ans. Deux longues années de solitude depuis que mon mari est parti en mission secrète, sous une fausse identité. Depuis le jour de son départ, je suis restée sans nouvelles. Pas une carte postale. Pas un coup de fil. Pas une seule rose le jour de mon anniversaire. Rien que des journées interminables, des heures mornes et vides de sens. Aujourd'hui, c'est l'une des journées les plus dures de l'année. Non seulement c'est la Saint-Valentin, mais c'est aussi notre anniversaire de rencontre.

— Je ne sais même pas s'il est vivant ou mort.

Ma voix est si basse que je ne suis pas certaine que Ryan m'entende. Il prend ma main dans la sienne et se penche avec gravité sans me quitter des yeux.

— Nous avons essayé de le retrouver.

— Quoi ? Qui ?

— Damien et moi. Nous avons utilisé toutes nos ressources, tiré toutes les ficelles dans chaque agence gouvernementale, contacté des organismes mercenaires, absolument tout le monde. J'espérais qu'il en aurait vent. Qu'il trouverait un moyen d'entrer en contact avec toi. Je suis désolé, mais nous n'avons reçu aucune nouvelle.

Il expire et je perçois un regret sincère dans sa voix.

— Nous savons tous que tu souffres, Denise. Et nous sommes tous tes amis.

Je m'humecte les lèvres, réprimant les larmes. Je ne pleurerai pas devant mon patron. Hors de question.

— Tu sais que tu n'es pas heureuse dans ce travail. Il ne voudrait pas te savoir coincée dans un bureau. Ça ne te ressemble pas.

Je hausse une épaule.

— Honnêtement, je n'en sais rien. C'est peut-être celle que je suis devenue. Mais je ne peux pas y penser maintenant. Certainement pas aujourd'hui.

— Je suis désolé.

Je hoche la tête, persuadée qu'il le pense. J'essaie d'afficher un sourire, mais je n'en ai pas la force.

— Merci, dis-je. Passe le bonjour à Jamie. Vous avez prévu quelque chose pour la Saint-Valentin ?

— Nous empruntons une limousine de la société pour descendre dîner à La Jolla. Mais je serai de retour au boulot demain. J'espère ne pas te voir. Tu as besoin d'une journée de congé.

Je fais la grimace, mais j'acquiesce malgré tout. Je vois bien qu'il est sérieux.

Il me remet une enveloppe.

— Tiens. C'est de la part de Damien et moi.

Je fronce les sourcils, perplexe.

— Qu'est-ce que c'est ?

Il se contente de pencher la tête.

— Excuse-moi, question bête.

Je déchire le rabat de l'enveloppe et je découvre la clé magnétique d'une chambre d'hôtel, avec un numéro inscrit au marqueur.

— Le loft du dernier étage, me dit-il en levant les yeux.

Le poste de surveillance est au sous-sol de l'immeuble où se situe l'hôtel Stark Century, quarante-six étages au-dessus de nous.

— Je ne comprends pas.

— On s'est dit que tu aimerais te faire chouchouter. Figure-toi que c'était l'idée de Jamie et Nikki, ajoute-t-il en faisant référence à sa femme ainsi qu'à celle de Damien.

Il consulte sa montre.

— Tu ferais mieux de monter si tu veux avoir un peu de temps pour toi avant le rendez-vous.

— Un rendez-vous ?

— À dix-neuf heures. D'après les filles, le meilleur moyen pour se détendre, c'est un bon massage. J'espère qu'elles ne se trompent pas.

Malgré moi, je souris. Si je ne peux pas avoir Mason, je peux au moins me laisser aller avec un bon massage relaxant. Et puis, je m'endormirai en regardant un film à l'eau de rose sur grand écran, consciente que, quoi qu'il arrive, j'ai la chance d'avoir des amis vraiment incroyables.

BIEN QUE je travaille au sous-sol depuis des années, je ne suis jamais montée dans le loft du dernier étage. En franchissant la double porte, j'étouffe un cri. Je me retrouve devant une immense baie vitrée, derrière laquelle les lumières de la ville s'étendent jusqu'au Pacifique qui scintille au clair de lune, au-delà.

J'ai l'impression de flotter dans un monde calme et sombre. Déjà, je me sens apaisée. J'ai désespérément envie de Mason. L'homme qui était – qui *est* – à la fois un mari, un amant et un ami me manque éperdument. Mais il a des talents hors du commun et je sais qu'il effectue une mission importante. Ça ne m'aide, évidemment, pas vraiment. Mais ça rend peut-être le chagrin plus facile à supporter. Et le fait d'avoir des amis qui me soutiennent dans les moments difficiles…

Oui, ça m'aide beaucoup. Tout comme les roses qui emplissent la chambre. Leur beauté et leur parfum me font sourire. Il y en a partout. Des vases sur les tables et des pétales sur le lit, flottant même à la surface du bain déjà rempli.

Il y a aussi des pétales sur un plateau en argent où trône une bouteille fraîche de pinot grigio, mon vin préféré.

Décidément, je me sens choyée.

La seule chose qui rendrait le moment parfait, ce serait Mason à mes côtés. Et comme c'est impossible, je décide d'en profiter malgré tout.

Je me sers un verre de vin, puis je jette un œil à ma montre avant d'explorer la suite. Il est presque dix-neuf heures, ce qui ne me laisse pas beaucoup de temps avant mon massage. Tout en me promenant dans les salles spacieuses et bien décorées, je réfléchis à mes options pour le reste de la soirée. Il y a une télévision au-dessus de la baignoire ainsi que sur le mur en face du lit. Alors, la question est de savoir si je la regarderai dans un bain moussant ou blottie entre les draps de coton.

Et bien sûr, le principal, c'est de me décider entre une jolie romance ou du porno soft. Parce que si je laisse mon esprit dériver vers Mason pendant le massage, je serai peut-être d'humeur pour la seconde option.

Après deux ans, il arrive qu'une fille se sente seule, et je ne suis pas du genre à aller voir ailleurs. Pas tant que j'aurai la conviction qu'il est là, quelque part, et qu'il me reviendra.

Je prends une gorgée et je soupire.

Je mélangerai peut-être un peu tout ça. Un bain et un orgasme. Puis le lit et un joli film pour m'accompagner dans mes rêves.

Je me réjouis à cette perspective quand la sonnette

retentit. Je me précipite dans cette direction et j'ouvre la porte pour découvrir une femme d'une cinquantaine d'années vêtue d'un uniforme blanc sévère.

— Je m'appelle Melisse, me dit-elle. Je suis ici pour vous préparer.

Je hausse les sourcils. *Me préparer ?* On dirait une procédure chirurgicale. Quand elle entre en poussant une table de massage entièrement équipée, je me demande si j'ai bien compris ce que Ryan et les autres ont prévu pour moi.

— Faites-moi confiance. Le Maître est le meilleur. Vous serez très détendue.

— Le Maître ? Je ne suis pas sûre que ce soit…

— Faites-moi confiance, répète-t-elle avec détermination. Il n'y a aucune pression. Vous pouvez mettre un terme à la séance à tout moment.

Elle finit d'installer la table, puis elle déplie le drap dessus.

— Je dois aller me changer ?

— Dans une minute, dit-elle en sortant un peignoir du gros sac en toile qu'elle a apporté. Le massage choisi pour vous est l'expérience d'immersion sensorielle. Quand vous reviendrez, je vous mettrai votre bandeau d'aromathérapie sur les yeux.

— Un bandeau ?

J'ai passé trop d'années au sein des services secrets. Je ne suis pas sûre d'apprécier l'idée d'être nue sous un drap avec un bandeau sur les yeux. Même si c'est pour une expérience de massage incroyable.

— S'il vous plaît. Madame Stark et madame Hunter

ont sélectionné ce programme. Je vous assure qu'il a beaucoup de succès.

Je prends une grande inspiration, puis je hoche la tête. Je fais entièrement confiance à Nikki et Jamie. Si elles disent que c'est le meilleur moyen de profiter d'un massage, qui suis-je pour protester ?

Melisse me tend le peignoir avant de désigner la salle de bains. Docilement, je m'éloigne dans cette direction. Je me déshabille, enfile le peignoir moelleux, inspire à nouveau et reviens sur mes pas. La dernière fois que j'ai reçu un excellent massage, c'était avec Mason, qui a les meilleures mains que je connaisse. Nous verrons si ce Maître le surpasse.

Melisse se tourne pour me laisser mon intimité et je monte sur la table avant de me recouvrir du drap. Elle l'ajuste, puis elle tend le bandeau sur mes yeux. Je ne peux pas dire que j'apprécie de me sentir aussi vulné-rable, mais je prends plusieurs inspirations apaisantes en me rappelant que cette rencontre est orchestrée par mes amis.

J'entends que l'on frappe à la porte, puis les bruits de pas de Melisse s'éloignent. Après un échange à voix basse, un homme s'approche, le pas plus lourd.

— Melisse ?

Je sens la pression d'une grande main dans mon dos à travers le drap, puis la caresse de l'air sur ma peau lorsque mes épaules et mon dos sont mis à nu.

— Là, fait une voix d'homme. Melisse est partie.

Mon souffle reste suspendu dans ma gorge. Je connais cette voix. Oh, mon Dieu, je *connais* cette voix.

— Mason ?

J'ai prononcé son prénom dans un souffle. Je dois me tromper. Je me trompe forcément. Mais il ne me corrige pas. Et quand ses larges mains se posent sur mes épaules, une vague de souvenirs me submerge, si palpables que je suis étonnée de ne pas perdre connaissance.

Je lève un bras, bien décidée à arracher le bandeau, mais il le maintient en place.

— Non.

— S'il te plaît, s'il te plaît, l'imploré-je. Je dois te voir. C'est toi, n'est-ce pas ?

— Du calme. Détends-toi.

Il me prend le bras et l'approche du bord de la grande table de massage. Avant que je comprenne ce qui se passe, il a menotté mon poignet. Je me débats, mais il est trop rapide, et bientôt mon autre poignet est attaché.

— Je suis désolé, dit-il. Le bandeau est important et il ne faut pas que tu l'enlèves. Mais si ça ne te plaît pas, je peux te détacher et partir. À toi de décider.

— C'est vraiment toi ? Ta voix. Je t'en prie, dis-le-moi. Mason, c'est toi ?

J'entends le désespoir dans ma voix. Le besoin écrasant. Je veux savoir, et pourtant je comprends. Si c'est bien lui, il doit avoir entendu parler des efforts de Ryan et Damien pour le localiser. Il ne pouvait pas venir officiellement, alors il s'est faufilé en douce. J'ai travaillé assez longtemps dans les services secrets pour savoir qu'il peut très bien avoir appris que l'on m'offrait un massage et modifié le rendez-vous à son avantage. Ce serait un jeu d'enfant.

Si c'est lui, il enfreint un tas de règles pour être ici.

Et si ce n'est pas lui… eh bien, pour un soir, peut-être, j'ai besoin de croire à ce rêve.

Je prends une inspiration.

— Je ne veux pas que tu t'en ailles.

— Bien, dit-il avant de concentrer ses doigts miraculeux sur mon dos, malaxant et pétrissant mes muscles.

Il me réchauffe, m'excite.

Ses mains descendent de plus en plus bas, jusqu'à ce qu'il soit si proche que je commence à croire qu'il va passer les doigts dans le sillon entre mes fesses. Il n'en fait rien. Au lieu de quoi, il s'aventure juste assez pour me titiller avant de me masser les chevilles.

Je tressaille lorsqu'il les attache à la table, elles aussi.

— Qu'est-ce que tu fais ? Je ne vais pas enlever le bandeau avec mes orteils.

Ses mains remontent le long de mon corps, puis sa bouche frôle mon oreille.

— Tu es belle, dit-il. Je veux que tu t'ouvres à moi. Je veux te voir quand je te touche. Je veux voir ton sexe. Je veux voir ton excitation. Je veux que tu mouilles pour moi et je veux savoir que tu as envie de moi, toi aussi. Que tu me veux. Que c'est *ça* que tu veux.

Je déglutis en me persuadant que c'est Mason. Pourtant, au fond, ça m'est égal. Je suis trop excitée par ses caresses et ses paroles crues, évocatrices. Trop absorbée dans mon rêve. Même si ce n'est que l'ombre de mon souvenir, une manifestation de mon désir, j'ai envie du plaisir qu'il m'offre.

Je sens une larme couler sur ma joue. Tendre et mélancolique. Les caresses m'avaient manqué. J'ai envie de Mason, certes. Mais j'ai *besoin* de ça.

Lentement, il m'effleure. Ses mains chaudes descendent sur mes mollets. Du bout des doigts, il remonte à l'intérieur de mes cuisses. Mon corps réagit. Mon sexe palpite. Je sais que je suis trempée. Éperdue. Et quand ses doigts écartent délicatement mes replis intimes, je tressaille de surprise et de plaisir.

Il enfonce un doigt en moi, puis un autre et encore un autre. Il me remplit par de petits coups lents et sensuels, puis il attise mon clitoris d'une main, traçant un chemin de ma vulve jusqu'à mes fesses. À présent, je me trémousse de désir. J'ai envie de plus de brutalité en même temps que ces caresses attentionnées.

— S'il te plaît, imploré-je.

Je ne devrais pas désirer cela. Je ne suis même pas certaine que ce soit lui. Pourtant, je le veux. Je veux le sentir en moi. Je veux le poids de son corps sur le mien et sa queue qui me remplit tout entière. Je veux sa bouche sur mes seins, ses dents pinçant mes tétons. Je veux l'homme, le fantasme, la sensation. Je veux me perdre dans le plaisir. Le pire, c'est que je ne suis même pas trop fière pour me retenir de le supplier.

— Je ne devrais pas, dit-il. C'est trop risqué.

— Quoi donc ?

— Toi. Me voir. Ce n'est pas sûr.

Je me mords la lèvre en essayant de comprendre ses propos. Est-il déguisé ? A-t-il changé d'apparence ? N'est-il plus brun, avec ses yeux marron un peu enfoncés qui accentuent son visage ponctué d'une fossette au menton ? J'aurais dû comprendre. Sinon, comment aurait-il pu s'approcher à ce point sans être reconnu ? Et surtout, comment rester incognito pendant deux ans, introuvable même par les ressources inépuisables de Damien Stark ?

— Chirurgie esthétique ? demandé-je.

Sans surprise, il garde le silence.

— J'ai besoin de ta parole, me dit-il. Tu dois garder le bandeau.

— Oui.

C'est lui. C'est forcément lui.

Aussitôt, il libère mes poignets et mes chevilles. Il semble aussi impatient que moi. Fidèle à ma parole, je ne touche pas le bandeau tandis qu'il me soulève délicatement et m'emmène dans la chambre. Je ne m'y attends pas, mais il attache mes poignets à la tête de lit. Quand je proteste dans un murmure, il répond :

— C'est pour ta protection tout autant que la mienne. Si tu me vois, s'ils me découvrent, tu deviendras gênante.

J'ai envie de lui demander ce qu'il veut dire. Je veux les détails de ce qu'il fait. Mais les questions ne viennent pas. J'ai la tête en coton tandis que sa bouche se pose sur la mienne. Nous nous embrassons avec fougue et passion, avec un abandon si familier que mes doutes s'estompent presque instantanément. *C'est forcément Mason. Forcément. Forcément.*

— Mon Dieu, tu as un goût de paradis, dit-il. Comme les bons souvenirs et le chocolat chaud.

Je ris, parce que c'est exactement le genre de choses que dirait Mason !

Mais ce rire est étouffé dans ma gorge quand sa bouche se referme sur mon sein. Ses dents éraflent mes mamelons et je me cambre vers lui.

— C'est ça, bébé. Dis-moi ce que tu veux.

— Baise-moi, m'exclamé-je avec audace. S'il te plaît, je veux te sentir en moi.

Ses doigts se posent sur mon sexe, décrivant des va-et-vient langoureux.

— Comme ça ?

Je secoue la tête.

— Je veux ta queue. Je t'en prie, Mason. Je veux te sentir exploser en moi.

Heureusement, je n'ai pas à supplier bien longtemps. J'entends un froissement de tissu lorsqu'il se déshabille.

— Je t'en prie. Prends-moi maintenant. Prends-moi fort.

On ne m'a pas fait l'amour depuis des années, et maintenant je veux un corps-à-corps brutal. Je veux qu'il me prenne. Je veux le fantasme intégral que m'offre cette soirée.

Il comprend – Mason m'a toujours comprise – et je sens la pression de son sexe contre le mien, puis la douleur vive et exquise lorsqu'il me pénètre, forçant mon corps à capituler.

Je pousse un cri, et alors qu'il commence à aller et venir, il étouffe mes gémissements sous sa bouche.

Je referme les jambes autour de lui, employant mes muscles pour le pousser plus fort, plus loin, jusqu'à ne plus savoir où il se termine et où je commence. Tout ce que je sais, c'est que là, en cet instant, je suis avec Mason. C'est forcément lui. Parce que personne d'autre que mon mari ne me ferait autant de bien.

Je ne suis pas prête à la force de l'orgasme qui m'emporte enfin. Je me cambre, mes parois se contractent autour de lui et je sens qu'il explose en moi. Enfin, mon corps se détend et la tension me quitte alors que chacun de mes muscles me paraît tendre et lourd.

— C'était parfait, dis-je tandis que son corps se moule dans mon dos.

— *Tu es* parfaite, répond-il.

Je souris en somnolant, blottie contre son torse. Tout doucement, il me caresse le bras.

— Dors, maintenant.

Je n'en ai pas envie, mais j'ai les paupières lourdes et je suis incapable de résister.

— Tu seras là quand je me réveillerai ?

Il pose un baiser sur mon épaule, mais il ne répond pas et je sais qu'il sera parti au réveil.

J'aimerais le supplier de rester. J'aimerais lui dire que nous pouvons nous enfuir tous les deux, nous cacher quelque part, ensemble.

J'aimerais lui demander si ce rêve était réel. S'*il* est bien réel.

Mais je n'en fais rien. Je suis trop fatiguée. Je m'éteins trop vite.

Et peut-être, je dis bien peut-être, ai-je peur de la réponse.

COMME JE m'y attendais et le redoutais à la fois, je me réveille seule.

J'explore le loft, mais il n'est pas là, et la table de massage a disparu, avec le peignoir et tout l'attirail.

Il ne me reste rien que mon souvenir. Ainsi qu'une rose sur la table, en travers d'une feuille de papier blanche.

Le mot est en lettres capitales et je suis incapable de savoir s'il s'agit de l'écriture de Mason.

Mais je souris en lisant le message :

Ma chère Denny,

Merci pour cette nuit. Merci d'avoir rempli mon cœur de nouveaux souvenirs, de m'avoir rappelé que certaines choses méritaient que je vive et que je me batte pour elles. Des choses plus brûlantes qu'une étoile filante, et qui durent pour l'éternité.

Je crois que nous nous reverrons, même si je ne peux pas dire quand ni où. Mais je chérirai cette soirée et le plaisir que nous avons partagé.

Ne me cherche pas. N'essaie pas de me trouver. Ne pose pas de questions auxquelles tu ne veuilles pas connaître les réponses.

Pour le moment, hier soir doit nous suffire.

Tendrement,

Le Maître

Je prends le message et le pose contre mon cœur, conservant les souvenirs tout près de moi. Je crois que c'était Mason, l'homme qui me parlait toujours d'étoiles et d'éternité. Je l'espère, en tout cas. Mais au fond, peu importe. L'homme – le Maître – m'a redonné de l'espoir, avec une bouffée de joie toute nouvelle.

Et pour le moment, je crois que ça me suffit.

L'histoire de Denny et Mason continue !
En mémoire de nous

Je n'ai été proche de personne depuis des années. Comment le pourrais-je alors que toutes les conversations sont teintées par la peur que quelqu'un découvre la vérité ? Que mon passé revienne me hanter, malgré tout le soin que j'ai mis à disparaître, et qu'il jette la vie que je me suis bâtie aux oubliettes pour me ramener droit en enfer ?

Au début, je portais ma peur comme une cape, bien serrée autour de moi pour me protéger. Maintenant, elle fait partie de moi, aussi nécessaire à ma survie que mon sang et l'oxygène. Elle est une constante. Familière.

Elle est au cœur des remparts que j'ai construits pour rester cachée, et jamais je n'ai cru que quiconque percerait mes défenses.

Et puis, il est arrivé dans ma vie, tel un coup de tonnerre, ses bras forts aussi rassurants que son regard est perspicace. Parce qu'il voit tout. Plus il perce à travers la carapace qui m'entoure, plus j'ai peur qu'il découvre mes secrets et que la vérité détruise tout.

1

Liam Foster mit une paire de lunettes de style aviateur sur son nez, pour protéger ses yeux du soleil brutal du Nevada en sortant du jet privé de Stark Sécurité. Il espérait ne pas avoir commis d'erreurs la semaine passée en mettant sa cliente en danger.

Il s'arrêta en haut de l'escalier, puis balaya du regard l'aire de repos de l'aéroport international McCarran de Las Vegas avant de descendre. Il ne s'attendait pas à ce que l'ennemi fasse feu, mais il avait passé trop d'années à éviter des balles et poursuivi trop de malfaiteurs pour perdre cette habitude.

Alors qu'il posait le pied sur le tarmac, un mur de chaleur étouffante l'engloutit, comme pour le mettre au défi de garder son manteau. C'était la fin d'après-midi, en été, et il faisait aussi chaud que dans l'antre d'Hadès. Liam était venu à Las Vegas plus de fois qu'il ne pourrait les compter, mais jamais en de bonnes circonstances. Aujourd'hui ne faisait pas exception, et il se maudissait en essayant d'identifier le moment exact où il avait cessé de protéger Ellie Love pour la précipiter vers le danger.

Encore maintenant, sa tête résonnait des paroles sévères que lui avait envoyées Xena Morgan, l'assistante personnelle d'Ellie. Il faisait la fête avec des amis quelques heures auparavant, riant et buvant au cours d'un brunch quand son téléphone avait sonné. Le nom de Xena était apparu et il avait ressenti une torsion familière dans ses tripes. Du désir mêlé à de la peur. Il était tellement effrayé qu'il avait presque laissé la messagerie prendre le relais. Il aurait alors enfreint sa propre règle en esquivant une situation plutôt que de lui faire face.

Il s'était repris et avait appuyé sur le bouton pour prendre l'appel, en s'attendant à ce que… au fond, il ne savait même pas à quoi il s'attendait. Surtout après la dernière heure qu'ils avaient passée sur la véranda d'Ellie à Hollywood Hills, elle un peu ivre après avoir bu du vin, lui un peu ivre d'elle, et toute la ville illuminée sous leurs pieds.

Il ne savait peut-être pas à quoi s'attendre avec cet appel, mais certainement pas à la voix tendue et mesurée qu'il avait eue à l'autre bout du fil, lui annonçant qu'Ellie avait été agressée pendant son jogging matinal. Xena avait parlé avec les émotions contrôlées d'un officier de police chevronnée, refusant de lui donner de plus amples détails.

— Elle va bien, et vous aurez toute l'histoire une fois que vous serez sur place, parce que pour une raison que j'ignore, elle ne veut personne d'autre pour s'occuper de cette affaire. C'est fou, non ? C'est pourtant vous qui lui avez dit qu'il n'y avait pas de réelle menace. Qu'elle était en sécurité, l'informa-t-elle avec des trémolos dans la voix qui la trahissaient. Je suis peut-être naïve, mais pour moi, la sécurité ne ressemble pas à ça.

— Xena…

Son nom franchissait à peine ses lèvres qu'elle avait déjà donné le téléphone à sa patronne. La pop-star montante s'était contentée de lui dire :

— Ramenez vos fesses à Vegas, Agent Foster. J'ai

besoin de vous sur cette affaire. Vous êtes le seul en qui je puisse avoir confiance.

Confiance.

Il ne pensait pas pouvoir se sentir plus mal après le discours véhément de Xena, pourtant ce simple mot avait eu cet effet.

En soupirant, il passa la main sur son crâne rasé. Il ne prenait pas l'échec à la légère, et il ne comptait pas commencer maintenant. D'une manière ou d'une autre, il allait arranger les choses. D'une manière ou d'une autre, il allait mériter cette confiance.

Une Range Rover gris métallisé arriva dans son champ de vision près du hangar et Liam alla à sa rencontre. La voiture ralentit devant lui, et le chauffeur, un homme serein d'une vingtaine d'années avec un début de barbe, en sortit. Liam leva une main et ouvrit lui-même la portière arrière. Il y avait des moments où le rang et la position étaient importants, mais en l'occurrence, ce n'était pas le cas.

— Au Starfire, Monsieur Foster ?

C'était une supposition raisonnable. Propriété de Stark International, le Starfire Resort et Casino étaient parfaitement équipés pour appuyer toutes les opérations de Stark Sécurité dans la région de Las Vegas.

— Non, au Delphi. Emmenez-moi à l'entrée de service. Je suis en retard pour une réunion.

Au moins aussi imposant que le Starfire, son concurrent, l'Hôtel et Casino Delphi, possédait également un auditorium où se tenaient parmi les meilleurs spectacles de la ville.

— Tout de suite, monsieur.

Liam s'installa confortablement et croisa le regard du chauffeur dans le rétroviseur.

— Quel est votre nom ?

— Frederick.

— Job d'été ?

Frederick acquiesça.

— Oui, monsieur. Je suis chauffeur au Starfire, mais je remplace à la réception lorsque c'est nécessaire. J'entre en deuxième année l'an prochain. Université de Californie de Los Angeles.

— Vous avez pu voir le concert d'Ellie Love hier soir ?

Son visage s'illumina.

— Oh, oui. C'était grave b… je veux dire fantastique.

— Pas de pépin ? Rien qui sortait de l'ordinaire ?

Les sourcils du jeune se froncèrent, mais Liam ne savait pas si c'était de la perplexité ou de la réflexion.

— Euh, non. Peut-être quelque chose en coulisse, mais rien que le public a pu remarquer.

— Bon à savoir.

Il s'entretiendrait avec tout le monde dans le groupe et l'équipe d'Ellie, ainsi que les employés présents à l'Auditorium Delphi. S'il ne se trompait pas, le spectacle s'était déroulé à merveille, sans le moindre accroc. Du moins, jusqu'à ce matin.

— Hmm… Monsieur ? Est-ce que les rumeurs sont vraies ?

— Quelles rumeurs ? fit Liam, sachant pertinemment de quoi parlait Frederick.

— Mon pote, il est portier au Delphi, il m'a dit qu'Ellie, enfin, mademoiselle Love, a été agressée ce matin.

— Qu'est-ce qui vous fait croire que je sais quelque chose ?

Il vit le jeune déglutir dans le rétroviseur.

— Oh. Je supposais que… Parce que vous travaillez pour Stark Sécurité. En plus, vous allez à une réunion à l'Auditorium Delphi, là ou mademoiselle Love donne un spectacle ce soir. Alors, j'en ai déduit que vous pourriez le savoir.

— Ce que je sais, c'est que vous seriez un atout dans ma branche, dit Liam en riant.

— Non, je lis tout simplement beaucoup de thrillers et de romans policiers. Je m'oriente vers la fac de droit.

— Un homme avec un projet. Encore mieux.

Son téléphone tinta, annonçant la réception d'un message. Il provenait de Rye Callahan, le fiancé d'Ellie et son manager, qui lui donnait le code d'accès pour l'entrée des artistes.

Les répétitions sont en cours. Vous pouvez regarder ou attendre dans la loge d'El. Nous vous retrouverons.

Liam renvoya un pouce vers le haut, puis il utilisa le reste du trajet pour regarder ses nouveaux e-mails. Il sourit à une photo que son ami Dallas Sykes lui avait envoyée de Jane, enceinte et clouée au lit. Connaissant Jane, Liam était certain qu'elle devenait folle, mais cela n'altérait pas l'air béat qu'elle avait sur son beau visage. Étant donné tout ce que le couple avait traversé, ils méritaient leur fin heureuse… et un nouveau départ.

Une vague d'envie à laquelle il ne s'attendait pas le frappa, et ce n'était pas la première fois. Dallas et Jane étaient ses amis les plus proches, et il ne jalousait pas un instant leur bonheur. Il se disait qu'il ne voulait pas ce qu'ils avaient, mais ce n'était pas vrai. Il le voulait. Et pendant quelques mois merveilleux, il l'avait eu.

Il savait très bien qu'il ne l'aurait jamais plus.

Merde.

— Monsieur ?

Il ravala un juron, il n'avait pas réalisé qu'il parlait à voix haute.

— Ce n'est rien, dit-il à Frederick. Je regarde seulement mes messages.

Le reste de sa messagerie concernait le travail. Les dernières nouvelles de ses équipes, les rapports qu'il avait demandés, des informations sur des clients potentiels ou de nouvelles affaires. Il renvoya une demi-douzaine de réponses, y compris une à Ryan Hunter, le directeur des opérations de Stark Sécurité et le supérieur direct de Liam, qui lui avait demandé des nouvelles sur plusieurs affaires courantes.

Il y avait un message de Quince Radcliffe. Comme Liam, Quince avait travaillé pour son gouvernement avant de signer chez Délivrance, un groupe de miliciens à présent dissous, financé et géré par Dallas, et qui avait pour but de retrouver et secourir les victimes dans des cas d'enlèvements à travers le monde et de s'assurer qu'elles obtiennent justice. Également comme Liam, il avait rejoint l'agence Stark Sécurité quand Délivrance avait cessé ses activités.

Les deux hommes voulaient rester de la partie et la déclaration de mission de l'organisation leur correspondait. Formée après la tragédie qui avait frappé la maison du milliardaire Damien Stark, l'Agence existait pour fournir de l'aide là où c'était nécessaire, quelle que soit l'ampleur de la mission. De plus, grâce aux apports des autres départements des entreprises Stark, comme celui des Technologies Appliquées, l'organisation était au moins aussi bien équipée que les opérations de renseignements du gouvernement. Probablement mieux.

Liam aimait son travail. Il vivait pour ça. Il respectait ses collègues et ne refusait jamais sans bonne raison de leur divulguer des informations sur un cas.

La semaine passée, pourtant, il avait eu une bonne raison.

À la requête d'Ellie Love, Liam n'avait parlé à personne sauf à Ryan de l'absurde issue de sa mission. Quince était un ancien du Mi6 et rien ne lui échappait. Le message disait : *Ellie Love. Tu veux partager le dossier classifié ?*

Liam fronça les sourcils. *Bientôt*, répondit-il. Le reste de l'Agence méritait de savoir pour la menace bidon de la semaine passée à Los Angeles, et surtout, que les événements de ce matin suggéraient que cette fois, c'était peut-être très sérieux. Ce qui voudrait dire que Liam avait commis une erreur. Il avait écarté le danger à Los Angeles et avait annoncé à l'entourage d'Ellie Love qu'elle pouvait se rendre sur son prochain lieu de concert en toute sécurité, et les suivants aussi.

Le dossier avait été ouvert et refermé presque aussitôt, ou du moins c'était ce qu'il croyait. La pop-star avait reçu des messages et des mots de menaces, causant des bouleversements dans son équipe. Des déclarations vagues, disant que mademoiselle Love allait « payer » et qu'elle devait surveiller ses arrières.

Effrayantes, oui, mais Liam n'avait pas mis longtemps

à se rendre compte que ce n'était qu'un coup de pub organisé par un agent de publicité un peu trop enthousiaste, qui voulait qu'Ellie fasse un maximum de buzz au cours de sa tournée.

Il avait tout avoué et avait démissionné, heureusement avant que les menaces ne soient diffusées sur les réseaux sociaux. Après avoir conclu que ce n'était que du vent, Liam avait clos le dossier et promis à mademoiselle Love qu'il ne ferait un rapport qu'auprès des personnes qui avaient besoin de savoir au sein de l'Agence. Finalement, les seuls à connaître l'existence de ces menaces bidon étaient Ellie Love elle-même, son ancien agent publicitaire, son fiancé, son assistante personnelle, Liam et Ryan Hunter.

Conclusion, ce n'était rien.

Pourtant, mademoiselle Love avait été agressée ce matin même.

Alors, qu'avait-il raté ? Qu'est-ce qu'il n'avait pas vu, bon sang ?

C'était peut-être un imitateur ? Quelqu'un qui avait sauté sur l'occasion, profitant que la mise en scène soit déjà prête ?

À moins qu'il s'agisse d'une agression tout à fait fortuite ?

Il n'en savait rien, mais il allait le découvrir. Parce que, peu importe les raisonnements et les excuses qu'il pouvait se trouver, l'agression de ce matin était claire-ment dans son domaine de compétences. Il ne trouverait pas le repos avant de pincer l'agresseur, prouvant ainsi qu'il ne s'était pas trompé et qu'il n'avait pas jeté Ellie

Love par faute professionnelle sur le chemin de son agresseur.

———

2

De là où il était, sur un côté de la salle, Liam regardait Ellie Love se pavaner à travers la scène sur ses talons de dix centimètres, son corps bronzé et dynamique se pliant et virevoltant au son de la musique hip-hop pendant qu'elle entonnait les paroles de la dernière chanson du spectacle. Prenant en considération l'agression du matin et le stress auquel elle était soumise depuis que les menaces avaient commencé à Los Angeles, Liam devait reconnaître que la pop-star était digne d'admiration. Si elle avait autre chose à l'esprit que le concert de ce soir, ça ne se voyait absolument pas.

Elle était professionnelle jusqu'au bout des ongles. Plus que ça, c'était une vraie star.

Une star narcissique et obstinée, mais selon l'expérience de Liam, cela avait tendance à faire partie du lot de la célébrité. À dire vrai, il l'aimait bien malgré ces traits de personnalité. Ou peut-être même à cause de cela. Fille d'un Irlandais mécanicien automobile et d'une mère latino-américaine de troisième génération qui avait fait l'école d'infirmières, Ellie était une femme qui travaillait beaucoup, qui croyait en son propre talent et qui savait ce qu'elle voulait. Voilà pourquoi son dernier album l'avait projetée en haut du hit-parade. C'était aussi pour cela que tous les yeux étaient rivés sur elle dans le théâtre, ceux de son équipe et des quelques fans invités, pendant les dernières minutes de la répétition.

Tous, sauf les siens.

Même s'il admirait son talent et son professionnalisme, ce n'était pas Ellie qui attirait son attention. Cet honneur douteux revenait à une femme de l'autre côté de la scène. La femme blanche grande et svelte, aux yeux bleu vif. La blonde à la langue acérée qui avait passé la plus grande partie de la semaine dernière à jouer les chiens de garde entre Ellie et lui.

En tant qu'assistante personnelle de la star, Xena avait pour mission de dresser un mur entre Ellie et le reste du monde. Étant donné qu'elle était plus souvent aux côtés de sa patronne que Rye lui-même, Liam savait qu'elle prenait son travail très au sérieux. Assez sérieusement pour remettre en question tout ce qu'il faisait et tous les ordres qu'il avait adressés à l'équipe et au personnel d'Ellie Love.

Jusqu'à un certain point, elle l'irritait. Elle avait réussi à s'immiscer en lui d'une façon qu'il n'avait pas prévue, et il avait été soulagé de s'enfuir une fois le dossier terminé. Parce que même s'il était un agent de sécurité professionnel qui avait roulé sa bosse partout à travers le globe et qui avait passé plus d'un an dans les renseignements, son cœur s'était trop souvent emballé devant le canon d'une arme à feu. Il n'avait pas besoin de complications supplémentaires dans la vie. Certes, il ne l'avait pas vu venir, mais il avait rapidement compris que Xena avait le potentiel de devenir une sérieuse complication, et pas seulement parce qu'il était inexplicablement attiré par elle alors qu'elle n'était pas du tout son type de femme.

Si tant est qu'un homme comme lui, qui sortait rarement et qui évitait toutes les relations, puisse prétendre avoir un type. Il avait commencé à construire cette barrière il y a des années, jusqu'à ce qu'elle devienne une forteresse. Cela dit, les rares fois où il laissait des brèches dans le mur, parce que la tentation ou le désir le prenait par les bourses, il se choisissait plutôt une femme qui avait des courbes et non une brindille comme Xena. De plus, elle était blonde, et les blondes ne lui avaient jamais réussi. Il avait passé trop de soirées à faire la conversation à des blondes platines, dans le flot sans fin de fêtes auxquelles Dallas l'avait traîné dans les Hamptons, quand ils avaient tous les deux la vingtaine et le début de la trentaine.

S'il devait avoir des fantasmes sur une femme inaccessible, ça aurait dû être Ellie. Pourtant non, il était fixé sur la blonde menue à la langue acérée qui semblait voir à travers lui.

Il se disait qu'il ne savait pas pourquoi, mais ce n'était pas entièrement vrai. Elle était intelligente et déterminée. Elle parlait peu, mais quand elle le faisait, c'était important. Sa loyauté pour Ellie brillait telle une balise.

Rien que des qualités admirables, mais Xena Morgan était plus que cela, il en était certain. C'était un mystère qui l'intriguait. Quelque chose de cru. D'aigu. Il ne savait pas exactement ce qui était terré au fond de son être, mais il avait vu assez de gens meurtris pour savoir que son âme comportait autant de cicatrices que la sienne.

À cause de cela, ils n'étaient pas compatibles. Au contraire, ils étaient comme du combustible, prêts à s'enflammer à la première étincelle.

En un mot, Xena Morgan était une complication dont il n'avait pas besoin. Plus tôt il arriverait à la sortir de ses pensées, mieux ce serait.

Un flot de lumière blanche jaillit de l'arrière-scène et Liam prit conscience que la répétition était terminée. Ellie était appuyée contre la scène, à discuter avec l'un de ses machinistes et il n'y avait plus personne dans l'aile en face de lui.

Les sourcils froncés, il commença à s'approcher de la scène, mais il hésita. Rye préférait peut-être qu'il se rende directement dans la loge. Il se tourna pour chercher le manager, mais il tomba sur Xena à la place, la tête légèrement penchée, sa belle bouche si attirante esquissant un petit sourire suffisant.

Bien trop attirante, cette bouche ! Il remerciait sa bonne étoile et une bonne dose de retenue personnelle pour avoir réussi à se contrôler lors de cette dernière nuit, après la fête chez Ellie, quand ils s'étaient tenus trop près l'un de l'autre alors que l'alcool coulait à flots et que la ville brillait en contrebas.

Ses cheveux étaient défaits et ses boucles douces ondulaient au vent, ce soir-là. Aujourd'hui, ses mèches blondes étaient attachées en une sévère queue de cheval, un style qui mettait en valeur son visage.

Elle avait de beaux traits, quoique différents. Le type de visage sans doute très photogénique, mais qui, dans la vie de tous les jours, était trop anguleux, un effet néanmoins adouci par les taches de rousseur qui parsemaient son nez et ses joues ainsi que ses yeux bleus hypnotiques.

Elle portait un jean bleu ajusté et un débardeur blanc révélant qu'elle était aussi plate qu'une fillette de douze ans. Même dans la robe noire sexy qu'elle portait à la fête d'Ellie, elle avait l'air fragile et délicate. Éphémère. Comme s'il pouvait la briser seulement en la serrant dans ses bras. Il l'avait imaginée dans ses bras, leurs membres entrelacés. Sa peau sombre contrastant avec sa peau blanche, si diaphane qu'il lui suffisait certainement de penser au soleil pour brûler. Il la voulait dans son lit, son corps fragile écrasé par le sien, son cœur battant avec passion alors qu'elle s'abandonnerait, certaine qu'il ne lui ferait pas de mal même s'il en avait la capacité physique.

Elle le désirait aussi, il en était convaincu. Il l'avait vu dans ses yeux. Il l'avait entendu dans son souffle. En revanche, il ne prendrait jamais le risque d'être avec elle, sans savoir où cela les mènerait et quels démons ils pourraient relâcher. Il avait appris la leçon à ses dépens et il était fier d'être parti, cette nuit-là, emportant seulement son souvenir dans son lit malgré tout le désir qu'il ressentait.

Il y était de nouveau, fixant sa tentation droit dans les yeux, en se demandant si elle le savait.

Face à lui, elle bascula son poids d'une jambe à l'autre, puis elle rit.

— Vous avez perdu votre langue, Monsieur Foster ? Ou bien, vous ne savez tout simplement pas quoi dire après cette erreur monumentale ?

Il inspira quand une vague de colère le saisit. Apparemment, elle ne savait pas ce qu'il se passait dans sa tête. Tout ce qu'elle voyait, c'étaient ses erreurs.

— C'est un plaisir de vous revoir, Xena. Allons chercher le fin mot de cette histoire.

Envie d'en découvrir plus ? Voici un extrait du premier tome de la série de l'Ange déchu
MON ANGE DÉCHU
MON DOUX PÉCHÉ
MA CRUELLE RÉDEMPTION

Charismatique. Sûr de lui.
Puissant. Autoritaire.

Investisseur brillant qui change en or tout ce qu'il touche, Devlin Saint est parti d'un modeste héritage pour décrocher des milliards. À présent, il est à la tête de l'un des organismes de bienfaisance les plus en vue sur la scène internationale. C'est un homme déterminé à aider les plus démunis, à combattre l'injustice et à rendre le monde meilleur. C'est du moins une partie de la vérité.

Mais ce n'est pas toute la vérité.

Parce que Devlin Saint cache un secret redoutable. Et il est prêt à tout pour le protéger. Quand Ellie Holmes, journaliste d'investigation, s'intéresse à un meurtre non résolu, elle se retrouve empêtrée dans un nœud d'intrigues et de passion, tandis que Devlin se rapproche dangereusement. Mais alors qu'entre eux, l'intensité et la sensualité montent en flèche, les soupçons d'Ellie suivent la même courbe. Jusqu'à ce qu'elle en vienne à douter de l'authenticité de leur relation torride, craignant qu'il ne s'agisse que d'une façade derrière laquelle il cache des secrets sombres et tortueux.

Chapitre 1

Le vent me cingle le visage et le soleil de l'après-midi m'éblouit alors que je descends le long tronçon de Sunset Canyon Road, à plus de cent soixante à l'heure.

Mon cœur bat la chamade et mes paumes sont moites, mais ce n'est pas à cause de la vitesse. Au contraire, c'est exactement ce dont j'ai besoin. L'adrénaline. Le frisson. Je suis une vraie droguée, et ces sensations m'affectent comme une surconsommation de sucre chez un enfant en bas âge.

Honnêtement, je dois mobiliser toute ma volonté pour ne pas mettre ma Shelby Cobra 1965 à l'épreuve et faire monter son puissant moteur dans les tours.

Cela dit, je ne peux pas. Pas aujourd'hui. Pas ici.

Parce que je suis de retour, et mon retour à la maison a réveillé des papillons dans mon ventre. Chaque virage de cette route me rappelle des souvenirs. Des larmes m'obstruent la gorge et j'ai les entrailles nouées.

Bon sang.

J'écrase la pédale d'embrayage, appuie sur le frein et passe au point mort tout en décrivant une embardée sur la gauche. Les pneus protestent dans un crissement tandis que je fais demi-tour, m'engageant sur la voie inverse. L'arrière de la voiture décroche dans un dérapage, avant de s'arrêter pile en droite ligne. J'ai le souffle court, et honnêtement, je crois que ma Shelby aussi. C'est plus qu'une voiture pour moi, c'est la meilleure amie de toute une vie, et en temps normal, je ne la pousse pas autant.

Maintenant, cependant...

Eh bien, maintenant, elle est dangereusement proche du bord de la falaise, toute son aile du côté passager parallèle avec le vide. De là, j'ai une vue imprenable sur la côte, dans le lointain. Sans parler d'un magnifique aperçu du petit centre-ville en contrebas.

Je tire sur le frein à main, le cœur dans la gorge. Ce n'est qu'une fois certaine que nous n'irons pas dévaler à flanc de falaise que je coupe le moteur de la Shelby, essuie mes paumes moites sur mon jean et autorise mon corps à se détendre.

Bien le bonjour, Laguna Cortez.

Avec un soupir, je retire ma casquette de baseball, laissant mes boucles foncées rebondir librement autour de mon visage, jusque sur mes épaules.

— Ressaisis-toi, Ellie, murmuré-je avant de prendre une profonde inspiration.

Pas tant pour le courage – je n'ai pas peur de cette

ville –, mais pour la maîtrise de mes nerfs. Parce que Laguna Cortez m'a déjà mise à terre, autrefois, et il va me falloir toutes mes forces pour arpenter à nouveau ses rues.

Encore une respiration, puis je sors de la voiture. Je rejoins le bas-côté de la route. Il n'y a pas de parapet, et de la terre ainsi que quelques pierres dévalent le talus lorsque je m'arrête tout au bord, presque en équilibre.

En dessous, des rochers dentelés dépassent des parois du canyon. Plus bas, les arêtes saillantes s'adoucissent pour former une pente douce avec des maisons diverses nichées parmi les rochers et les broussailles. Les toits de tuiles suivent la route sinueuse qui mène au quartier des arts. Lovés dans la vallée, encadrée sur trois côtés par des collines et des gorges, les lieux s'ouvrent sur la plus grande plage de la ville qui attire un flux constant de touristes et de locaux.

Pour tout le monde, Laguna Cortez est l'un des joyaux de la côte Pacifique. Une ville à l'atmosphère décontractée, avec un peu moins de soixante mille habitants et des kilomètres de plages de sable et de galets.

La plupart des gens donneraient leur bras droit pour vivre ici.

En ce qui me concerne, c'est l'enfer.

C'est ici que j'ai perdu mon cœur et ma virginité. Sans parler de tous mes proches. Mes parents. Mon oncle.

Et Alex.

Le garçon que j'aimais. L'homme qui m'a brisée.

Il ne reste plus personne ici, pour moi. Ma famille, tous sont morts. Et Alex est parti depuis longtemps.

Moi aussi, je me suis enfuie, impatiente d'échapper au

poids du deuil et à l'aiguillon de la trahison. Je me suis juré de ne jamais remettre les pieds ici.

Et je croyais résolument que rien ne me ferait revenir.

Or à présent, dix ans plus tard, me revoilà, ramenée en enfer par les fantômes de mon passé.

MON ANGE DÉCHU
MON DOUX PÉCHÉ
MA CRUELLE RÉDEMPTION

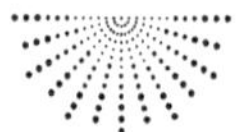

Qui sera votre Homme du mois ?

Lorsqu'un groupe d'amis à la détermination farouche apprend que son bar préféré risque de fermer ses portes, ils prennent les choses en mains pour faire revenir les clients séduits par la concurrence. Investis d'une énergie vibrante, ils ripostent sous la forme d'épaules larges, de tablettes de chocolat et de torses nus : ceux d'une douzaine d'hommes du coin qu'ils tentent de convaincre, par la douceur et par la force, de participer au concours de l'Homme du mois pour leur grand calendrier.

Mais le sort de leur bar n'est pas le seul enjeu. Au fur et à mesure que la température monte, chacun des hommes va rencontrer sa moitié dans cette série de douze romances sexy et légères que vous ne pourrez pas lâcher jusqu'à la dernière page, sous la plume de J. Kenner, auteure de best-sellers classés par le New York Times.

— Chacun de ces tomes aborde une intrigue qu'on adore retrouver dans les romances – la belle et la bête, le bad boy milliardaire, l'amitié transformée en amour, l'histoire de la seconde chance, le bébé secret et bien plus encore – pour une série qui touche au cœur et à l'âme de la romance. — Carly Phillips, auteure de best-sellers classés par le New York Times

Ne manquez aucun tome de la série pour savoir à quel homme du mois ira votre préférence !

Droit au cœur - Mister Janvier

Vague à l'âme - Mister Février

Raison d'être - Mister Mars

Coup de sang - Mister Avril

État d'âme - Mister Mai

Droit au but - Mister Juin

Au beau fixe - Mister Juillet

Diable au corps - Mister Août

Cri du cœur - Mister Septembre

Corps à corps - Mister Octobre

État d'esprit - Mister Novembre

Force d'âme... - Mister Décembre

Chaque tome de la série est un roman indépendant qui ne laisse pas le lecteur sur sa faim et se termine toujours bien !

J. Kenner

J. Kenner (alias Julie Kenner) est une auteure de best-sellers internationaux figurant aux classements des journaux *New York Times*, *USA Today*, *Publishers Weekly* et *Wall Street Journal*. Elle a écrit plus d'une centaine de romans, de romans courts et de nouvelles dans toutes sortes de genres littéraires.

Selon *Publishers Weekly*, JK est une auteure qui a un « don pour le dialogue et la création de personnages excentriques », et le *RT Bookclub* estime qu'elle a su « répondre aux besoins du marché en créant des antihéros scandaleusement attirants et dominateurs, et des femmes qui fondent pour eux. » Six fois finaliste de la prestigieuse récompense RITA (*Romance Writers of America*), JK a remporté son premier trophée RITA en 2014 pour son roman *Claim Me* (tome 2 de sa trilogie *Stark*) et le second en 2017 pour son roman *Wicked Dirty*. Elle a vendu des millions de livres, publiés dans plus de vingt langues.

Au cours de sa précédente carrière, JK a exercé comme avocate en Californie du Sud et au Texas. Elle vit actuellement dans le centre du Texas, avec son mari, ses deux filles et deux chats plutôt lunatiques.

Visitez son site web pour en savoir plus et pour entrer en contact avec JK sur les réseaux sociaux !

www.jkenner.com

Bulletins d'information de JK
Abonnez-vous à la newsletter de l'édition française de JK pour des informations sur les sorties en français, les apparitions en France, et plus encore. Cliquez ici pour vous abonner afin de ne rien manquer!
Newsletter en français:

https://www.juliekenner.com/nouveaux-livres/

www.ingramcontent.com/pod-product-compliance
Lightning Source LLC
Chambersburg PA
CBHW070826190726
48292CB00006B/2119